監獄是個概念
你想像它有多大它就有多大
你想像它有多小它就有多小
它可以在身體之外
也可以在身體之內
越獄吧！
越獄吧！
只要一直逃跑
監獄就永遠在你的身後

越獄吧，身體！

汪建輝 著

主要人物

頭髮——毛三（流浪者——後成為一個記者：腳）
額頭——謝頂（江湖算命老人，禿頭）
眼睛——◎◎（目目——髮廊女老闆）
鼻子——畢直（帥哥——職業鴨子）
舌頭——田中間（田其一、田其二的父親）
牙齒——白芽（田其一、田其二的母親）
嘴巴——田其一（女主持人，同性戀）
耳朵——聶只一（女，同性戀。男角）
肩膀——水映廣（黑社會成員）
手——毛反（黑社會頭子，月去耳的哥哥）
乳房——田其二（女作家，田其一的妹妹）
肚子——( )（杜子——書商）
腰——)(（柳腰——下崗女工）
陽具——(!)（姬邑——與杜子為同一人）
陰道——)◦(（英逎——舞女，與柳腰為同一人）
屁股——(◦◦)（月殳後改名月几又。無職業。男，同性戀。女角）
腿——月之艮（下崗工人——月殳的弟弟）

膝蓋——乞丐（乞丐——與月之艮為同一人）

腳——月去耳（記者——毛反的弟弟。與毛三為同一人）

目次

下卷．下半身

全卷．全身　越獄

開頭

一切從頭開始。

我所要說的這個頭並不是「從頭」開始的頭。而是真正的頭——腦袋。

頭：

名詞——「頭」。也有一種書面的文字稱其為——首。首級，則是要把頭與身體分開來的意思。比如三國時期就有猛將趙雲從萬軍叢中取回上將之首級。如果連身體都一起抱回去自然太重。拿不動，或拿起了也走不了多遠。太累。人是有知性的動物，這就決定了人有辦法用頭腦來解決這個難題。

怎麼辦呢？「把頭砍下來拿走不就行了。」一語驚醒夢中人。於是聽的人用手拍了一下自己的頭說：「哎呀，我的媽呀，我怎麼就沒有想出這個辦法呢！我真笨。好，我這就去拿。」說完轉身就去到百萬人叢中取上將的首級去了。當然他把首級拿回來了，書中是這樣形容的：「如探囊取物」。瞧多容易、輕鬆。

上面的取首級的故事，說的是從前。也就是說，在講故事時要加上前言：從前啊／在很久很久以前……故事的發生是這個樣子的……

我要說的故事是現在。現在——已經到了二〇〇〇年，人類已經發展到了一個相當文明的時期了，到了要「尊重及保護人的基本權益」的時期了。如果你記不住的話只要記住「人權」這兩個字就行了。簡稱：人權。

在這個時代，我當然不能像趙雲一樣，為了便於攜帶而將我要說的這個故事中的「頭」砍下來，使其成為「首級」。方便於拿過來、拿過去地指手劃腳，舉著實例給你說這個故事。如果能夠這樣的話，我的敘述就方便多了，我可以甚至一個字也不寫，就把這個故事對你說清楚。卻也省卻了不少麻煩。

唉。時代不同了。我只有放下刀、拿起筆。讓那個頭留在那個扛著它的肩膀上吧。那個頭因此而沒有變成為「首級」。他應該感謝這個時代，慶幸自己生在了這個「中國歷史上最好的時代」。配合著，有一首歌就這麼唱：「我們走進新時代……」

我沒有砍下他的腦袋。不能，絕對不能砍。如果我砍下了他的腦袋，那麼我就會成為故事的主角，你們會這樣說這個故事：「有一個人為了講一個頭——也就是首級——的故事，將別人的頭砍了下來，成了殺人犯……」在這個時代生活了多年的經驗告訴了我一個道理，要想掌握主動，一定要緊緊地抓住話語權。所以我一定不會讓「頭」，在我的手上變成為「首級」。

還是讓我來寫下這個故事吧。

這個頭的「頭」有個主人的名字叫毛三。我仔細地注目地望著——

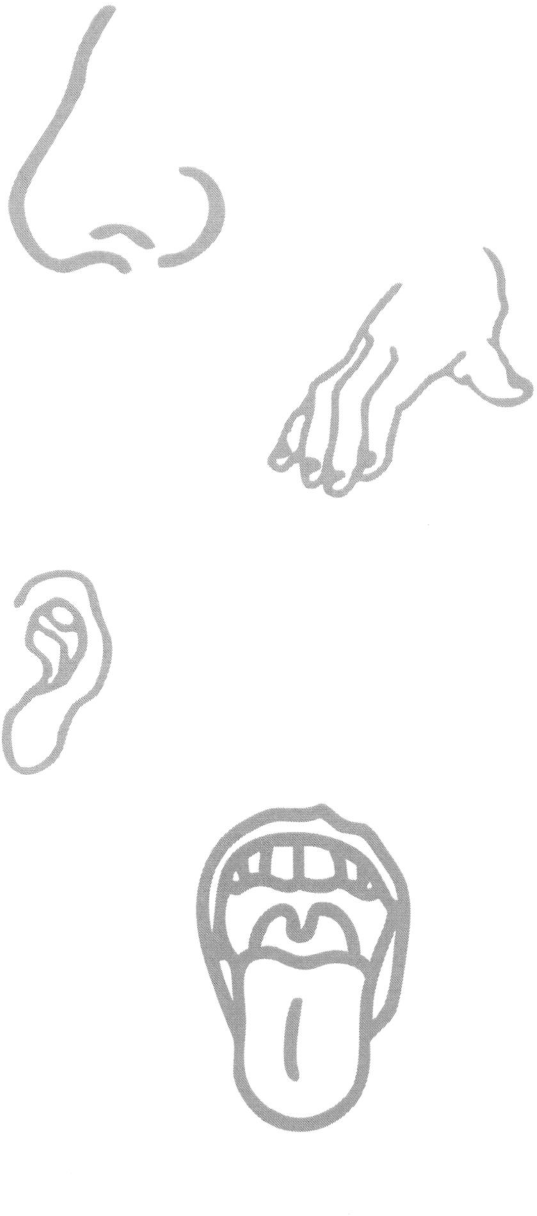

頭髮：毛三

他的頭髮細密而柔順剛好遮住了脖子披在肩上（我曾經聽人總結過，留長髮的男子一般只有兩種人，一種是自以為是藝術家的人，一種是自以為有個性的民工），正如洗髮水廣告中的鏡頭一樣，一梳到底。我相信如果將一把梳子插在他的頭髮上，那把梳子確實會滑落下來，掉落在地上摔成兩半的。

悲劇。梳子的悲劇是人不會去關注的，因為人認為，人是有生命的，梳子是沒有生命的，沒有生命的梳子，一把完整的和一把斷成兩段的都是一樣的。不同的是有用和沒有用之分。斷成兩半的就沒有用了，該把它「丟」掉了。

「丟掉了一撇。」這個謎底的答案是：去。

「去？」毛三的頭腦裡出現了這個字時是在昨天。中午時分，他騎著自行車正在往回趕。在一個紅綠燈的路口，他被一個黃衣服的老太太攔下了。在這個陌生的城市，居然有人跟自己打招呼。毛三一開始有些感動：真是祖國處處有親人哪。他正準備緊緊地握住老太太的手，激動地說聲：謝、謝謝、謝謝謝時，卻發現那個老太太以與年紀不相稱的敏捷，一下子跳開了，警惕地盯著他。

毛三這才覺得自己有些冒失。唉！自己就是愛激動，這是多年來想改而又改不了的習慣。

趁著毛三在發著呆的那一個空隙，黃衣老太太及時地插進了一句話進來：「把自行車牌照拿出來。」

什麼？自行車還要有牌照？剛從農村來的毛三還是第一次聽說，於是便問：「什麼？」

老太太也不搭他的話，只是一隻手緊緊地握著自行車的把頭，一邊冷冷地望他。一副見多識廣的樣子。我是什麼人？我都活了半個多世紀了，什麼陣仗沒見過？老太太心中在想，老娘吃的鹽比你小子吃的米還要多，跟老娘裝傻，門都沒有。

「以不變應萬變。」這個古老的智慧猛然間出現在他們的腦袋裡。僵持。如果在這時又有一個對這個城市一無所知的人出現在這裡，看見眼前的這一幕，一定會認為這是一件模擬的雕塑作品。這個作品說明了什麼呢？他也許會這樣理解：要過馬路了，一個老太太拉著一個年輕人的自行車說：「來，小夥子，我領著你過去。」這一場景真是讓人感動。這樣想著的人流下了感動的淚水離去了。這是我這個故事之外的話題。

還是再回過來說這兩個正僵持著的一老一少。

「薑還是老的辣。」古代人的智慧確實是亙古不變。老太太及時地調整了策略，改為主動出擊，老太太一針見血地說：「你這車子有問題。」

毛三到這時還以為是老太太說他的自行車壞了、不好騎（這在經濟學上有一個術語叫——資訊不對稱）：「不礙事、不礙事的，這車很好騎。謝、謝謝、謝謝，你老人家了。」

黃衣服老太太，這才意識到今天遇到了對手。但是這個老太太不僅沒有退縮，反而更興奮起來了。只有好的對手才能使自己更加地強大、堅強。她抓在自行車把頭上的手不自覺地就握得更緊了。

老太太決定先打擊一下毛三的信心：「看你那麼長長、亂亂、髒髒的頭髮就知道你不是什麼好人。」

毛三這才進入到了與老太太相對稱的資訊中來。原來她是把我當成壞人來抓了。他一時竟說不出話來了。

顯然，這一局黃衣老太太勝出了。她得意地說：「快，把自行車牌照拿出來。」

毛三說：「沒，沒有。」確實，毛三沒有自行車牌照，這個自行車是跟老鄉借的。他是才來到這個城市的，「我的自行車是別人借給我的，他沒有說要帶上什麼牌照。」

勝負既然已經分出來了，老太太也沒有必要再強硬下去了。砍頭不過頭點地。況且人家只是騎自行車沒有帶牌照。老太太從口袋裡掏出一個小冊子，拿到他面前，指著上面的一行小字說：「騎自行車出門要兩證齊全，缺少其中任何一證，罰款五元。」

毛三糊里糊塗地交了五元錢，甚至連老太太拿到他眼前的有關規定也沒有看清。老太太一邊收錢一邊說：「這也不是我定的，這是國家定的。我也沒有辦法。」說完後還撕了一個單據給他，並補充道「拿好這個單據，如果在下一個路口別人要罰你，你就把這個單據拿給他看，說才罰過了。」

果然，在下一個路口，他又被一個黃衣服的老太太攔下了。毛三將握在手上的罰單收據一亮，那個老太太就放他過去了。哈哈，毛三想，這就像出示介紹信一樣，真管用。

回到住的地方，毛三對老鄉說，今天真倒楣，被黃衣服老太太罰了五元。老鄉笑著說，你那樣子，誰看了都會認為你是壞人。

毛三說，那不是以貌取人麼？

老鄉說，城裡就是這樣，等一會兒你到下面的髮廊把頭髮給好好洗一洗，再順便剪一剪。你今天還好碰到的是黃衣老太太，如果遇到的是警察，那就不是罰款了，直接把你丟進收容所關幾天，讓你掉幾層皮。

毛三嚇了一跳，徑直就出了門：「我現在就去，我現在就去把頭髮打整一下。」

下了樓，毛三「去」社區大門外的那個小小的髮廊剪髮。

在來這個城市的第一天時，他就注意到了那個小小的髮廊。從敞開的門看進去，他看見一個髮廊妹坐在一張椅子上，慢慢地就像是靜止的畫，在暗暗地燈光下，幽靜地浮動。這使他想起春天在樹「丟」下的一大堆影子中，斑斑點點的陽光，像螢火蟲般地亂竄。那些嫩嫩的葉子在陽光竄到自己的身上時，不失時機地閃爍著。

出了社區的大門，現在毛三進入了那間髮廊。髮廊門口的牌子上寫著「看了又看髮廊」。他進了門，髮廊小姐比較真切地出現在了他的目光裡，有點兒像是剛才自己的想像。小姐的衣服穿得很單薄。胸前大片的肉，在燈光下閃爍著，像是明淨的湖水裡游逸的魚，濕濕的、滑滑的。

他說：「小妹，幫我洗個頭再順便剪剪頭髮。」在剛才要下樓時，老鄉告訴他說，在城裡，如果要表現出對女孩的尊重千萬不要叫她小姐，而要稱作小妹。他問為什麼？老鄉說，小姐已經成了做「那種」職業的女性的專用名詞了。

聽到毛三叫她小妹，那個髮廊女竟然顯得有些感動，她站起來說：「哥，剪頭呀，坐下來吧。」毛三看到她笑得很好看，就像是湖面上起了一陣微風，水波輕輕地搖悠悠地晃。

髮廊妹用水將他的頭髮打濕後，倒上一點洗髮液，而後輕輕地用手揉搓著。

毛三覺得有些兒困倦，微微地閉著眼睛。髮廊女說：「你的頭髮其實挺好的，就是隔太久沒有洗過了。粘滿了灰塵，灰塵被汗水打濕，再乾了，就變得像亂草一樣了。」

說著竟還有一些責備的樣子。毛三的頭被髮廊女撓著，本來就舒服，再經她這麼一說，心底就產生出了一絲的溫暖。他張開眼睛，看見那女孩的臉在他的臉的上方很近的地方晃動著。他從來沒有如此近地與一個女孩面對著面。看到他這個樣子，那女孩說，你是第一次來這種地方吧。毛三剛點點頭，那女孩就叫道：「唉，別動。」

兩個人沉默了一陣。

那女孩又說：「還好沒有給你剃鬍鬚，否則還不給你的臉上劃上一道口子。」

毛三像是做錯了事的孩子，一時不知該說些什麼，又是一陣沉默。

又是那個女孩打破了沉默：「你知道嗎，我每次給客人洗頭，看到的都是一張反著的人的臉。有時我就在想，如果人臉也是一個單獨的個體，那麼下巴就是它的額頭，鬍鬚就是它的頭髮，嘴巴呢就是它的一隻眼睛……唉，你知道二郎神嗎？他就有這樣的一隻眼睛，聽說普通人也有這樣的一隻眼睛，只不過人自己愚昧沒有覺察出來。」

毛三聽著，覺得有些意思，問：「那鼻子就是它的身體了？」

女孩說：「你還真有悟性。男人的嘴唇上的鬍鬚就代表著雙手。」

毛三問：「那如果是女人呢？那麼它不就沒有手了嗎？」

女孩說：「是的，在這個形體裡面女性不僅沒有手，而且還沒有頭髮，所以女性是不完整的。鼻子根部越細，就證明女性的腰越細；男人也是一樣。眉毛則代表了兩條腳，如果是女人，眉毛分得越開，就證明了她越是容易失身。反過來，如果眉毛越緊，就證明她越是保守。如果眉心有一顆痣，就證明其性慾很強，一般的男人是對付不了的，只有眉心中有痣的男人才能與她較量。」

毛三越聽越覺得有意思，看來真是術有專攻，沒有想到一個髮廊妹對她的世界還會有這樣的認識。他又問：「那麼，兩隻眼睛呢？」

女孩說：「兩隻眼睛就是太陽和月亮呀。」

「額頭呢？」

「就是大地呀。」

「頭髮呢？」

「是大地下面的根。根越多越茂密，就說明了大地上的植物越茂盛。另外，如果說頭髮越少，就證明了大地上的植物越稀少，同時也反襯出了歷經的困苦與磨難，苦難越多就越接近真理。所以說自古以來，詩人及作家都是多為禿頂的。」

（苦難＝思想？這是誰說的？好像是有一些道理。）

毛三說：「你說的就像是算命一樣。看來你還懂得看相呢。」

「是呀。」

「那你說說我吧。」

「好的。我正在給你洗頭，還是就從頭髮說起吧。你的頭髮下端多有開叉，這說明你從很乾燥的地方來。一般來說，如果有條件的話可以通過後天來彌補，比如說吃好一點，或多使用一些護膚用品。而從你的頭髮的髮質來看，你之前所處的自然環境不好，而主觀環境也不好，因為你沒有條件來改變它、或你所處的環境讓你覺得你沒有必要去改變。是什麼樣的環境使你覺得自己沒有必要來改善自己的外表形象呢？『女為悅己者容』這句話說的是女人，但同樣也適用於男人。從這一點來判斷，你之前所處的環境中都是男人，而沒有女人。通常只有男人而沒有女人這樣的環境只有兩個地方是這樣，一個是軍營、一個是監獄。所以我可以斷定你不是剛服完軍役退伍，就是剛剛刑滿釋放。」

毛三沒有說話，他突然對自己的來歷感到有些害怕。他不敢去想。於是便把話題岔開：「這些你是怎麼琢磨出來的？還真是茶座上的茶具——一套一套的。」

「這些都是古老的智慧呢，你有沒有注意到古代的男人與女人的衣服穿的都是寬寬大大的？」看到他默認了，她又接著往下說「那時又不興自由戀愛，更沒有什麼試婚之說了。那麼古代的人是怎樣為自己找到一個合適的伴侶呢？真的是只有嫁雞隨雞、嫁狗隨狗嗎（或娶雞是雞、娶狗是狗）？不是，古人還是可以通過露在衣服外面的頭來推算包裹在衣服裡面的世界的。而人的頭部當屬臉部最為複雜，於是古人就只有從人的臉部五官來推測人的身體。萬物都是有著因果聯繫的，比如說從女人鼻翼的大小可以推測到胸部的大小；從男人的鼻子的長短可以判斷出男根的長短；從女人的嘴巴的外形可以猜測出外陰的形狀、鬆緊。」

髮廊妹越說越高興，「更奧妙的是，除了可以觀察到身體的外形，甚至還可以觀察到身體的內部。有一次我為一位客人剪頭髮，看到他的頭髮有些焦黃，甚至還隱隱的感覺出一絲焦糊味，於是我對他說：你的肝也許有些問題，你還是去檢查一下吧。這位客人說，是呀，這些天總是覺得有些煩躁、心神不寧的。後來他去看了醫生，果然是患了慢性黃膽型肝炎。」

聽到髮廊妹的這一席話，毛三對這女子簡直是佩服得五體投地。他張開眼睛緊緊地盯著她，看見她漂亮的臉上，兩隻眼睛像太陽與月亮一般熠熠生輝。

眼睛：◎◎

一般男人初次注意到一個女人時，首先看到的會是她的眼睛。這樣的視點大概是想看透這個女人的心。這樣的觀察是對的，「眼睛是心靈的窗戶」。從這扇窗戶裡，可以看到一種看不見風景的風景。如果在這個風景裡被迷得神魂顛倒，分不清東西南北，那麼就說明愛情產生了……

毛三第一眼看到那雙眼睛，就在心底對自己說：「我完蛋了。」

為什麼要用「完蛋」這個詞？他也不知道，他只是隱隱地覺得「自己」不在了，而出現在自己的意識裡的到處都是她——那一雙眼睛……

他猛然間想起了一首詩：

你就站在那兒靜靜地望著
我望著你的傻樣兒
你不知道你的樣子是多麼的好看
你不知道你的目光是多麼的乾淨
……
你就站在那兒靜靜地望著

你不知道你的目光是多麼的乾淨
你不知道你的樣子是多麼地讓我喜歡
……
你就那樣
靜靜地望著我看著你的傻樣……

髮廊妹的名字叫，◎◎（發音為——目目）。

◎◎（目目）？

是的。

真好聽！

◎◎——目目——看了又看。有意思，真有意思。

五年前，那時的◎◎才滿十八歲。高中畢業後沒有考上大學，這樣她就比其他的同學更早地踏進了社會的大門。◎◎站在一個山崗上，正值黃昏，太陽西沉。人們驚恐地看到，西下的太陽像一顆鉛彈從背後就要擊中了她的頭部。

（山頂上有一眼泉水，像一隻眼睛一樣乾乾淨淨地望著乾淨的天空。天空中有一抹紅霞，於是泉眼就像是沒有睡好覺的眼睛一樣帶著血絲。即使是這樣，也絲毫影響不到泉眼的明淨，◎◎蹲下身子，她看見了自己，明淨的眼睛在泉水中閃閃發光。頃刻間，在這裡、在這個時間、在這個山頂之上出現了三眼泉水。）

於是，注目地去看——◎◎在此時正好蹲下身子去看泉水——人們看見，太陽正好從她的頭頂上滑翔而過。

於是，人們便舒了一口氣。接下來就天黑了，什麼也看不見了。

◎◎站著的這個山崗是最後的一個山包，接下來就是一望無際的草地。太陽在◎◎的注視下，一點一點地沉入到草地中了。就像是一次下葬，死者的棺木在繩索的拉扯下緩緩地沉入地下。這是◎◎第一次看到平地上的日落，以前太陽都是落在山的後邊去了，而現在◎◎親眼看到太陽是落在了地平線的下邊。

從山崗上的日落，到地平線上的日落，◎◎就像是走過了一個漫長的歷史——山崗被太陽壓塌了、扁了、平了，於是就成了現在這樣的地平線上的日落了。

巨大的陰影消失了之後，天就黑了。一個整體的陰影代替了一個局部的陰影。於是陰影就不見了。

天已經黑盡了，◎◎也不知道該向哪兒去。自從高考的錄取通知書下來了以後，看到其他同學歡天喜地的樣子。◎◎就覺得自己被世界拋棄了——丟掉了。她想到了死。她想自己找一個地方靜靜地死去。

「丟掉了一撇。」

「去。」

去哪兒呢？她漫無目的的走著。翻過一座山又一座山，現在前面再也沒有山了。黑夜中她漫無目的的走著。草地上的露水很重，褲腳已經濕透了，有成滴的水滴了下來，流進了鞋子裡，「嘰咕、嘰咕」地響著。這個聲音使她多少覺得自己並不孤獨。

就這樣走著，伴隨著這種聲音，◎◎想著：就這樣，在哪兒倒下，那兒就是自己的墓地。

就在她要倒下時，猛然間她看到了一點火光。在這寧靜的草原之上怎麼會有火光？◎◎向火光走去。那是一個用石頭疊成的簡陋的小屋。透過窗戶她看見一個老人在油燈下專注地看著一本破爛而骯髒的書，很奇特地，○○看到這個老人就自然聯想起了傳說中的神仙。難道我真正的碰到神仙了？

○○敲響了門。門開了，那個老人看到有一個人出現在門口顯然極為驚喜，說：「十幾年了，終於看到人了。快請進。」

○○進了屋子，發現這個屋子並沒有屋頂。天上的星星靜靜地伏在屋子的上方，彷彿就是這個屋子裡的一個個成員。

她不解地問：「老人家，這屋子為什麼沒有房頂呢？」

老人笑著答：「這裡一年四季從來都不會下一滴雨，要屋頂來何用？沒有用的東西，要來也是多餘的。多麻煩呀，還不如就不要它。只要有四面牆來擋擋風就行了。」

○○聽到這句話，心中想了一下就笑了。老人問：「你笑什麼呢？」

○○說：「我想到了一首打油詩。」

老人問：「什麼詩這麼好笑？」

○○說：「我不能說。」

老人央求到：「說吧。說吧。」

○○說：「好，這可是你要我說的。」

老人點了點頭，急迫地望著她。

○○念到：「天公下雪不下雨，雪到地下變成雨，變成雨來多麻煩，不如當初就下雨。」

老人聽了之後大笑著說：「哈哈哈，有意思，我來接下面的：先生吃飯不吃屎，飯到肚裡變成屎，變成屎來多麻煩，不如當初就吃屎。」

說完之後這一老一小一齊大笑起來。

這兩人一下子就像是老朋友一樣。忘年之交。

◎◎望著油燈下的書問：「老人家，在看什麼書呢？」

老人說：「我在研究人呢，也就是面相與骨相。」說著就拉起◎◎的手說：「來我幫你看看相，這幾十年來連鬼都沒有看到一個，真是英雄無用武之地呀。」

老人將◎◎扯到油燈下，緊緊地盯著她的雙眼。一邊看著她的眼睛，他一邊說：「眼睛是靈魂的窗戶，所以從眼睛可以直接進入人的靈魂深處，也就是說只要看人的眼睛就可以看出這個人在想什麼，希望什麼，以及目前的現狀……你看，從你現在的眼神就可以看出你剛經歷過一次失敗。對不對？」

◎◎點了點頭。看到第一下就說中了，老人更是興奮了起來：「眼睛也可以和性相關聯起來，比如說眼尾的妻妾宮代表婚姻問題。從眼瞼的淚堂可以看出性慾的強弱，從兩隻眼睛的距離可以看出婚姻的主動或被動……噢，對了，從你眼瞼的淚堂還沒有成形，這可以看出你還沒有過性生活。你還是個處女，對吧。」

◎◎紅著臉又點了點頭。老人接著又往下說：「眉間很窄的女人多半性機能都很好，因此可以在性方面多做享受。可是這種女人通常都喜歡吃醋，嫉妒，擁有令自己和對方都痛苦的個性。只要醋勁一上來，就會又抓又咬。第二天丈夫出門時，臉上可能東一塊西一塊地貼著膠布，或者鼻青臉腫的，很不好看，像這樣的夫妻吵架連狗也不會理睬，所以娶了這種老婆必須個性豁達，否則一定是會離婚的。但是，如果這種女人的老公的兩隻眼睛分得很開，那麼他們則可以很好地相處，因為那個男人可以像一個沙包一樣承受這個女人的抓扯與漫罵。」

……

趁著老人歇氣的空間，◎◎責備地說：「老人家，人家還沒有結婚呢。」

老人說：「呀，對不起，對不起，我有十幾年沒有碰到過人了，一直都是一個人在默默地研究著人。眼看著就要把人看透了，可是身邊卻又沒有人。真是英雄無用武之地呀。蒼天不負有心人，終於你出現了，可是你又是一位姑娘。怎麼辦？怎麼辦呢？」老人搓著手急得團團轉。◎◎看著老人這副像熱鍋上的螞蟻的模樣，自己的心裡也在著急著。

老人在小小的屋子裡轉了幾圈之後終於笑了，他說：「對了，你把我當作醫生，我把你看成是我的病人，那麼這個問題不是就解決了嗎？」

看到老人一副天真的樣子，◎◎也感到很為難。老小、老小——真是越老越小呀。同時，她還想到了這樣一句話：「學術無禁區」。

「唉，就當著學術探討吧。」

從◎◎的表情，老人就看出來了她願意做他的研究對象。他站到了她的面前，仔細地看著她的眼睛。有一刻◎◎覺得自己猛地打了一個冷顫，彷彿他鑽進了自己的身體之中。

頭頂上的星星在這時慢慢地變淡了，月亮悄悄地爬到了他們的頭頂上，也在注視著這一切。現在，這個小屋裡充滿了月光。乾淨。清潔。

◎◎的雙眼在這種環境下完整地顯現了出來。像是月夜中的兩眼泉水。與人們對泉水的需求不同，老人並沒有對這「泉」的水感興趣，而是把目光停留在了容納著這泉水的環境中。

老人說：「你的眼尾有些向上吊，這證明貞操觀念很淡，性方面會很淡。另一方面，從形體上來說，可以斷定你的雙乳間的距離較寬，乳房不太大，性感度屬於中等，所以想著法子要誘惑你的人也不會很多。不會像漂亮的女人那樣，追求者們排成長隊。在這樣的客觀環境下你的性生活也不會太多。你喜歡正常體位，如果被強行擁抱或被按倒在地，會發出喜悅的呼聲。我說的沒錯吧。」

「真是神了，我的雙乳真的是那樣。至於喊叫聲麼，我還沒有經驗呢。唉，對了，如果是雙眼的尾角向下墜呢？」◎◎羞紅了臉，但同時又好奇地問道。

「如果眼尾角是向下墜的，那麼就說明她的乳房很大，並由中間向兩邊分開下垂，就像是『八』字。這種女人很性感，受到的誘惑也會很多，隨便就可以開出一長串的名單，她們也會以此為榮。所以她們不會放棄任何一個追求者，並常常會以此為資本而四處眩耀，她們的性生活因此會很混亂。要注意的是，成功的人士或怕老婆的男人對這種女人一定要小心，否則他的名字是很容易出現在報紙版面的頭條上的。」

現在◎◎對這個老人已經是佩服得五體投地了。眼前站著的彷彿就是一個老神仙。天上的月亮已經偏西了，小小的屋子裡只餘下了半屋子的月光——像是有人正在外面推這個小屋，要將它推倒掉。

老人的興致卻絲毫也沒有削減：「一般人的眼睛大至都左右對稱，但是只要仔細觀察還是可以看出微妙的不同。你的左眼就比右眼稍大，並有一點點向下偏。一般來說，這種左右眼大小不同，並有一點錯位的人，通常是在父母感情不好時生下來的——這也許是因為胎兒在母親的身體中休息不好，眼睛沒有完全閉緊的原因，當然如果從這一點往下挖掘，那就進入科學的領域了，而現在我所探討的是玄學。那樣一扯，話題就遠了，還是再說回來吧——也就是說你的父母雖然天天在吵架，可是性生活卻是照常在進行，孩子也照生不誤。在這種環境中生下並成長的小孩，在心理上很容易自卑，會很敏感地察覺到父母對自己不好，因為他們根本不會關心自己，這種小孩會很希望父母離婚。但是這樣的父母一般都不會離婚，因為他們要做『那事』，性生活是使他們的婚姻維持下去的惟一因素。孩子的成長中伴隨著父母的吵鬧與另一種更讓他們感到莫名其妙的快樂的呻吟。他們不知道大人到底怎麼了？在想什麼、在做什麼？只是意識到父母既痛苦又快樂。小小的心靈中充滿了困惑，但又不敢去問，心中總是慌慌的，不知道該怎麼辦才好。只有讓這種體驗不斷地重複，漸漸地孩子就學會了察言觀色，不再信任別人。同時，個性中也開始長出了冷酷的芽。」

聽到這裡，○○的雙眼裡已經含滿了淚水。她想起了自己的童年……

「總有一種記憶讓○○淚流滿面。」

○○記得小時候，父親總是在夜晚中瘋狂地敲著母親住的房門喊：我要。

母親則在屋子裡回應道：想幹老娘，門都沒有。

可是○○記得，每隔一個星期，母親都要做一次魚來吃。對於魚的回憶，○○感覺到的不僅僅只是味道鮮美，而更多的是一種宗教般的儀式。她記得，每回吃完魚之後母親總是羞紅著臉，對父親說，我先回屋去了。而父親則會很威嚴地點點頭說：你先進去吧，我跟著就來。接著就在外邊的屋子裡點起了一支煙，深一口淺一口地吸著。父親的樣子，讓她感受到了一種真正的慈祥。深邃的臉龐，在煙霧中顯得越加的遙遠，可望而不可及。

距離——美——模糊不清。

吸完煙後，父親會打開電視，將節目選到一個動畫片，而後對○○說，你就在外面看電視，爸爸進去跟媽媽說說話。

說著就進屋子裡去了。○○聽話地在外屋看著電視。很快地，屋子裡就傳出了呻吟聲。很奇怪的，這呻吟聲裡沒有痛苦，卻反而夾雜著一種快樂。這快樂像是被深深地壓抑著、埋藏著，而後，在現在它不知道在哪裡、找到了一個什麼樣的孔隙，鑽了出來。遙遠、輕細，卻又是那麼的精準地清晰。

不管怎樣，這是每週惟一的聽不到父親吵鬧的一天。雖然與吵鬧不同，也伴隨著一種奇怪的聲音，但這聲音對◎◎來說也是一種幸福的聲音。甚至在現在◎◎回憶起來，那簡直就是一種吟唱、天籟之音。

因此從小開始，◎◎就非常喜歡魚，並希望天天都能夠看到它。

記得剛上小學時，小同學們都在說自己屬什麼。有人說那人屬虎、有人說這人屬馬、也有人是屬狗的，當有人問道◎◎屬什麼時，她脫口而出，說自己是屬魚的。因此還引起了同學們的一陣大笑。

於是有的同學在背地裡就喊她：魚。

魚就魚罷，◎◎也覺得無所謂。她喜歡魚，對於她來說，魚就代表著幸福與平靜。

可是不久之後，她連這每週一天的幸福也沒有了。快要升二年級時，父母雙雙下崗了，母親沒有錢買魚了。

每天夜裡父親都瘋狂地敲著門說：快開門，我要。

母親則在裡屋說：想幹老娘，門都沒有。

父親開始用腳踹門了：快開門，母豬。

母親說：操，就對老娘有勁。有本事，拿錢買魚回來呀。

很奇怪，每回父親聽到母親提起魚，便會癱軟下身子，倚在門框上嗚嗚地哭。一哭就是一整夜。那哭聲傳出了很遠，像是要到很遠的地方找一個親人，而親人又沒有找到。傳說中的親人像是失蹤了，又像是死了。於是這聲音便沒有了去處，四下裡流浪著、盲目著……

就這樣一直過了有一些日子，有一天家裡的吵鬧聲終於停了下來，◎◎看到父母親站在她的面前，含笑地望著她。

父親說：走，我們今天一起出去。

母親說：去，買魚去。今天吃魚。

說著，母親的臉竟紅得像花兒一樣盛開著。「魚？ꝏ最喜歡魚了。」她高興地說。接著他們一家三口一齊上街去買魚。街道上，太陽明晃晃的。這是這個城市難得的好天氣，ꝏ頭上紮著的紅紗巾像火苗一般地跳動著。幸福又回到了ꝏ的身上。

回到家裡，母親到廚房裡做魚，父親則將電視打開，調到了一個動畫片，陪著ꝏ一起看著、笑著。ꝏ感到了前所未有的幸福。

吃完魚後，母親像往日那樣羞紅著臉對父親說：我先進屋去了。

父親說：好，我馬上就來。

與以往不同，這次父親並沒有點上一隻煙，慢慢地吸上幾口，而是直接就進了屋子。像是在趕時間。在進屋前父親對ꝏ說：爸爸進屋裡去跟媽媽說一會兒話，你自己看電視吧。

很快地，裡屋裡傳來了那種久違了的奇怪的呻吟聲。也許是因為ꝏ長大了、也許是因為上學了有了知識，對萬事萬物由好奇與不解，轉為了好奇與探索。ꝏ今天鬼使神差地走到了門口……呻吟聲越來越清晰起來了……不，ꝏ聽到的是叫喊聲……一聲比一聲激烈、一聲比一聲短促……ꝏ不由自主地伸手推開了房門……

她看見父母赤身裸體地抱在一起，兩個身體交織著，渾身淌滿了汗水——疲憊、勞累而痛楚——看到眼前的這個場景：像是兩塊巨大的胡亂擺放著的生肉。ꝏ猛然間覺得一陣噁心，哇的一聲，將剛才吃進肚子裡的魚全部都吐了出來。

……

聽到這裡，老人說：「你不要再說下去了，我知道，是這救了你。那魚裡面有毒。」

「是的，魚裡面放了毒藥。父母就這樣死了。從此，我成了孤兒。」

看來這世間的一切都是有因有果的，老人說：

「第一，我第一眼看到你，看到的就是你的眼睛。

第二，你最喜歡魚。

第三，魚與人的眼睛的形狀相同。

第四，魚與眼睛都是在水中才能夠存在的，不同的是魚生活在水中，而眼睛則是生存在淚水之中的。一樣的形體卻有著一字之差，這就意味著這兩者的命運的不同。

在自然界中，眼睛與魚是屬同一個科目的。所以才會有以上四點的巧合，這就是宿命——眼睛與魚不可避免地聯繫在了一起。甚至可以這樣理解，你的命運就是魚的命運，通過仔細地觀察魚的生活及習性，就可以相應地判斷出你的命勢和運程。」

月亮已經西沉，剩下的那半屋子的月光一點也不剩了。小屋被人扳倒了，月光流了出去。陽光湧了進來。小屋中一改朦朧的微暗，而變得透明起來；空氣中什麼都沒有了。天亮了。空氣中那些有顏色的物質哪兒去了呢？水清了變濁很容易，水渾了又怎麼那麼容易就變清了呢？當然，這個問題是我寫到這裡時偶然從頭腦裡跳出來的想法。◎◎在那時、那個環境之下是根本就想不到這裡來，她只是著急地問：

「老人家，快告訴我魚的命運是怎麼樣的呢？我以後會怎樣？是不是很可憐？我應該怎麼辦？」

「魚，性喜水，用乃深寒之物。這說明你生性怕熱鬧，而喜歡冷僻幽靜。魚，身處水中，而水為江湖，則說明你必將置於一個江湖之中，我說的這個江湖當然是指人世間的江湖。魚，行動起來時的形容詞一般不是用『游、曳』，就是配之以『鑽、串』，這說明與魚的命相通的人的命運處於兩個極端，要麼是閒散，要麼是忙碌。你是屬於那一樣呢？我等一會再給你細看，一般來說，如果眼睛長的動感十足、活靈活現，那麼與之相反，這就是屬於閒散的命，如果眼睛長的呆滯無神、死氣沉沉，這就是忙碌的命。有些時候人的形體長法與命運是成正比的，而有些時候又是成反比的。還有，你也知道人眼角出現的皺紋叫『魚尾紋』，這不僅是因為它像魚，還暗指著魚游得越快、越有力，則越是須要有一個強壯粗大的魚尾，所以人越是操勞、勞累，魚尾紋就出現得越早、越深、越多。這就是大自然的奧秘，需要人們去觀察、分析。大自然是不會給你一個確定的答案的，它需要你花費一生的時間與精力去觀察它、發現它、探索它。」

○○說，您老人家可真是有學問，對於魚的瞭解，除了我母親做的可以吃的魚之外，其他我知道的就是柳宗元的〈至小丘西小石潭記〉對魚的描寫了：

> 從小丘西行百二十步，隔篁竹，聞水聲，如鳴佩環。心樂之，伐竹取道，下見小潭，水尤清冽。全石以為底，近岸，卷石底以出，為坻、為嶼、為甚、為岩。青樹翠蔓，蒙絡搖綴，參差披拂。潭中魚可百許頭，皆若空游無所依；日光下澈，影布石上，佁然不動；俶爾遠逝，往來翕忽，似與遊者相樂。潭西南而望，斗折蛇行，明滅可見，其岸勢犬牙差互，不可知其源。坐潭上，四面竹樹環合，寂寥無人，淒神寒骨，悄愴幽邃。以其境過清，不可久居，乃記之而去……

「對了，在學校裡同學們都喜歡看星象方面的書。我是雙魚座的，星象中是這樣分析雙魚座的命運的」，◎◎說：

「雙魚座是黃道十二宮的最後一宮，所以可以說他集中了十二星座優點和缺點在一身，而且也可以從代表雙魚座的兩條游向不同方向的魚的特徵中，知道這個是多麼矛盾的一個星座，加上水象星座的情緒化，可知雙魚座的人是多複雜，如果天蠍座是最記仇的星座，那麼雙魚座可算是最記『愁』的星座。

神經質、健忘、多愁善感、想像豐富、自欺欺人等等都是雙魚座的形容詞，不過雙魚座最大優點就是他的一顆善良的心，他最喜歡幫助人，願意犧牲自己去為別人，不過不要以為他很偉大，其實只不過他借幫人而去突出對自己的肯定價值，可見他們多麼沒有信心。

由於沒有信心，經常為自己製造藉口去逃避，很多時他明知故犯，皆因他愛自欺欺人。亦不要以為雙魚座的人本性溫柔，有時年紀大的雙魚座會因為承受不了自己給自己的壓力，他會轉化成自己的脾氣，向別人無理取鬧，自以為是，雖然如此，他內心仍然是脆弱不堪的。

守護雙魚座的海王星，代表了理想、想像、不專心、猶疑並虛偽，亦正是雙魚座的寫照。」

老人說：「西方的星象與中國的相術不同，星象是通過對宇宙的觀察、瞭解，從而通過對星空的認知來掌握宇宙的變化，然後再從宇宙的變化中發現宇宙的變化對人的影響。這就像是通過一面鏡子去看清一個人，即使看得再清楚，但他們看到的都是虛幻的。而中國的相術則更直接——我們拋棄了那面鏡子——看到的是真實的對象、個體。西方星象關注的是星宿對人的整體影響。而東方的相術則直接關注的是人的個體。比如說一個月中有那麼多的人出生，他們的命運難道就都是一模一樣的嗎？完全不可能。所以我認為東方相術較西方的星象對比，相術要更個體、更準確些。」

有一縷陽光已經進入了屋子，在小屋的上方將陰影與光亮分割得涇渭分明。乾淨的陽光下，老人看見了一張乾淨的臉。而這時◎◎也看到了老人的臉上充滿了痛苦，像是他身體中的某個部位很痛。老人的眉毛扭曲著，兩隻眼睛也向中間擠著，鼻子也抽搐著。「眉毛鼻子一把抓」，似乎也可以做此解釋。◎◎感到有時候古人的經驗真是博大精深。

◎◎問：「老人家，你怎麼了？」

老人說：「突然間我覺得心裡面很痛。」

◎◎說：「那您還是坐著休息一下吧。」

老人說：「沒有事的。是心裡很深的地方，像是有一隻手在抓攪著。」

◎◎還是有些不放心，她說：「您還是休息一下吧，說了一個夜晚的話，應該也累了。」

老人歎了一口氣說：「唉，為什麼這個世界上，好的人總是沒有好的命呢？」

◎◎不解地望著老人。

老人說：「你不知道，我一個人在這裡研究相術多年，相術其實都是粗淺的學問，很快就可以掌握了。有一天我甚至差一點就離開了這個地方，可是就在我整理好行裝準備回家去的頭一天晚上，面對著星星，我重新在心裡面回顧了自已對命相的研究。那些我曾經掌握了的東西，像天上的星星一樣跳躍了出來，排列在我的腦海裡，清清楚楚地，情景分明地。那些都是我所熟悉的，我就像是把玩著古老的器具一般把玩著這些命術知識。一件一件是那麼的熟悉、精巧。一件一件，我時而將它們拿在手上，時而將它們歸類，而後再退到一個地方遠遠地觀望。那種感覺，不是自吹的，就像是古代的智者一樣。時間在一分一秒地過去，天就要亮了，天上的星星也漸漸地暗淡了，就要退出浩如煙海的天際。我剛才擺在腦海中的那些正品味的東西也就要消失了，我準備最後再看它們一眼而後回到家裡去好好的過正常人日子。你知道，謎底一被破解了，謎面就沒有意義了。可是就在這時，我在這整體地排列出來的命運中發現（歸納）了一個新的問題，就是：『所有的好人都不會有好的命運。』」

老人倒抽了一口氣之後說：「於是我決定留下來，把這個問題搞清楚。看看根源在哪裡？癥結在哪裡？」

◎◎問：「找到根源了嗎？」

老人搖搖頭說：「沒有。我覺得自己陷入到了一個巨大的圈套之中，不能自拔。糾纏不清。打個比方說吧，在我們的文化之中，你這一世做了很多的好事，是為了下一世能夠大富大貴。而一個人怎樣才能大富大貴呢？只有通過做一些對別人來說並不是那麼公平的事情，才能夠獲得那些遠遠大於別人的巨額財富，否則他就只能是一個平常的、普通的人……」

聽到這裡◎◎有些不知所然，隨口問道：「後來呢？」

老人說：「……再後來，你就出現了……」

時間一點一點地過去，不久前才被推倒——將月光全部傾倒出去——的小屋像是又有人正在將它扶了起來，慢慢地，小屋裡已經裝了半屋子的陽光……

◎◎與老人的身體有一部分已經被陽光照得發燙。

在強烈的陽光照耀下，這一老一少、一男一女，不得不將眼睛瞇著，讓世界在眼睛裡，由一面、變成為一線。

◎◎瞇著眼睛問：「是不是看出我的命不好呢？」

老人說：「唉。你真是個聰明的女孩。剛開始在油燈下時，你眼睛的細微的部位沒有辦法看清楚，後來天亮了，就可以看到更細緻的變化了。前面我說過，你的眼睛尾角是向上翹的。似乎每一個這種眼睛的人都是一樣的，看起來都是流線型的，但是只要仔細觀察，就會發現它如同波浪一樣，個個都不同。你的眼角很高，如同飛機翅膀的斷面圖。這種人生性明朗，人品很好，不會有表裡不一的情形發生。因此對於別人的好惡會明顯地通過眼睛表現出來。一旦喜歡上誰，也會眉目傳情，這就是傳說中的『會說話的眼睛』。其實眼睛不會說話，而這雙眼睛卻是藏不住內心中的祕密。所以如果說有著這樣一雙眼睛的人是處在一個必須以說假話才能夠很好地生存的時代，那麼，這雙眼睛的命運多半會是悲劇性的命運。這雙眼睛的主人就會是悲劇的主角。

相反的，如果眼角向下垂，如同被什麼重物壓塌了一般，這個人就必定是工於心計，對任何事情都採取冷眼旁觀的態度，故無論是對方想什麼，或要求什麼，他都能敏感地察覺並配合。所以這種類型的人，如果生存在一個說假話的時代，那麼他就會像是如魚得水一般，迎得上級的好感、歡心，並步步高升。

不說別人，還是說你吧。你的眼角不僅上翹，而且眼瞼中央部分隆高，這是表現力充分，具有藝術天份的特徵。這種人具有真正藝術家的情感，對金錢不夠敏感，容易相信他人。如果是女性，則很容易受到結婚的欺詐。但是只要有過一次的經驗之後，她們就會吸取教訓，並很快地回到聰明、睿智的軌道上來。因為她們原本就很聰明，只不過是因為過去她們對這個世界缺少直接的認識。這證明了她們善於總結經驗、吸取教訓。

同時這種女性的音色也很好，做愛時會發出很大的聲音，如果家裡很小，或者和小姑、婆婆住在一起，她很可能會在做愛時咬破枕頭、被子，或丈夫的肩膀。若丈夫倆住在隔音不好的公寓裡，她的呼叫聲可能會影響左右鄰居的安寧，弄得大家見面都不好意思。如果在這時她的丈夫是一個膽小、內向之人，那麼他們未來的生活將會很不和諧。丈夫因害怕發出響聲，而會刻意地壓制自己，不使勁、不做劇烈頻率的抽動，弄得雙方的情慾都無法完全發洩出來，久而久之，就會轉化成一種變態的人格。夫妻雙方的感情也會因此而破裂。」

聽到這裡，◎◎問：「那麼，我是不是不該結婚呢？」

老人肯定地回答：「不。」接下來他又說：「下眼角隆起的部位叫淚堂，相術上也稱作『男女宮』，是觀察性慾強弱及兒女運好壞的地方。

你還是個姑娘，還沒有結婚，離有兒有女還早得很，我們還是先說性慾吧。淚堂隆起的女人性能力很強，富有生命力，早、中、晚，一天做三次愛也不在乎，性器也充分發育，感度很緊又很有彈性，很容易達到高潮，愛液也多，只要稍微愛撫便多得無法處理。是不可多得的尤物。是天生的做妓女的料，如果她去做妓女一定會很走紅，運氣好的話她也許會成為『李師師』『陳圓圓』『薛濤』式的妓界名流。只是現在這個時代做妓女是違法的、也被人所瞧不起。『一個人通過別人而成為其人』，我時常愛說這句話，也就是別人說你是什麼你就是什麼。這就是你的悲劇。所以相術不應當只是單獨的看臉呀、手呀什麼的，還必須和他所處的那個時代對照起來觀察，看看他是否是符合那個時代精神。

命理上說，天為大，地為下，人居其中。所以除了上天之外，地上立的法，連地下的鬼也得遵從。」

◎◎覺得有些絕望，她問道：「那麼，我該怎麼辦？」

老人說：「有些人的相，與當時的時代精神是一對矛盾體。這種人的命在那個時代是無論如何也不能算是好的。有些人生得獐頭鼠目，卻又是春風得意、官運亨通，很多人都不理解，其實那正是因為他的相符合了那個時代的精神。有人憤怒地說那是『魔法時代』，其實是沒有必要感到忿忿不平的，你只能怪自己選擇的出生時期不對；有些人自身的相就是一個矛盾體。比如說這個人長有一對桃花眼，這代表著濫情，卻另外又擁有著一個鷹勾鼻，這代表著專一。這種人的命數是很複雜的，通常是因時而變、因勢而異，這也造就了人出爾反爾、見風使舵、不講信用的本性……」

……時間一點一點地過去，不久前才被推倒——將月光全部傾倒出去——的小屋像是又有人正在外面用力將它扶正了。慢慢地，小屋裡已經裝滿了整個屋子的陽光……

日頭已經到了正午。

∞覺得自己在這裡待了很久了，是該走了。便對老人說：「老人家，我要走了。」

老人說：「走？到哪裡去？」

是的，到哪裡去呢？∞也不知道。她只是在想，如果自己不在這裡自殺，那麼這裡就不是一個可以待上一輩子的地方。

看到∞猶豫的樣子，老人說：「乾脆這樣吧，從你的面相上我看出你有兩次婚姻，第一次是短暫的痛苦的，而第二次才是歡樂的幸福的。我帶你到一個地方先草草的嫁了，而後你再儘快地離婚，去尋找真正的幸福。長痛不如短痛，舊的不去新的不來，人的命運是無法改變的，而我們可以改變的是讓不幸盡可能地縮短，讓幸福盡可能地延長。」

看到老人自信的樣子，∞不由自主地點了點頭。

陽光下。正午。這一老一小上路了。太陽就在頭頂上。腳下沒有陰影。草地在腳下延伸。

路上。

∞問老人：「對了，老人家，我還沒有問您貴姓呢？」

老人答道：「免貴。姓謝，名一個頂字。」

「謝頂？」∞說：「原來是謝頂老先生呀，我說怎麼會都是智慧呢！」

鼻子：畢直

毛三洗完頭回來，同屋的老鄉畢直說：「像是變了一個人一樣。真是人靠衣服馬靠鞍呀。可以跟我一起出去混了。」

毛三說：「我跟你不是一路人。我們雖然從小是一起長大的，但是你發現沒有，越長大我們就越是不一樣了……。」

畢直說：「是呀。這是一個多元的時代，如果不是我們這種差異，也許還體現不了社會的多元了呢。」

「你還有道理了，」毛三停了一下，轉了一個話題說：「唉，那個髮廊裡的小妹還是滿有意思的。」

畢直說：「你是看上她了吧？哈哈，你是不是連下面的頭也一起讓她洗了吧？」

毛三一時不知道怎樣回答，只好再轉了一個話題：「還記得我們讀書時中學老師說的那個對聯的故事嗎？」

畢直說：「當然記得。說的是一個熱愛知識的妓女在每接一個客之前，都要求嫖客對一個對子，對上了她才讓嫖客搞。說的是這天有一個農夫好不容易存夠了一次的嫖資，到夜裡時揣著錢就來了。妓女出的上聯是：面朝黃土背朝天，日裡找錢夜裡用，可憐可憐真可憐。農夫答不出來，只有一個人蹲在街頭痛哭。剛好這時有一個教書先生夜裡去偷情路過此處，看到農夫在哭便問為什麼，農夫將事情的經過說了一遍。教書先生說，這太容易了，你就這樣對：背躺床板面向天，下口賺錢上口用，可憐可憐真可憐。」

毛三問：「你知道老師為什麼要給我們說這個故事嗎？」

畢直搖搖頭：「我不知道，老師為什麼會突然間對我們說這個故事。為此他還被學校給開除了。」

毛三說：「我知道。老師的目的是為了告訴我們，不好好學習，連女人都搞不成。」

畢直說：「為了激勵我們好好學習？原來老師也是一片好心呀。」

故事說完了，屋子裡一陣寂靜。

趁著這個空隙，還是讓我來仔細地看看這間屋子。

這是一間兩室一廳結構的屋子，從客廳的大小及佈局來看，應該是二十世紀八〇年代初期修建的房子。一進門的正對面就是廁所，廁所的兩邊是兩間臥室，讓人一進門第一眼就覺得廁所在這個家裡面的重要性。在門的左手邊則是廚房，在中國左為大、右為小，正對著門為上、背對著門為下，所以這個屋子的設計充分地體現了在當時「進口」與「出口」的重要性。由此可以判斷，當時的國策及個人的奮鬥目標是以吃飽為主要目的。

從房屋牆壁的顏色及地板上鋪的地磚來看，這個屋子在上個世紀九〇年代中期重新裝修過一次，僅這一點就可以猜測出這個屋子的主人，在九〇年代中期已經完成了溫飽而存了一點錢，花了兩萬元錢（這在上個世紀九〇年代中期對於一般人來說算是一個不小的數目）重新裝修了一下屋子想提高一下生活的檔次。客廳頂上的吊燈是六支一組的，由於燈罩是朝上的，所以落滿了灰塵，也許是自從這組燈裝上去後就沒有人再打掃過了，所以積了厚厚的一層灰塵。燈光已經無法從玻璃罩中透出來了，它們只有尋找另外的一條道路——將光線射上天花板，而後再返射回屋子。光線在這樣的過程中就損失了近半，因此這個客廳即使是開著燈，也是昏昏暗暗的。進入這種光線之中，就像是進入了回憶裡。

畢直就常常在有客人來的時候，無論是白天還是黑夜，他總是要將燈打開說：「來讓我們一起來進入回憶之中。」

現在畢直就對毛三這樣說了。毛三說：「那麼早就開始回憶了？」

畢直說：「不早不早，你沒看那麼多年輕的名人不都是出書在回憶了麼。」

毛三說：「你這是在妒忌別人。」

畢直說：「有妒忌才有動力。人通過別人而成為人。人通過與別人的攀比而超越別人。」

毛三在客廳裡的那個單人沙發裡坐下來，選擇了一個比較舒服的姿勢。剛洗完了頭，想起◎◎的手在自己的頭上輕輕地抓著，那種舒服勁，他就覺得自己身體裡空空的。是餓了嗎？不是，是精神上、身體上的一種輕鬆，思維也活躍了許多。他望著頭頂上的燈問：「為什麼不把那燈罩拿下來擦擦？在這樣的燈光中就像是生活在舊社會。」

畢直說：「我發現任何一個東西都是一個歷史。都有它自己的歷史。就比如說這組吊燈吧，灰塵落在上面，一天一天、一層一層、一粒一粒，日積月累，這就形成了它自己的歷史堆積。比如哪一天我們都死了，這個屋子裡突然失去了人氣。但是這組燈還在，以後……即使是幾千幾萬年以後……只要有人來瞭解這組燈，考證它的存在的歷史，考古人員就可以從容的通過燈罩上落著的灰塵來判斷這組電燈是在哪一年、哪一月、哪一日裝上這個屋頂的。你說我怎麼能隨便地破壞這組燈的歷史呢？」

毛三笑著說：「真是歪理邪說。」

笑著笑著，他的眼睛看到了牆壁的一角有一個灰暗的圖形，毛三起身就過去說：「看看這裡畫了些什麼。」毛三彎下身子好奇地看著，而畢直也在這時湊過來：「我也來看看，在這裡住了兩年了，我還沒有看到這牆上畫的這圖案。」

牆上畫的是一個正在飛的小鳥，小鳥的下方有一個太陽。這個太陽是最簡單的那種，就是一個圓圈，周圍畫著幾條代表陽光的線。由於時間久了，猜不出是用什麼顏色的筆畫的。

在圖畫的下邊歪歪扭扭的寫有幾行小字：「紅紅到此一遊。」再下來一行是：「江江接待了紅紅」。接下去就是：「打倒古月光」。

畢直看了之後很認真地對我說：「我說的沒有錯吧，任何東西都有他的歷史。通過牆上的這個痕跡，我們現在至少可以猜測出，這個屋子的主人有一個小孩，小名叫江江，從字跡及圖畫的樣子來看當時大概只有五六歲。這一天他（她）家裡來了一個叫紅紅的小朋友，自然這兩個小朋友所言甚歡，目標一致。於是他們當時就建立了一個統一戰線來共同對付古月光。他們還共同發佈了一個宣言：『打倒古月光』。這兩個小孩在此時就成為了同志，因為他們有著一個共同的叫作古月光的敵人，他們有一個共同的目標就是要打倒他（她）。從字面上來解釋，有共同的志向的人就叫同志。這也許就是人類的最初的最年幼的政治鬥爭的萌芽。」

畢直說：「如果有時間，將這個思路豐滿一下，再添加一些枝葉，就是一個很好的小說呢！」

毛三說：「你亂想嘛，你一天到晚就知道胡思亂想。」接著他們就都不說話了。也許是一個話題已經說完了，另一個話題還沒有找到。

這個空隙讓我又有空來接著觀察這個小小的屋子。客廳裡有一台二十一吋的彩色電視機。正空放著新聞，為什麼是空放著的呢？因為他們兩個人都沒有向那裡看。新聞裡正直播著三峽大合龍，一車車巨大的石塊及混凝土被迅速填入正漸漸縮小的缺口中。缺口越來越小，水壓越來越大，後來江水就像是從消防員手中的水龍頭中沖出來一樣，直直地射向遠方，激起了一陣陣的水霧。陽光穿透這些水霧，在艱難的穿梭與激盪中形成了美麗的彩虹。緊接著畫面切換到了另外的一個地方，一個因庫區蓄水而搬遷的農民站在遠在千里之外的新家——一個紅磚的平房前面——說他的一家在政府的關心下，現在生活得很幸福，最後他還沒有忘記說：感謝黨感謝政府……。

廁所和它右手邊臥室的門都關著，只有靠左邊的臥室門敞開了一半。從敞開的地方可以清楚地看到裡面的一張單人床。被子也沒有疊。也許是剛起床不久，因為只要用心去觀察，就會感覺到眼睛裡有一些熱熱的。我相信那是留在被子裡的餘溫從空氣中傳過來的熱量。

我的鼻子一酸，就要流下了淚水。

鼻子一酸？

是的。先要有鼻子一酸，而後才會有眼淚流下來。因為這個發現我開始尋找這個屋子裡的鼻子。毛三將身子重重地陷入在沙發裡，將他自己遮蓋的很嚴實。我只有將目光轉向畢直——他站在客廳的中間，給我留出了一個微微右傾的側面。昏暗的燈光下正好使他的輪廓顯得線條分明……

於是我開始描述這個客廳中的一隻鼻子：鼻子部位稱為財帛宮，是看人的財運的地方。如果鼻子又厚又大，那就註定一輩子都不必為金錢的問題煩惱，可以過著富裕的生活。倘若遭遇有什麼災難以致失去了財產，也不用擔心，金錢會在不知不覺中多起來，絕不會過窮日子。這就是那種錢來找他、而不需要他去找錢的人。讓人羨慕。

不論大公司的老闆，還是暴發戶、或名人，必定都有一隻漂亮的鼻子。偶爾也可以看到某位高官也有這種鼻子。如果肉比較薄。像這樣的人必定是領高薪替他人工作的人，也就是這種人手上流動的錢很多，但多半都是從別人那裡拿過來的，有時自己甚至連房子也沒有。不過他也沒有必要有自己的房子，因為政府會分配給他，他根本就沒有必要為這些生活中的瑣事操心。他所要思考的是「重」或「大」的事情。

如果鼻子的肉薄而且還是一個扁鼻子，那麼這個人多半就與錢無緣，即使有錢也很快就會花出去，比如被偷、被搶，或者是因為生病……總之這種鼻子的人一輩子都像是小鳥一樣，滿嘴喊錢，可是終生卻又與錢無緣。所以擁有這種鼻子的人最好的辦法就是練就出一顆平常心，有了一顆平常心，什麼困難都會迎刃而解。

另外。鼻子在男人的身體上——如果平躺下來——應該是最高的部位——如果他下面的那個頑皮的東西不會硬（翹）起來。可見鼻子不僅代表著財運，同時也包含了性方面的能力。如果一個人赤身裸體地站著，那麼我們會發現鼻子的勢向與陽具的勢向是基本上一致的。這就說明這兩者是相互呼應並成正比的。也就是說鼻子長得大而直而高，那麼就意味著他下半身的陽具也是長得大而直而高的。僅就這一點的判斷，就對女性極有誘惑力。所以一般比較成熟、且喜歡性生活的有經驗的女性，第一眼看男人，目光總是會落在他們的鼻子上。如果碰到比較大膽開朗的女性，她們會笑著說：「呀，你的鼻子長得可真好看呢。」話語中的祕密與含意是不言自明的。還有為什麼有那麼多的女性喜歡臺灣的那四個小男人——F4——呢？只要仔細觀察就可以發現他們都有一個共同的特點，就是都擁有一個大大、高高、直直的鼻子。從F4受擁戴的程度，可以發現女人好起色來，比男人還要更激烈、更可怕、更氾濫。

同時。萬物之生總有其用。唐代的大詩人李白就說過：天生我才必有用。

大鼻子的男人精力都很旺盛，再多的性也不會感到疲勞，是可以一個接一個玩遍女人的豔福齊天的男人。當然性慾強的女人也需要這種男人。用一句不適當的形容詞就是「狼狽為奸」，雖說這個比喻不好聽，但細推敲起來卻又是事實確實如此。

相反的，鼻子小、矮、又肉薄的人，性行為很快就會上氣不接下氣，無法持續很久，因此無法讓女人滿足，他們的女人最後不是跑掉，就是出去偷男人，最壞的就是後來久而久之變成一個性冷淡者。

我發現在這個屋子的客廳裡經過一番簡單的巡視之後，我的目光很奇怪地停留在了畢直的鼻子上。

也許是因為它的特性吧！

一個人身上的最具有代表性的部件。我喜歡用零部件來觀察分析人。我知道這樣會使人在我的目光裡工具化了。我知道這樣的目光缺少了一種人性的關懷。是工具化的人類學。但是從我觀察的經驗中來分析，這種觀察又是極為準確的。

在另一個時間、另一個地方。一個明亮的酒吧裡——明亮是因為天還沒有黑——畢直坐在這個酒吧的巨大的落地玻璃前，一個人慢慢地對著酒瓶喝著酒。

酒吧外面的街道上，零零星星地有幾個行人流星一樣滑過。

在這個人口有著一千多萬人的城市裡，在下班的高峰期只有這麼幾個人從這條街道上走過，足以證明這條街道的僻靜。

落葉在這條街道上靜靜地躺著，懶惰地像是很潮濕、很沉重，讓人感覺到即使是有一陣風也不會使它們翻動一下。這是一個讓人沉思默想的街道，至少可以這樣說：這條街道為那些容易陷入沉思默想的人提供了一個「場所」。就看你有沒有這種悟性了。

對於有悟性的人來說：時間在經過這條明亮而僻靜的街道時猛然間就放慢了步伐。

這讓那些有悟性的人（俗稱小資）來到這裡會猛然間感到身體內部一震，不由得將腳步放慢下來，跟著這時間的腳步慢慢的起舞——當然那些沒有生活的悟性的人還是會按照他原來的生活步伐持續地走著，最後一直勻速地可以通過數學公式計算地消失在這條街道的盡頭——如果這人修煉得很高，覺得即使是……慢、慢、慢、慢……的走也還是會走到這裡的時間前頭的話，那麼他（她）就會果斷地找一個酒吧進去，找一個靠窗的椅子坐下來，要一杯酒，或者是什麼飲料……慢、慢、慢、慢……地喝著……慢、慢、慢、慢……地看著街上的沒有感覺的行人，讓時間在經過自己的身上時打上一個漩渦，而後再慢慢悠悠地離開。在這個時間就是金錢的時代（一寸光陰一寸金），有時間這樣浪費掉就足可以從另一方面顯示出他（她）的富足。當然這個結果對那些沒有悟性的人來說，是沒有作用的，因為他們沒有這種感覺。什麼感覺呢？他們也說不清楚，反正只是一種感覺，說不清楚。說清楚了就不叫感覺了。而應該叫作科學。

就在畢直在酒吧裡的一張靠著玻璃窗的椅子上喝著酒的時候，一個女人從街道的那一頭進入了這條街道，她走得很慢，以至她有足夠的時間可以看清街道兩邊的一切。

一切？

一切。

一切都是那麼、那麼的熟悉。這又證明了她在這條街道來往的次數。有多少次？數不清了。

真的？

真的。

這種熟悉已經到了有陌生的事物，那怕是小小的一點變化，都會被她給敏銳的捕捉到。確實是這樣，她在一個巨大的玻璃前面停了下來，看著裡面的一隻陌生的鼻子。這是一隻她從來沒有看見過的鼻子，高高的、大大的，真是漂亮。

她有些激動起來了，長久以來不變的節奏與步伐使她對生活失去了興致。由悠長變為漫長再變為冗長，這是生活中不妙的走向。今天她終於在這個傍晚、太陽落山之前，發現了一隻漂亮的鼻子。

她站在巨大的玻璃窗外，靜靜地看了一會兒眼前的那只鼻子。而後回轉過身子——一步、二步、三步、四步，她再向左轉，伸手推開了那一扇玻璃門。

酒吧裡的光線很暗，甚至比街道外面的已經是餘輝了的夕陽還要暗一些。她慢、慢、慢、慢地進了門，看到吧台後面只有一個服務生。一身白色的制服，一張年輕的臉蛋。不知怎麼的，她對這種年輕的、淺淺地流露出一種簡單的快樂的臉蛋一直不那麼感興趣。這種簡單的快樂好像缺少了一種生命的本質。那麼，生命的本質是什麼呢？她也說不清楚，只是感覺到應該是一種痕跡，很深很深的那種。就像是一道傷疤——但又絕對不會是傷疤，如果真是傷疤，那又太難看了——對了，應該是刻在心裡的那種傷痕。想一想心裡就會莫名其妙地隱隱地痛楚著的那種。

她走到畢直的面前，停下來，很大膽地望了他十幾秒鐘，畢直從來沒有被一個女性這樣望著，他不敢看她，只是低著頭，慌亂中他還拿起酒瓶喝了一口。

那時，他也是才來到這個城市。在剛來時就有人對他說，憑著你的這隻鼻子就可以到芳草街上去混，保證會讓那些女人愛死的。於是他在將身上帶著的錢快要用盡之前就來到了這裡。由於是第一次，還掌握不到時間的火候，來早了，酒吧裡還沒有一個人，只有一個年輕的服務生面帶著倦意將門才打開。那個服務生奇怪地望著他，這一個剛上路的生手……問，先生要喝點什麼嗎？他只有硬著頭皮進去了。找一個靠近街邊的椅子上坐下。陽光透過玻璃打進來，照在他的身上。在這個潮濕、陰氣十足的城市，陽光就像是驅散陰霾的掃帚。

他在等待。

等待什麼？

他不知道。

聽天由命。

現在，她站在他的面前，而他正不知所措地胡亂地喝著瓶子裡的酒，連她長得是否漂亮也不敢看一下。

她笑了起來：「請問，這裡有人嗎？」

他搖搖頭。

她又問：「等一會兒也不會有人麼？」

他又搖搖頭。

她再問：「我可以坐在你的身邊嗎？」

他急切地回答：「可以，當然可以！」

就這樣她選擇了他對面的椅子坐了下來。顯然她對這裡很熟悉，她對那個服務生叫道：「小弟，給我一杯牛奶。要濃一點的。」要完飲料之後，她對他解釋道，「多喝牛奶，對皮膚有好處。」他說：「難怪你的皮膚那麼好，就像是牛奶一樣。」她說：「你真會說話，我都有點兒喜歡你了。」

他說：「為什麼選擇我？」

她說：「第一眼，我就看到了你的鼻子。你知道嗎？你的這隻鼻子長在男人的臉上是極品了，而如果長在女人的臉上那就不同了。」她盯著畢直的鼻子繼續往下說：「女人如果有大而厚的鼻子，必定性慾十分強烈，而且常常會因性慾無法發洩而困擾。縱然丈夫每晚都要做愛都可以應付，有時一晚來個二、三次，第二天仍然會像是沒有事一般，到了天黑時她又想要了。而如果女人長了一隻像你這樣的高高的尖鼻子，瘦而挺拔，那麼是最讓男人頭疼的了，因為她會認為性是純動物的行為，只要有精神性的愛就可以了，也就是說柏拉圖式的愛。

她們相信沒有肉體的接觸也會有愛，而且只有這種愛才是真正的愛，認為柏拉圖式的愛情是崇高的，因而常常會有意地拒絕性行為，每拒絕一次她們都會認為自己的精神境界提高了一個層次，臉也會相應地抬高一點——這樣就更加地提高了自己的鼻子。所以她們不希望自己在達到性高潮時忘我，而會盡可能地保持一種冷靜，像是平日裡一樣。什麼事也沒有發生，這會讓正在她們的身上『辦事』的人感覺到無趣，明顯地感受到自己的那種動物性，久而久之會讓自己產生一種對性愛的自卑感，最嚴重的還會因之而陽痿。還有，這種女人絕不會脫光了衣服讓男人盡情地沉溺在情慾中，她會想盡辦法讓自己的身上留下一點什麼，或者乾脆將燈熄滅，讓男人什麼也看不清。其實從根本來說，這並不是因為她難為情，而是因為她的自尊心太強烈了，無法讓自己放下面子。因此，她就像是戴著面具的女人，拒人於千里之外，讓人感覺到冷冷的、酷酷的，直冒冷汗。懂行的男人對這種女人都會敬而遠之，只有那些初出茅廬的小男孩才會誤打誤撞地碰上她們，但結果一定是吃了閉門羹。這種女人不會像一般的小女人那樣，身邊一旦沒有男人追求就著急的不得了，擔心自己是不是長得不美、或其他的什麼原因讓自己沒有人喜歡。她們相信曲高和寡、相信雅俗不能共賞。她們相信追求自己的人越是少，就越是證明了自己與一般的人拉開了距離。高處不勝寒，起舞弄倩影……這是人生的一種境界！」

聽著聽著，畢直很奇怪地感覺到自己面對著的只是一張嘴。一張塗了一層淡淡的口紅的嘴，像是一個吸血鬼很久很久沒有吸到人血了。

巨大的酒吧落地玻璃外的陽光已經向高處去了。向天上飛去？來自於天空，回歸於天空？酒吧內的光線暗了許多。這種氣氛好像越來越適合於一種情慾的氾濫，他們的目光開始逐漸變得迷朦起來。

天空中最後的一抹光線已經飛進了太空，不見了。這時酒吧內的燈光顯露了出來。

看到他一直盯著自己的嘴巴，她便問他：「對了，你第一眼看到我時，引起你注意的是那一個部位？」

他說：「嘴巴。」

她像是思維很散漫，胡亂地問：「對了，還沒有問你叫什麼呢？」

「畢直。」

「鼻子？」

「不，是畢恭畢敬的畢，直接的直。」

「哦，畢直。我還以為是鼻子呢。你知道嗎，一般來說你第一次看到的一個人，第一眼注意到他身上哪一個部位，那麼就可以確定他是屬於哪一種特性的。看來我的感覺沒有錯，我第一眼就注意到了你的鼻子，而你的名字也叫畢直，可見我對你的感覺是準確的。你第一眼注意到的是我的嘴巴，而我的名字叫田其二——田其二，就是田中間的兩點，這代表著乳房。你第一眼注意到的是嘴巴，嘴巴是我的姐姐，她叫：田其一。就是田中間的一部分，那就是口——嘴。鼻子如何能見到嘴呢？永遠也不可能。從這一點可以斷定，你在感情上永遠也尋找不到歸宿。」

……

「你知道關於鼻子和嘴巴的故事嗎？」她問。

「知道，」他說：「說的是鼻子和嘴巴吵架，鼻子說：為什麼什麼好吃的東西都是你在吃呀，這個世界為什麼這麼不公平。嘴巴說：你不是都聞到了嗎？你還想怎樣？鼻子說：我不想怎樣，我就想流口水。說著鼻子就將鼻涕流進了嘴巴裡。嘴巴說：討厭，鹹鹹的真難吃。鼻子說：只要你不吃好吃的東西，我就不會流口水了。嘴巴說：想要我不吃東西，真是在做夢，我恨不得咬你幾口。連你也吃了。鼻子說：有本事你就咬吧。嘴巴怎麼樣也咬不到鼻子，於是張著嘴哭著就回家去了。回到家裡，嘴巴的母親問：為什麼哭？嘴巴說：鼻子把鼻涕流到我的嘴裡。母親問：為什麼不咬它？嘴巴委曲地說：咬不到。母親說：傻瓜，你踮起腳尖不是就可以咬到了嗎。說著就搧了嘴巴一嘴巴。血從嘴巴裡流了出來……」

「再下面呢？」田其二問。

「故事到這裡也就完了。」畢直答道。

「……血從嘴巴裡流了出來，滴在了胸部上。那胸部就是我呀——田其二。嘴巴是我姐，田其一。我剛才不是說過了嗎，我有一個姐姐叫田其一。」說話時，田其二還指了指自己的高高的乳房，自豪地向前挺了一挺，像是在對他顯示一種實力說——我不是那種可以讓人「一手掌握」的女人。畢直一眼就看出田其二的那一對乳房是經過後天填充過的，因為他看見她的鼻翼薄而無肉，可以斷定這種女人的胸部一定也是很少有肉的，如果相反地你看見的卻是一雙大乳房，那麼可以斷定她必然是去做過人工的隆乳手術。只是畢直沒有揭穿她，而是隨意地轉了一個話題——

「你真會編故事。」

「你真有眼力，竟然一眼就看出來了，我是一個作家。」

「什麼？你是作家？」

「是呀。還是美女作家呢。」

「原來是美女作家呀！」畢直在心中想，怪不得長得那麼醜，好嚇人呀。

「喂，你在想什麼呀？眼睛都直了，好嚇人的。」

「我想聽你說說你的姐姐——田其一。」

「為什麼要聽她的事？」

「也許是我在她的上面緣故吧……是這樣……每一次我的鼻涕流到了嘴巴裡，我都有一種自己的精液射進了一個陰道裡的感覺……可是，嗯，可是……射精前的那種過程的感覺我卻是怎麼樣也找不到，像是遺失在了什麼地方，是童年？嬰兒？還是前世？我怎麼樣也想不起來了。就這樣，我想聽你說說她，看看我能不能夠想起些什麼來……」

「好吧，我就對你說一說我的姐姐。反正你也是永遠也不可能見到她的。你這一輩子也只有意淫我姐了。我說過，鼻子永遠也不可能遇上嘴巴。我給你說說我姐的事是為了給你提供意淫的素材。你這個鼻子之所以可以碰到我這個乳房，是因為我有一對大乳房呀，你看用手一托就可以碰到鼻子了。這就是我們之間的緣分。」

接下來就是田其二說的她姐姐田其一的故事了。

嘴巴：田其一

從鼻子說到嘴巴，必定要先來說一說人中。

鼻子下端到上唇之間的縱溝，即是人中。

在相學上，鼻子是被當做山，嘴代表海，如是，人中即等同於山上流經大海的河流——也即是代代傳承，象徵著子嗣的部位，同時也是一個人生命力強弱的地方。

人中深而寬的人血流良好，全身活力旺盛，身體健康。相反的，人中窄而淺的人壽命就短。人的年齡一大，生殖機能會逐漸減弱，變成中性化，同時生活活力也會衰退。彷彿是配合這種情形，老年人的人中溝都很模糊。

人中就是一條生命的河流，生生息息長流不絕。因此我們會看到在中國的農村，如果有人暈倒了，就會有人用拇指掐住他的人中，讓他能夠回過氣來。其實用拇指掐住人中，並不是要堵塞住它，而是為了疏通它。就像是清除河道中的淤泥，只有用鏟子先鏟下去才能將淤泥澈底地清除掉。每一次拇指從人中上抬起來時，生命的河流就會受到一次沖洗。

人中長的人經常會被視為是好色之徒，實際上他只是精力旺盛，可以為子孫（後代）繁茂而多做貢獻。所以任何人都沒有必要為自己的人中長而感覺到難為情。

人中相對於女性，是表示血路，對應的是子宮和陰道，因此人中長的女人陰道較深，短而淺則表示陰道寬而淺。

此外，從人中還可以看出一個人的陰毛的濃淡。人中下端寬而深的人陰毛很濃密，相反的，人中下方窄而淺的人，其陰毛必定是疏而淡。

有些年輕的女性的人中短而尖，不及兩公分，可是在結婚之後，人中會自然增長而與普通人一樣，這表示原本連一支指頭都伸不進去的陰道，在結婚之後慢慢地變大了，因此人中也跟著增大了。

我這裡的人中具體指的是呂其一的父母。

在呂其一出生之前，那時候她的父母相互還不認識，據說有一天呂其一的父親在街上碰到了呂其一的母親。

父親看著母親的嘴巴及上面的人中說：你的上唇中央有一個鼓起來的如同珠子一般的肉珠，這說明了你的陰蒂很大，是前垂型的。還有你的人中下方窄而淺，這表明了你下面的陰毛很少。還有，你的人中中間有一顆痣，這代表著子宮較弱，性能力不佳，所以是再婚之相。還有，你的人中下方也有一顆痣，這表明你的命中不會生男孩，只會有女孩……

母親彷彿是受到了污辱了一般，回罵道：放你媽的狗屁。你的鼻子是向左邊歪的，你下面的那根東西也是向左邊歪的。

就這樣他們就分開了。但是回到家裡以後，父親與母親不知怎地都拿起了鏡子照了照下面，他們發現自己的下面正如對方所說的一樣。他們同時的反應是，他（她）偷看了我的身體。

第二天，他們又在街上相遇了。

母親抓住父親說：你偷看了我的，你要娶我。

父親也抓住母親說：你偷看了我的，你要嫁我。

就這樣一年之後他們就成了呂其一的父母。也就是說一年之後呂其一就出生了。在呂其一剛剛開始懂得思考時，她想的第一個問題就是：我是誰？從哪裡來？要到哪裡去？

於是她就問：我是從哪裡來的呢？

母親說：從媽媽的肚子裡鑽出來的。

呂其一對著母親的肚子想了好一陣，又問：那我是怎麼進去的呢？

父親答：是爸爸種進去的。

女兒沒有再問了。這件事情也似乎就這樣完結了。

有一天，呂其一趁著與母親一起洗澡的機會，偷偷地對母親的身體進行了仔細的觀察，之後在一次父親請客人吃飯時，她說：「我知道爸爸是從那個地方把我種到媽媽的肚子裡面的。爸爸真沒有用，多數都種歪了，沒有種準的地方還長出了很多黑黑的草草。亂七八糟的好多好多呢……」

聽的客人都大笑了起來，而父親也面紅耳赤，羞愧難當，當場就從六樓上跳下去摔死了。

母親說：那是父親想在地下找一個縫鑽進去。

母親說父親的死不能怪孩子。其一：孩子的邏輯是正確的；其二：只能怪孩子他爹臉皮太薄，在這個時代臉皮不厚又如何能活得下去？所以孩子他爹在那天不鑽到地縫裡去，也會在另一個時候、另一個地點、以另一種方式在地上找一個縫鑽進去的。

母親說沒有男人的日子真沒法過。

父親跳樓摔死後不久，母親就又找了一個姓田的人嫁了。

呂其一也就跟著改名叫田其一了。

再一年之後母親女生了一個女兒，名字叫作——田其二。

田其一慢慢地長大了。其實吸引人注意的並不是她漸漸的長大長高的身體，而是她一點一點變得紅潤而豐滿的嘴唇。潮濕、性感而富有彈性。

即使是最沒有想像力的人也可以輕易地聯想到女人的嘴與性器之間的相似關係。首先是形狀及吃東西的機能都相似，並且都是感覺器官，還是很敏感的感覺器官。

女人性器中被稱為陰唇的部分，即相當於嘴唇，不僅是形狀，它們的顏色也都是呈現出玫瑰紅的。嘴唇是人的臉上惟一出現粘膜的地方，而在人體中，皮膚表面出現粘膜的地方還有乳頭、肛門，另外最為突出的就是女性的陰唇。而最讓人不解的是，在這幾個部位中，最為相似、最為接近的就是嘴唇與陰唇。所以在東方，它們都擁有一個共同的名詞叫——×唇。

首次踏上東方這片神祕的土地的馬可波羅，在他的著作《東方見聞錄》寫道：東方的這個生產了太陽的國度是一個黃金的國度，他們猜想住在黃金的國度的女人的性器官，與她們的嘴一樣是橫著長的，而且如同嘴一樣會開合，同時陰唇也是上下開著的，與西方不一樣。因此西方人對東方人存在著的性幻想自是不言而喻。由於對嘴唇與陰唇的奇妙的聯繫，他們也發現了一些這兩者之間的規律。比如說嘴唇厚的女人，陰唇相反地會很薄，而嘴唇薄的女人陰唇卻會很厚。還有嘴唇如果是呈『ㅅ』字型的女人，表面上看起來會讓人覺得其陰道的位置很高，並會想像其機能一定很好，但事實卻正好相反，常常會令人失望。因為位置太低而會無法插入很深，所以很不方便。不過如果讓她趴著採取背後位，就可以享受完全的充實感，由這個角度就不可斷然說陰道的位置低不好。

田其一的父親叫著——田中間——嘴巴的中間——舌頭。

母親叫——白伢——牙齒。

舌頭可以很直接的就把它當成了男性性器，無論從形狀還是喜好，舌頭都代表著一種貪婪的癥象。「像狗一樣，無論什麼都想去舔一嘴」，這就是對舌頭下的最好的定義。另外，舌頭還是人的身體中最會享受的一個部位，什麼東西好吃，什麼東西味道怎樣，總是它第一個品嘗到。鼻子雖然可以嗅得到味道，但那卻是看不見摸不著的。而舌頭呢？那卻是可以看得見摸得著的。

如果用主義來劃分這兩者，那麼鼻子就是標準的唯心主義者；而舌頭呢，則是個徹頭徹尾的唯物主義者。

看到田其一慢慢地長大了，她的嘴唇也由淡淡的紅色變成了鮮豔的玫瑰紅。田中間的心中就有一種像春天的嫩葉一般的萌動。有一句俗語叫「淫者見淫」，田中間每一次看到田其一的嘴巴都像是看到了一個女性的性器，而後他的舌頭就會像狗一樣地從嘴巴裡伸出來，並滴下令人噁心的唾液。

田中間的這些舉動都表現得如此的張揚，以至白伢一眼就看出了丈夫的心思。

她警告丈夫說：「告訴你，不准碰我的女兒。」

丈夫說：「她又不是我親生的，難道不允許我愛她？現在是新時代，可以自由戀愛了，你懂嗎？受法律保護，你管不著。」

她說：「我怎麼管不著？一一是我的女兒。」

他說：「你放心，我不會強迫一一的，我會讓她愛上我的。」

聽到這裡白伢就哭了起來。露出了嘴裡的一排牙齒。

每一次看到白伢哭，田中間心中就有氣，因為這讓他看見了她的牙齒。那是兩排稀稀拉拉的牙齒，而奇怪的是在這兩排牙齒的中間卻又長著兩個又大又鋒利的虎牙。稀疏的牙齒表示著咀嚼食物不澈底，因此胃對營養的吸收就不好，這就意味著她下面的嘴裡的水就會很少，「女人如水」說的就是這種水。所以每次與妻子做愛，田中間就總覺得不是那麼的暢快、淋漓盡致，而總會像開車時遇到堵車一樣，讓人心中窩火。另外，虎牙又表示了這個女人喜歡吃醋。所謂虎牙就是指兩個牙齒長在了一起，即原來的乳牙應該讓位給後來長出來的牙齒。可是先前的那個牙齒卻堅持不肯相讓，於是就只好兩個長在了一起。即使是牙齒再難看它們也要堅持著自己的立場。因此，相學上由此判斷這種女人做任何事都很固執，有抓住了就不放的個性。

每次想到這裡田中間的心裡就更是窩火。自己不好，還不讓別人找更好的。沒門。舌頭的個性是怎麼都要嘗一嘗的，要不他怎麼能算是一個堅定的唯物主義者呢？所以白伢的固執並不能改變他。

這兩種人碰在了一起，民間有一種比喻，叫著「鐵鍋遇到了鐵鏟」。

短期來看，鐵鍋配鐵鏟應該是最好的搭配。但是久而久之，總有一天鐵鍋會被磨穿，而鐵鏟也會被磨禿。一切的後果只是時間未到。

田中間總是在口袋裡裝著有糖果之類的東西，他與其一的對話總是這樣：

「一一，猜猜看爸爸給你帶來了什麼？」

一開始其一總是回答「不知道」，後來回答的就是「糖果、糖果。我要。」

田中間就說：「來，親爸爸一下。」

田其一就跳到田中間的身上，「叭」地親了他一下。田中間就閉上眼睛慢慢地品味著，而田其一則開始幸福地吮吸起了那顆甜甜的糖果。

每一回看到其一的嘴裡在吮吸著糖果，白伢都要警告其一說：「以後不許吃爸爸給的糖。」

其一當然不懂為什麼。那時她還小。有句話說「只知其一、不知其二」，她甚至連這個「其二」都不知道。

其一總是說：「我要嘛。」

白伢則說：「我說不行就是不行。」

其一則會問：「為什麼？」

白伢想了一會說：「那是糖衣炮彈。」

其一則又會問：「什麼是糖衣炮彈？」

白伢答：「就是想拉攏腐蝕別人。」

其一又要問：「什麼是拉攏腐蝕呢？」

白伢答：「就是別有用心。」

……

「什麼是別有用心？」

「就是拉攏腐蝕。」

「什麼是拉攏腐蝕？」

「就是糖衣炮彈。」

「什麼是糖衣炮彈？」

「就是你爸爸給你糖果吃。」

……

話說到這裡，田其一什麼也沒有聽懂。而白伢呢，也變得像一鍋粥一樣，糊了。她只有對著其一喊道：

「吃吧，吃吧。我會被你害死的。」

田其一不懂為什麼自己吃一顆糖就會害死母親。本來想從此就不吃糖了，但又管不住自己的嘴，於是她的童年就是生活在一種極其矛盾的陰影之中。如果在這時，有一個極其有文化的人在場的話，讓其來總結其一的童年，那麼他一定會在白紙上寫下這樣幾個黑字——「吃還是不吃？這是一個問題」。

其一上小學四年級那年，有一天中午睡午覺醒來，發現父親正很近地盯著自己的嘴在看。其實這是她誤解了父親。田中間盯著看的是她的鼻翼。因為他發現其一的鼻翼有些發紅。他知道女人的鼻翼在相術上代表乳房，男人的鼻翼則象徵著睪丸，鼻翼大的男人睪丸也大，所以充滿了精力，即精子的製造工廠很強大，可以持續不斷地生產。這種說法如果用在女性的身上，精囊即等於卵巢。因此月經開始而要準備下一次排卵時，卵巢會因活躍的活動而充血，相應的此時表示著卵巢的鼻翼就會變紅。

這一天中午，田中間驚喜地發現其一的鼻翼變得緋紅起來了。而其一望著父親的樣子正有些不解。

她問：「爸爸，你怎麼啦？」

他說：「你呀，你呀。你還問爸爸怎麼了。來，爸爸問你，有病為什麼不告訴爸爸呀？」

她答：「我好好的沒有病呀。」

他說：「還說沒有病呢。都流了那麼多的血。」

她說：「我沒有流血呀，你看我這不是好好的嗎？」

他說：「真是小孩子不懂事。不信你把內褲脫下來，看看尿尿的地方是不是流血了。」

田其一將信將疑地將內褲脫了下來，一看，上面竟然粘有一大塊的血跡。一看到這，其一不由得大哭起來，她叫喊道：「我要死了，爸爸你可要救救我呀！」田中間則抱著她說：「沒事、沒事，爸爸在這裡。」她只是不斷地重複著：「救救我、救救我……」他則在不斷地安慰她：「爸爸會救你、爸爸會救你的……」

他看了一下她的陰部說：「看樣子外面沒有什麼傷口，一定是內傷。」如何救呢？待其一的情緒開始穩定了之後，他們就一起開始商量起對策來。

田中間說：「所謂是兵來將擋、水來土掩。」

田其一問：「此話怎麼解？」

田中間說：「一個字——堵。」

田其一問：「用什麼東西堵？」

田中間猶豫了一會，像是碰到了什麼難題。田其一顯然是著急了，她追問道：「你快說嘛，用什麼東西堵嘛？」

田中間像是下定了決心，他說：「石對石、瓦對瓦，肉破還是要用肉來堵。看來只有用我的這根棒棒了。」

就在田中間將他的那根棒棒放進去時，他還在安慰著其一說：「等一會我把棒棒拿出來時，再往裡面噴上一些漿糊就可以將破掉的地方堵住了。」

本來這一事件就這樣會隨著漿糊的噴出而結束——如果沒有歷史。如果歷史不再往下發展下去的話——晚上放學回來，一家人正吃著飯，田其一突然跳了起來，叫喊著：「爸爸中午沒有堵好，又破了，血又漏出來了……」

田中間低著頭什麼也不說，只是在一下一下的往嘴裡刨著飯。

看著女兒順著大腿根流下的血，看著女兒已經有一點兒凸起的胸部，白伢已經完全明白了。她什麼也沒有說，她要讓一家人好好地把這最後的一餐晚飯吃完……

當天晚上，深夜，田中間突然慘叫了一聲。所有的人都聽到了，左鄰說：「真是太可怕、太淒慘了……」右舍說：「是的，是那樣……嗯……就像是殺豬一樣。」

如果你還沒有聽明白的話，那麼我就直說了吧：「田中間的那根棒棒被白伢給一口咬了下來。」

後來，在法庭上白伢的律師為白伢做了無罪辯護。律師說：「夫妻就像是牙齒和舌頭一樣。請大家想一想，有誰的牙齒沒有咬過自己的舌頭呢？如果有誰能站出來說：我的牙齒就從來沒有咬過我的舌頭，那麼我就承認我的當事人是有罪的。」

控方律師則從另外一個方面來證明田中間是一個——人。他說：「我的當事人為什麼不搞其二，而只搞了其一呢？原因很簡單，就是——其二是他自己的女兒，而其一不是。一個人怎麼可以搞自己的親生女兒呢？答案是：不能。從這一點就足可以證明，田中間是具備有人性的，也就是說，他是一個人。而白伢不分青紅皂白的一口就將我的當事人的命根咬掉了，使他以後不能夠做人生中最快樂的事情，這無疑就是侵犯了我的當事人的人權當中的性愛權……請在場的所有的人閉上眼睛，捫心自問，如果你沒有了『性福』，那麼還會有『幸福』嗎？」

在場的所有閉起了眼睛的人都哭了起來。因為心告訴他們的答案是：性福＝幸福。

有了這個「＝」號，判決就很容易了。白伢被認定有罪，並被以傷害罪判處有期徒刑八年。

在念完了判決書之後，法官問：「白伢，你還有什麼要說的嗎？」

從白伢的牙齒裡只蹦出了四個字：「唇齒相依。」

天一下子就黑了。

宣判完之後，田中間回到家裡，也不開燈，就一個人坐在椅子上悶聲不響。直到田其一從外面回來——他們沒有讓她參加這次法庭的審判，是為了讓她的心靈中不會留有莊嚴的痕跡。田其一將電燈打開，這才使田中間的面孔從黑暗中跳了出來。他整個人痿靡得就像是一隻曬蔫了的黃瓜，絲毫不能讓人感覺到他今天是一個勝訴者。

發生了什麼？田其一只覺得這幾天怪怪的，別人總是遠遠地看見她就躲開了，她想找個人仔細地打聽一下出了什麼事，可是人們一看見她走近就逃跑一般地離開了。如果她有一顆堅定的心一定要追上去問個明白，那麼我們就會在街道上看到類似警匪追逃的場面。

也幸虧其一沒有那麼執著，所以我們所處的這個城市才保持著這種表面上的穩定。

問父親呢！父親總是低沉著頭不說話。

問母親呢！母親也已經有好久沒有看到了。

問自己呢！其一發現自己孤單得連自己的影子也找不到了。

只有沉默。

沉默。這種沉默一直持續了很久。

多久？

怎麼說呢？如果用時間來統計那一定是多少年、多少月、多少天、多少時、多少分、多少秒，沒有人願意花這個精力來這樣統計它，雖然這顯然是一種最為科學的方式。但科學在很多時候只能成為一種包袱。還是將科學從肩膀上放下來吧。

左鄰說：我記得好像是從其一上中學開始的……

站在另一邊的右舍接著說：是的，一定是從其一上中學開始的，那時候她才又開始開口說話的……右舍啟發道：你想想看，那是一個新的環境，在那裡除了少數的幾個人外，並沒有人知道其一家發生的悲劇。

旁觀者說：你們是只知其一，而不知其二。

「管它其一、其二的，我相信到現在為止絕大多數人是只知其一的。」

「是這樣的，先把其一搞清楚了，我們再來認識其二吧。」

「心急吃不了熱豆腐。一口氣吃不成一個胖子。凡事總有個先來後到。正所謂是一生二、二生三、三生萬物……」

其一剛上中學時，她看到一切都是新的。最重要的是面孔。所有的面孔都是新的。

她在這一天的日記中寫到：「九月一號，開學了，這一天我背著書包，高高興興地上學去，一路上到處都曬滿了陽光（事實是正在下著小雨），街道兩邊的樹上喜鵲在嘰嘰喳喳地叫著（其實這個城市已經有好幾年沒有小鳥飛臨這裡了），我一路上與叔叔、阿姨、爺爺、奶奶以及同學們打著招呼（而真實的情況是她已經有好久沒有開口說過話了），歡快地走著、跳著、跑著……像小鳥一樣飛進了美麗的校園……好美呀！我們的新校園就像是花園，而我們則像是這個花園裡的花朵……」後面，我就沒有再讀下去了。

在這裡引用這一篇日記，我並不是想來討論日記的真實性，而僅只是想以此來表明其一那時的心情——就像是一隻飛出了籠子的小鳥。

「有心無根，相隨心生；有相無心，相隨心滅」。這句話的意思也就是心情改變環境。如果以此來解釋，那麼這篇日記的真實性就是沒有絲毫的問題的了。

「有心有相，相不隨生；無心無相，相不隨滅。」

從這篇日記裡可以看出一個好的徵兆：環境變了，其一的心境也開始變了。她想改變自己，想要開口說話，可是當她張開嘴巴時，卻發現自己已經不知道怎麼說話了。

一方面，其一的考試成績很好，每次她都可以得滿分。

另一方面，她卻無法說清楚什麼。

有一天，一位老師將她叫進了辦公室，對她說：「你這叫著啞巴學習，只會寫不會說，這樣不行，以後到了社會上是沒有辦法生存的。」

「……」田其一望著老師用勁地點了點頭。

老師顯然也為自己的一種責任感而感動著，他在辦公室裡來回地走了幾趟之後，又回過身來，站到她的面前，蹲下身子，好讓自己可以平直地看清她的臉，說：「我想了很久，很久……現在我終於想出了一個絕妙的辦法……就是別人說什麼，你跟著就說什麼。」

「重複？」很奇怪地從田其一的嘴裡突然竄出了這兩個字。

「對，重複別人說過的話。」

「一……模……一……樣？」

「對，一模一樣。每一個字，每一個發音都要一模一樣。」

從老師的辦公室出來之後，田其一開始了對說話的練習。

別人說：你好。

她也說：你好。

那個人很高興地走過去了。因為自己受到了別人的尊重，一個講禮貌的孩子。

別人說：你還沒有吃呀？

她也說：你還沒有吃呀？

那個人也很高興地走過去了，因為他的問候得到了別人的還算是善意的回覆。

別人說：你真笨，怎麼做出這麼傻的事情？

她也說：你真笨，怎麼做出這麼傻的事情？

那個人憤怒了，握緊拳頭想要打她，可卻又發現她是一個美麗可愛的小姑娘。

別人說：我操你媽。

她也說：我操你媽。

別人說：你是女人，你怎麼能操我媽呢？真笨呀。

她也說：你是女人，你怎麼能操我媽呢？真笨呀。

別人說：那你去操我媽呀，你去操操試試，我看你怎麼操。

她也說：那你去操我媽呀，你去操操試試，我看你怎麼操。

這種對話對於別人來說就是一種簡單的浪費時間及浪費精力。但對於田其一來說，則是一種口語上的訓練。一個是在消耗生命。一個是在充實生命。

也有那些無聊的人喜歡跟她來玩這種遊戲。那是一些吃飽了飯找不到事情做的人。反正閒著也是閒著。

他說：我是壞蛋。

她說：我是壞蛋。

那個吃飽了飯沒有事的人高興地對第三者說：你聽你聽，她說她是壞蛋。她也跟著說：你聽你聽，他說他是壞蛋。（為什麼那兩個「她」字，變成「他」字了呢？那是因為說話的對象改變了，「她」「他」也跟著自動地改變了。）

他說：我是流氓。我是流氓我怕誰？我是流氓，我無惡不作，我殺人放火，我坑蒙拐騙，我行為不軌，我調戲良家婦女，我、我、我、我脫衣服啦……

說著他就將身上的衣服脫了下來。

她說：我是流氓。我是流氓我怕誰？我是流氓，我無惡不作，我殺人放火，我坑蒙拐騙，我行為不軌，我調戲良家婦女，我、我、我、我脫衣服啦……

但是，她沒有跟著他脫衣服，她的一切舉動僅限於語言的方面練習。除此之外的一切，她都沒有絲毫的興趣。

在她內心中的這些，外人當然不知道。他的目的沒有達到，在浪費了大量的時間與精力之後，就只有轉身離去，另尋目標去了。

到了連無聊的吃飽了飯沒有事情幹的人都意識到自己浪費了時間與精力時——到了連他們都絕望了的時候——田其一的語言能力已經到了一個境界。怎麼說呢？你現在身邊有一本書（或一張報紙）嗎？如果有，那麼請你們隨便翻到一頁（或找到一段），一口氣念下去，直到你口乾舌燥，氣喘吁吁地停下來。那麼請你仔細聽好了，她準能一字不漏、一個音節也不錯地給你重複一遍。

於是，你翻開一本書開始念起來了：

「女性唇上有痣，不論是在上唇還是在下唇，在陰戶上也會有痣，此類女人白帶多，性冷淡。但唇上有痣也表示有好運，一輩子有食祿，不會沒有飯吃。口唇有割傷的人，晚年財運不好，傷在越中間越不好。所以要留意別傷著了口唇。女性口唇是有很多縱向的皺紋的，表示多子女，因此如果你不想要孩子，特別要注意避孕。口唇發黑的女人也不好，口唇發黑的女性乳頭也發黑，乳頭太黑的不管已婚未婚，肯定已經做過多次節育手術。這只需問婦產科醫生便知。嘴唇顏色以紅色為好，但到了中年的女性還是很紅的話，說明呼吸器官有毛病，也是一種多情種子相，弄不好會毀了家庭。女性的嘴唇無血色，看起來很白的人，身體素質欠佳，較文靜，性冷淡，容易流產。」

或者，你的手邊只有一份當天的報紙：

「黨政一把手要無條件接受監督。昨日，中共四川省紀委第三次全會舉行第三次大會，省委書記、省人大常委會主任張學忠出席會議並發表了重要講話。張學忠強調，開展反腐倡廉工作，必須堅持教育、制度、監督並重。要堅持和完善巡視制度，在五年內對市、州領導班子巡視兩遍。加強對派駐紀檢組實行統一管理工作。堅持上級紀委對下級黨政領導談話制度和誡勉制度。各級黨政一把手要無條件地接受組織和人民的監督，接受法律監督和其他形式的監督。要從省常委開始做起，從省委領導班子做起，誠懇地接受全省廣大黨員、幹部和群眾的監督。」

「聽好了，沒有錯吧！」

「沒有，一點也沒有。」

田其一的這些特長，被站在一邊仔細地觀察著她成長的老師都看在了眼裡。「天生我才必有用」，古人真是智慧呀，老師想：天生下來田其一不就是要她當播音員嗎？

能一字不漏、一個音節也不錯地重複別人的那麼長的一句話，可以說在當今的世界中也找不出第二個。

奇才呀、真是奇才。「是人才我們就要用好、用活」，這句話是誰說的？好像是一位偉人。偉人是不會說錯話的。「偉人的一句話就頂一千句、一萬句。偉人的話句句都是真理。」聽說，這也是一位失意的大人物說的，「但願天公重抖擻，不拘一格降人才」等等、等等……

於是，第二天，學校的廣播裡就傳出了田其一的聲音。學校的旁邊就是一個麥地——是一片被徵用了而一直沒有被使用起來的土地——於是住在附近的熱愛勞動的人們就在上面胡亂地種上了一些麥子，能有收成就收點，不能有收成的話就權當煅煉身體，活動活動身子。田其一的聲音飛出了校園，最後就落在了這片簡簡單單的麥地裡。被它們收藏了？被它們偷去了？被它們聽見了？麥穗沉沉地垂著，像是昏昏欲睡，又像是負擔太重。聲音進入了它們的身體，增加了它們身體中的重量、負荷。

田其一每隔三個月都要去監獄看望自己的母親白伢。每次母親都是蜷縮著身子在顫抖。上下牙齒「格、格、格、格」地響著。其一問：你害怕？母親搖搖頭。其一又問：你冷麼？下回我給你帶一些衣服來？母親又搖搖頭。其一再問：還好麼？母親還是不說話。後來直到探視的時間到了，她們要分開了，母親的喉嚨裡才動了一動，像是要吐出一口陳年的濃痰，但怎麼樣也吐不出東西來。直到女兒走遠了，背影在一個彎道上消失時，母親白伢才在喉嚨裡咕噥出四個字來——「脣亡齒寒」。

在第八年時，就要刑滿釋放了，母親白伢終於抵禦不住寒冷死了。田其一這一回沒有去看母親，因為她剛畢業了。並找到了一個適合自己的工作：市經濟廣播電臺的節目主持人。

那一年，伊拉克侵佔了科威特，以美國為首的多國部隊在聯合國的授權下踏上了科威特的土地，解放科威特。市經濟廣播電臺破天荒地開始直播戰況，電臺的收聽率直線上升，以至當年商店裡的收音機脫銷，而街道上也出現了人人都拿著一台收音機在聽著的奇觀。市經濟廣播電臺藉此而名聲大振。

當時，田其一是用「忙」這個字說服了自己，沒有去出席母親的葬禮。

後來，田其一是用「事業」這兩個字繼續說服自己沒有去處理母親的骨灰。那時我剛剛參加工作，而這個工作又是那麼的容易引起公眾的注意，如果我的聽眾都知道了我的母親在獄中？那會有怎樣的後果？田其一不敢往下想，記憶中她好像記得有一本書的名字叫作「偶像的黃昏」。自己在年齡上正青春的時候，而事業上卻要進入了黃昏，那是多麼的可怕呀。母親會原諒我的——為了女兒的事業——田其一對自己說：「這些年來，她從來沒有來打擾過我，甚至都沒有在我的夢中出現……」可見母親走的是無牽無掛、毫無遺憾。

據說，白伢是一個人走的，沒有人看見她「去」的地方，所以至今在這個世界上也找不到一點可以證明她曾經存在過的證物。一個墓碑、一個墳塚或一抹骨灰。甚至是一件遺留下來的衣物。

那麼，田其一的工作怎樣呢？下面我記錄下一段田其一主持的節目內容，由讀者自己來判斷吧。

主持人：「在前日舉行的我市的政務中心啟動的新聞發佈會上，我市規範實施新聞發言人制度以來的首位發言人正式亮相。自去年非典以來，公眾知情權被全社會投以前所未有的關注的目光。那麼，政府發言人制度在保障公眾知情權上將起到什麼作用？發言人在與媒體、政府與公眾之間應該處在怎樣的位置？本台特別邀請了本市的新聞發言人就新聞發言人的公共責任與聽眾進行對話，歡迎廣大的聽眾撥打熱線——八一八一八一八一——與發言人進行對話或發表意見。」

田其一對新聞發言人：「謝謝您接受我的邀請。」

新聞發言人：「我也很願意與廣大的聽眾交流。」

田其一：「有些地方以新聞發言人制度來代替媒體監督，堵住了媒體發掘資訊的管道。那麼我們怎麼來看這個問題？首先是制度設計問題，通過制度設計讓新聞發言人制度規範化。我聽說政府已經著手制定《政府資訊公開實施細則》，通過這個制度的設立，新聞發言人發佈什麼？通過什麼來發佈？尺度怎麼把握？」

新聞發言人：「應該理解老百姓的知情權，也應該予以支持。政府資訊越公開，老百姓心裡越踏實。」

田其一：「在政府資訊公開中，老百姓到底可以知道一些什麼東西？」

新聞發言人：「我是這樣看的，除了國家明文規定必須保密的和個別涉及重大商業祕密等方面的資訊外，絕大部分政務資訊都是可以公開的。」

田其一：「比如說呢？」

新聞發言人：「比如說去年在全國流行的SARS傳染病毒。前些時間的密雲踩踏事故。和吉林的火災。我們正在進行一種量化，比如說死傷人數超過多少，政府就要出面舉行新聞發佈會。」

田其一：「假如今天就發生了一起安全事故，媒體能否要求政府舉行一個新聞發佈會？」

新聞發言人：「假如政府轄區內發生了一起影響公眾安全的重大事件，政府應當及時做出通報，但如果涉及到國家機密，未經許可就不能進行新聞發佈。」

田其一：「什麼是國家機密呢？」

新聞發言人：「你這個問題就是國家機密（非常嚴正地笑）。」

田其一：「由於時間關係，今天的節目就到這裡，謝謝廣大聽眾的收聽。謝謝。」

節目剛做完，又有一個熱線電話打進來。田其一接起電話：「喂，您好，這裡是經濟廣播電臺。」

電話那頭問：「請問您是主持人嗎？」

田其一說：「我就是。」

電話那頭興奮的說：「終於找到你了。唉，你們的電話特別難打，總是打不通，今天運氣真好……一早我就有預感……今天一定會打通……你不知道，今天一大早，我家屋後的樹上竟然停了一隻喜鵲……真的吱吱地叫……」他激動得有一些語不成調。

但是憑著田其一多年的工作經驗，她還是一下就聽懂了他要表達些什麼。

她沒有打斷他，讓他繼續往下說，因為她知道接下來，他就會說一些吹捧她的話了。不會有錯，一直以來都是這樣的。果然，電話那頭接著說：「我太喜歡你了，噢，是太喜歡你主持的節目了。每天，如果我不聽到你的聲音，就吃不下飯，睡不著覺……只有聽到了你的聲音，我才吃得下飯，睡得著覺……」

田其一不想再聽下去了，因為她知道他再說下去也不會有什麼新意。每一天，每一次拿起電話，她總是想聽到一些新鮮的東西，每一回她總有一種期待感，可每一回又總是一些陳詞老調，聽得她都煩了。但是她又總是希望著，每一回拿起電話，在聲音傳過來之前，她也還是在幻想著，會從那頭傳來一種與眾不同的聲音。雖然帶給她的每一回總是失望，但是失望之後又是新的希望。在她的內心裡，她為自己貼了一幅巨型的標語：「如果人類沒有了希望，那麼今天人類就會滅絕。」

為了人類不滅絕而希望著——猛然間她就覺得自己身上所擔負的責任沉重了起來。

電話的那頭還在接著往下說：「每天一醒來，我第一件事情就是打開收音機，為的就是聽你的聲音。如果沒有你的聲音，我就不會從夢裡醒過來……」

他還要往下說，田其一果斷地打斷了他，問：「請問你貴姓？」

電話那頭說：「免貴，姓聶，名只一。」

田其一說：「謝謝您打進熱線，參與我們的節目，您會得到一份精美的小禮物，請帶上您的有效身分證件到電臺裡來領取。」

說完就把電話給掛了。電話那頭的人還對著話筒喂喂喂地叫著，想再說下去，但是電話裡已經傳出了嘟嘟嘟的盲音。

耳朵：聶只一

「左一片、右一片，隔座山頭不見面——打腦袋上的一個器官」。

聶只一記得自己上幼稚園時，老師就出過這樣的謎語，讓小朋友們來猜。老師指著聶只一說：「請聶只一小朋友先來猜。」聶只一猜不出來，老師就啟發地說：你仔細想想，你的名字裡就有很多個。

聶只一還是猜不出來，於是老師就問：「其他的小朋友能猜的出來嗎？」

同班的小朋友們一起回答道：「耳朵。」

現在，聶只一放下了電話，站在電話邊發了一陣子呆。他在想自己與田其一就像是這兩個耳朵一樣，隔座山頭（現實是隔著一根電話線）不能見面。

他猛然間又有些想笑，因為在他的腦袋裡又鑽出了一首詩。他把它改成了這個樣子：

小的時候，不懂愛情，愛情是兩隻耳朵。
你在這邊，我的那邊。
（只隔一個小小的腦袋）
……
長大了以後呀，懂得了愛情。

愛情是兩部電話機……
兩個電話號碼：
2220126
4467253
兩個接聽電話的人：
田其一。
聶只一。
一根長長的彎彎曲曲的電話線。
我在這頭呀，你在那頭……。

想著，想著。聶只一笑了起來。邊上一個正好路過的女子以為他是在輕薄她，罵了一句：神經病。就匆匆地躲開了。

聶只一沒有在乎她的舉動。只是輕輕地一笑。因為他知道：自己其實是一個女人。愛情的本質就是：容易受傷害、容易被人誤解、容易自作多情。

由此可以得出一個結論：剛才的那位女孩與他一樣正在愛著愛情。

（聶只一是一九七八年出生的。那一年計劃生育的政策剛剛出臺，牆上到處都是「只生一個好」的標語。聶只一是一個女孩。父親想要個男孩，但是因為計劃生育政策，不能再生了，於是只有將女孩當做男孩養了——穿男孩子的衣服，留短頭髮。以致很多時候人們都以為她是一個男孩子。

那時候聶只一還不叫聶只一，叫什麼呢？父母親還沒有想好。

那時候，母親最經常說的話就是：你快點想想，給咱們的孩子起一個名字。

父親則說：急什麼，名字這事馬虎不得。一個名字要影響人的一生呢！

母親說：總不能讓孩子生下來就沒有名字吧？

父親說：你看，我這不是正在想嗎。

說完後父親就搬了一張小凳子，坐到一邊慢慢地想去了。聶耳？這個名字好，可惜已經被人用掉了。聶嶸臻？聶衛平？這個名字也不錯，可惜也被別人給用掉了。唉，老聶家怎麼盡出些聰明的人，把好名字都用了，這樣讓我們後人怎麼會有一個盼頭？沒有好名字了，沒有希望了。

父親想著名字，想著、想著，怎麼也想不出一個好的名字來。這使他不禁就生起了一股子對祖先的怨氣。

母親在裡屋叫道：嘿，老公，你想出來了沒有？怎麼比女人生孩子還要難。我就不信。

父親則說：你以為那麼容易呀。你能生孩子那是因為你的肚子裡面有，況且那種子還是我給你種進去的；而我給孩子起不出名字那是因為我的肚子裡面什麼也沒有——空空如也。要是我能生孩子，我寧願替你生，讓你來給孩子取名字。

母親像是猛然間理解了父親一般，柔聲地問道：好名字真的都被用完了？

父親肯定地說：是的，我能夠想起來的都被別人給用掉了。

母親小聲地說：要不，休息休息，再想？

父親堅定地說：不行，不能半途而毀。毛主席說過，最後的勝利往往就是在最後的堅持之中。

母親說：唉，你怎麼總是毛主席長毛主席短的，他老人家都死了兩年了。你就不能引用點其他的東西？

怪不得你連一個好名字都想不出來。

父親說：那能夠怪我嗎？我讀書的時候除了毛主席的書，還有其他的書可讀嗎？

母親不說話了，她知道再怎麼樣逼他也逼不出一個好名字來。肚子裡面首先要有屎，才能夠屙出屎來。這是自然界的規律。

想著想著父親就睡著了。第二天醒來後又接著想。日復一日。

直到有一天，母親喊道：老公，老公，我、我、我、我好像要生了。

剛到醫院，躺在產床上，下身的陰毛還沒有剃乾淨，孩子的頭就鑽了一半出來。於是就只有不剃了，趕緊將孩子接了出來。是一個女孩，她正朝著接生的護士笑呢。

護士說：嘿，瞧她，真懂得討人歡心。

父親則對母親說：懷孕的時候，你不是總是嚷著要吃酸的、要吃酸的嗎？

母親委曲的說：我是想吃酸的嘛，我還以為會是一個男孩呢！誰知道生下來的會是一個女孩。

護士在一邊說：民間裡的酸男辣女的說法是沒有科學依據的。我警告你，你可不許看不起我們女同志呀，如果沒有我們女人，你就沒有一個可以鑽出來的地方。

父親說：那就再生一個吧。

母親說：現在都在計劃生育了，還怎麼能再生第二胎呢？你沒有看到街上到處都是標語——一對夫妻只生一個孩子。

父親抱著頭坐在椅子上什麼也不說了。

過了一會，母親又說：生都生下來了，快給孩子起個名字吧。

父親說：就叫只一吧。只生一個的只一。

「聶只一？一隻耳？」站在一邊的護士說：只一，只生一個，想要生兩個娃娃都不可以。這個名字好，幾乎就是與聶耳同名同姓。有異曲同工之妙。）

從聶只一的電話筒離開耳朵的那一刻，我就開始注視起了他的耳朵。很奇怪，經過仔細的觀察之後，我發現這是一隻女性的耳朵。溫暖。圓潤。白晰。如果用一個形容詞就是：溫潤如玉。

人的臉上最缺乏表現力的器官，可以說就是耳朵。

眼睛和眼瞼都會動，偶爾有傷心的表情，它也會流露出喜悅、傷心或憤怒的表情。人的眉毛也會上下的動，可以表現的是快樂、失望、懶散、不屑等表情。鼻子看起來好像是缺少動作的能力，可是鼻孔在鼓起來的時候即表示生氣，鼻子高高地向上翹起表示著神氣。最後，嘴就不用說了，比如說張嘴、閉嘴、笑、哭、罵等是最懂得表現自己的，在五官當中應該是屬於外向形的開朗性格。

相形之下耳朵幾乎完全不能動。少數經過訓練的人可以讓它們動，但是那在一般的人看起來，只是一種雜耍的行為，不能夠表達並傳遞出人的情感。

如此說來，耳朵就可謂是完全無法表現人的感情了。

其實，這也只是無心人得出的結論。有心的人會發現，在自己難為情的時候，耳朵會發熱，別人也會看見他（她）的耳朵變紅。我們也常常會聽到有人這樣說：我的耳朵又在發熱了，一定是有誰在背後罵我。這並不是空穴來風，耳朵確實是有這方面的能力，因為從動物的身上我們可以得出一個結論——耳朵的聽力是可以達到最遠的地方的。其次是視力，再其次是嗅覺，最後才是觸覺。

是人類在進化的過程中漸漸地遺忘掉了耳朵的表達力的功能，因為它常常被長長的黑髮遮蓋在下面，過著暗無天日的生活的緣故？

耳朵是五官當中處於最低層的位置的。我們常常愛說，越是民族的，就越是世界的。同樣的，越是低層的，就越是真實的。所以我們只要仔細地觀察耳朵，就可以直接地洞察到人的內心世界變化。

耳朵的祕密不僅只是如此，對於女性頭部的耳朵，它還起著對應於女性陰部的功用。

比如說：

耳屏＝陰蒂

外耳輪＝大陰唇

內耳輪＝小陰唇

耳道＝陰道

耳垂＝會陰

……

因此，相術上說——耳朵是裸露在外的女性性器。

比如說：

耳朵厚而色澤好，表示其性器發育良好。相反的，如果耳朵薄薄的，看起來毫無生氣，表示其性慾弱，身體也不好。

耳朵和臉頰呈直角豎起來的人，必定十分擅長收集資訊，喜歡四處說長道短。在性愛方面，總是草草了事，常常會有趕快完事的想法。這是因為她們的聽力特別發達，因而時常會忘記了自己而把精力過多的放在了別人的身上。相反的，如果耳朵緊緊地貼著臉的人，則非常陰險，猜疑心也很重，芝麻綠豆般的小事也會把它放大為桔子西瓜。在性愛方面自己能力不行，卻又希望對方玩命。如對方有一點兒力不從心的感覺，她就會想：他會不會是在外面有幹些什麼對不起自己的事情？

耳垂鼓鼓厚厚的女人，情感豐富，性感發達，愛液分泌量也很多。耳垂小的人則相反。

外耳輪廓豐厚，那麼大陰唇的發育必定良好，富有彈性，令人覺得性感豐富。內耳輪比耳朵突出的人，其小陰唇一定比大陰唇突出，令人覺得彷彿要積極迎接陰莖的感覺。

耳屏的大小則與陰蒂的大小成正比。耳屏越向外，陰蒂的位置就越靠上。耳屏越大越硬，陰蒂也就越大越硬。這種女性一般都較男性化，有同性戀傾向，嘴上的茸毛也會較重。

寫到這裡我們就知道了為什麼古代的女性總要用頭髮將耳朵遮蓋起來（至少要將大部分遮蓋起來）的原因了。那是怕洩露了她們的私處的祕密。還有，我們只要留心就會發現，古代的父母親打孩子，一般的對男孩子才會揪耳朵，對女孩呢，則不會揪耳朵，一般地只是揪臉頰。為什麼呢？那是怕弄著了女孩子的性器。在古代，女性的一生只是為了嫁一個男人，從一而終，過一輩子，可見性器對她們是多麼的重要。而現在許多女性都可以將頭髮剪得短短的，這正好證明了女性意識的一種張揚，也證明了時代的一種進步。男女平等，女性身上露得越多，越能吸引更多的男性的目光，她的內心就越是興奮、欣喜。

以上說了那麼多，無非是起引出我對聶只一的耳朵的觀察。讀者可以根據我對她的耳朵的描寫來判斷猜測我們看不見的被遮蔽的地方。

我剛才說過聶只一的耳朵是溫潤如玉。那是一個整體的觀察（觀察的位置處於三米之外）。可以說任何的女性一生下來，如果不遇到什麼天災、人禍、饑荒，或來自外部力量的破壞，那麼任何女性的耳朵都可以用「溫潤如玉」這四個字來形容。

聶只一剪得是短頭髮，從正面（或背後）看過去耳朵與臉頰呈直角般地豎起，用民間的俗語就叫做——招風耳。

從側面來看，就可以看到更多，更全面。她的耳垂長長的，但不夠豐滿，像是一根短短的筷子。她的內耳輪很高，像是一座山峰，甚至很明顯地就可以看出來高出了外耳輪。她的耳屏也是高高的、硬硬的，結實地就像是從外星飛來了一顆隕石，砸在了那裡就被鑲嵌住了一般。她的外耳輪很瘦小，就像是一根細細的鐵絲繞過耳朵的週邊，將耳朵緊緊地捆綁在臉頰上。

（聶只一出生了之後，家裡就開始了冷戰。那一年好像是蘇美兩個超級大國剛剛結束冷戰不久，而他們卻才開始。這一家不識時務的人，好像總是與國際潮流接不上軌。在地球上空飄浮著的暖流下面——他們家裡的氣溫卻急劇地下降到零度以下。如果說當天空氣的濕度比較大，那麼他們家裡的空氣中就一定會有著懸浮著冰粒，隨時都有可能會擊中某一個人。

事件總是很簡單，但是一個簡單的事件總是在重複，那麼從全域上來看這個事件就並不是那麼簡單的了。

事件通常是這樣展開的：

父親罵母親：「真是一隻不下蛋的母雞。好不容易憋足了勁下了一個，嘿，還是一個沒把子的。」

母親說：「這也不能全怪人呀。你也有責任。」

父親說：「你為什麼要騙人？總是說想吃酸的。還說什麼酸男辣女。否則提前就可以把她處理掉，也不會到頭來逼得自己無路可走。」

母親無話可說了。她只有把怒氣發到只一的身上。她指著還在搖籃中的只一叫著：「都是你，都是你騙我。你這個小壞蛋，還在娘胎裡就懂得使壞。騙子，老娘今天就餓死你。」

說著就不給只一餵奶。只一只有大聲地哭著。只一的哭聲很好聽，就像是唱歌一樣——兩長音一短音、一短音一長音一短音、一長音兩短音——交替著變換，有條不紊，聲音像海浪一樣，又像是一次接力賽跑，轉出了很遠，弄得左鄰右舍都睡不著。

左鄰忍不住了，敲開只一家的門說：孩子餓了，給她餵點奶吧。

母親說：這是我們家自己的事情，你管不著。

於是左鄰就只去了，回去將門窗關好，再將耳朵堵上，然後命令自己繼續睡覺。

右舍也忍不住了，砸開只一家的門，叫道：他姥姥的，你們還讓不讓人睡覺。老子一拳一個，把你們這一對狗男女的腦袋都砸開花了。

看著右舍的像是柱子一般粗的手臂，父親說：孩子是餓了，我們這就給她餵奶。接著父親又歎了一口氣說：孩子她媽奶水少，我們也是沒有辦法呀。

這個簡單的故事就是這樣一直在簡單地重複著。直到只一斷奶，她自己可以爬著在地上找東西吃。也許是只一小時候哭多了，哭破了嗓門，到上中學時說話就像是男生一樣。

只一一直到她長大成人時，她都不知道自己小時的這些故事。她不知道如果沒有右舍，那麼自己還能否活得到今天——我在寫這篇小說時，她就坐在我對面的一個電腦前上網。她的手上正飛快的打著字，臉上露著微笑。從她的臉上的笑靨，我可以猜測出，只一此時正在熱戀著。

回過頭來，還是說只一小時候的事：

左鄰家裡有兩個小男孩。且不提老大，因為老大在這一段故事中還沒有必要出場。先說老二。老二的名字叫毛三，比只一大一歲，正好是趕在計劃生育這個基本國策出枱之前生的。按照通俗的說法就是：趕上了末班車。

聶只一到了上幼稚園時經常與毛三在一起玩。

一直到毛三上小學之前，他們還是常常在一起摸爬滾打。

每到夏天，聶只一就是喜歡聽樹上的蟬鳴——知了、知了、知了……她總是坐在樹下聽，一動不動，一聽就是幾個小時。毛三也總是坐在另一邊看著她，他不明白為什麼這種——兩長音一短音、一短音一長音一短音、一長音兩短音的簡單的聲音，她為什麼一聽就是那麼久。這兩個小孩常常就是這樣，一個閉目聽蟬鳴，一個睜大著眼睛直直地看她。一定格就是幾個小時。

直到有一天，毛三對聶只一說：「你為什麼不爬到樹上去聽？那上面一定可以聽得更清楚些。」

聶只一聽了毛三的話就想：大自己一歲的人果然就是不一樣。看問題就是比自己要準確。我自己為什麼沒有想到爬到樹上去，離蟬近一點，就可以聽得更清楚一些呢？

聶只一這樣想著，就已經嘿咗、嘿咗地爬到了樹上。

晚上回到家裡。母親問只一：「為什麼衣服弄得那麼髒？」

只一說：「毛三哥哥叫我爬到樹上去聽蟬鳴。」

母親說：「你笨呀，他是想偷看你裙子裡面穿的小褲褲。」

只一說：「我才不笨呢。我就知道他想偷看我的小褲褲，所以在爬樹時，我把小褲褲脫下來了。」

……

只一得意的說：「你說毛三哥哥是不是什麼也沒有看到。」

話音未落，母親就給了她一個耳光。於是只一就——兩長音一短音、一短音一長音一短音、一長音兩短音——地哭了起來。

這件事情的真相其實只有我最清楚。只一長大以後曾經對我說起這件事。她說：那天她並沒有脫掉內褲爬上樹。只是因為當時母親的樣子太凶，而我們小孩子又不知道一件事情的關鍵之處在哪裡。母親說毛三是為了偷看我的內褲，我就說我當時是把內褲給脫下來了，原以為這樣可以逃脫一頓打，沒想到卻反而遭到了一頓狠揍，這真是聰明反被聰明誤。當時，在被母親打了之後我還一直很不解，不知道是為什麼，因為小時候我覺得身體並沒有那麼的重要，比如說我摔倒了，母親首先會問：衣服磨破了沒有？而不會關心：身上受傷了沒有？所以在那時，我意識到人的身體並沒有人身體上的衣服重要。皮膚破了自己會癒合，它是可以通過自己再生的；而衣服呢，破了之後則不會自己長好，它是不可再生的資源。小時候就是這樣判斷一個事物的價值，並得出結論。一直到長大了以後，身體發生了變化，才對自己的身體有了真正的認識，這時候我才明白了當時母親為什麼要打我了。

只一問我：我是不是很傻呀？

我說：不，你很可愛。

我問：你現在恨毛三麼？

只一說：不恨，因為後來，毛三救過我。）

從那次以後，聶只一在心裡就有一種男人是很讓人恐怖的感覺。但是無論記憶多麼的深刻，時間一久，記憶還是會被時間給沖淡的。就像是晚上月亮躲在淡淡的白雲的後面，人們不注意是看不見它的。就算是想要仔細地去看，那也只能通過一些模糊的輪廓，與自己的一些經驗來猜測。比如說，今天是農曆十五，那麼在雲層後面的月亮一定是圓的；比如說今天是農曆初一，那麼那月亮就一定是只有一半。

農諺云：十五的月亮圓又圓，初一二三缺半邊。

我寫到這裡時，聶只一已經是小學六年級的學生了。這一天放學回來，聶只一看到路中間站著一個老人。這個老人頭頂上的頭髮都已經掉光了，他正低頭看著聶只一。看到他頭頂上光禿禿的一片，她就想笑。果真她就笑了起來。「咯、咯、咯、咯」地笑。

一看到她笑，老人就又低下頭來仔細地看著她的下巴。聶只一的下巴尖尖的，是屬於瓜子臉的那種輪廓，是古代的時候美女的一種標準。古代時的美女，除了楊玉環外，都是那種臉孔細長下巴很尖的。長著這種尖下巴的人年輕的時候會很受寵，但是到了年老的時候則會很孤獨，因為下巴上的肉少從命相上來說就表示著沒有子女運，晚年可能會很孤寂的一個人度過。所以，俗語說：紅顏自古多薄命。從這一方面來看，上天還是很公平的，因為老天爺不會讓你一個人把所有的好處都占盡了。「有一得就必有一失」「物極必反，否極泰來」，這是中國古代的哲學。這裡面的思想表現的也是這——如果你年輕的時候享盡了寵愛，那麼老的時候就只剩下孤獨與回憶了。但是老人看到聶只一的下巴雖然是向下尖下去的，但是到了下巴的底端，突然間停住了，就像是一滴水在她的下巴底部猛然地遇到了一股冷空氣，就凝固住了。形象一點說，聶只一的下巴就像是一個——「！」——驚嘆號。

這是一種難得的面相，在人群中的比例是五百萬分之一。老人不禁興奮了起來：這難道就是那種傳說中的女同性戀的面相？這種下巴必定對應著一種耳朵。

耳朵——是裸露在外的女性性器。

同樣的。

下巴——也等於是男性的陰莖。

老人蹲下身子，一邊觀察她的耳朵，一邊問道：「小朋友，你叫什麼名字呀？」

聶只一說：「我不告訴你，我又不認識你。」

老人說：「我叫謝頂。你看我們這不就認識了嗎！」

聶只一的長長的頭髮遮住了耳朵，謝頂伸出手去將她耳鬢上的頭髮拂開。聶只一猛地向後一跳，驚叫起來：「你要幹什麼？」

謝頂說：「姑娘，別怕，讓爺爺看看你的耳朵。」

聶只一說：「我不，我又不認識你。」

謝頂說：「姑娘，別怕，我們會認識的。我還知道你以後的很多的事情呢。」

聶只一說：「我不信。」

謝頂說：「真的，我知道。你以後會是一個同性戀者，你雖然是女孩，但是在同性戀中你卻會扮男角。噢，當然，現在你還不知道什麼叫同性戀，以後你就會明白的。還有，你會喜歡上一個與講話的工作有關的女人。因為你的下巴底端有一個豆狀的圓球，這證明了你的耳朵的耳屏是高高的、硬硬的，這種耳朵對聲音特別的敏感，聽力也很好，那怕是一點點的聲音都可以聽到。並喜歡從中找到一種節奏，比如說晚上，你睡覺的時候，屋子裡就不能有一個鬧鐘，甚至連一隻手錶也不能有，因為那些不變的嘀噠、嘀噠的聲音會讓你總想在其中發現一種旋律，比如說下一個嘀噠聲，是不是應該更快些到來，或更慢一些到來，這體現出了一種變化、活力。但是下一個嘀噠聲總是那麼準時的到來。而你又期待著它的變化，一種意外的驚喜，可又總沒有什麼意外出現……於是，你就總是那麼……希望著、失望著；失望著、希望著……一直都睡不著……」

聶只一說：「真的是那樣子，我的房間裡就是沒有一塊鐘錶。否則就真的是睡不著覺。」

這一老一少、一男一女站在街頭這樣說著，不覺中天就黑了。火熱的陽光走了之後，平靜的月光就來了。月光在樹冠的上方，像一層薄薄的宣紙一樣，包裹著它，只要一捅就破，但又沒有人伸出手來捅破它。樹下的陰影裡是黑的，目光穿透不進去，但卻有聲音從裡面傳出來：

「什麼是同性戀呀？」

「就是男人跟男人結婚。女人跟女人結婚。」

「可是我聽我媽媽說，女人是要給男人做老婆的。」

「一般來說是那樣的。異性相吸。但是對於同性戀者來說他（她）們對異性卻不感興趣，而只是對同性感性趣，這在西方被認為是基因鏈條出了問題，而通過我對相學的研究，我則認為是相貌上的相克。比如說女人的身體卻長著有一副男性的面相，或男性的身體卻長成了一副女人的模樣。這本來就形成了一種性格上的異化，如果說再加上童年時的一些對異性的恐怖的記憶，那麼這個人是同性戀就幾乎已經成了定局了。」

「是呀，我好像對男同學就是不感興趣。比方說毛三，他就經常來找我。小的時候還想騙我跟他玩夫妻的遊戲。」

「我知道你不會感興趣的。」

「你是怎麼知道的呢？」

「因為你是一個潛在的同性戀，是不會對異性產生興趣的。」

「我還是不能夠理解。」

「我們做個試驗就什麼都清楚了。來，你把褲子脫下來……別害怕脫下來吧，你就當著是在看病……你看，我把手指伸入你的洞洞裡面……怎麼樣？沒有什麼感覺吧！而我將手指來捏你外邊的那個小豆豆呢，你看，是不是反應很大？癢癢的、麻麻的，是不是很舒服？是吧！這就證明了你的性器官只是需要外部的刺激就夠了，而不需要對內部、深處的刺激。僅就這一點就可以證明你不需要男人，而只需要有女性的愛撫就足夠了。而對於愛撫來說，女人當然要比男人更溫柔細緻得多。所以說，女性應該是更適合你的。」

聽到這裡聶只一正感到朦朦朧朧的，猛然間有一道有力的手電筒的光線劃破了這樹下陰暗的陰影中的祕密。毛三帶著一隊人來了，他們說：把這個老流氓抓起來。

接下來就是一片劈哩啪啦的拳腳聲，與一個母親的哭聲說：女兒呀，你怎麼那麼傻呀。

（謝頂被當作流氓給抓起來的那一天，正好是一九八九年四月二十六日。我查過那一天的黃曆，上面寫著：處暑。天降急火。年少男女不宜相見。夫妻宜行房事。）

學校裡到處都在流傳著聶只一被一個骯髒的老頭子強姦的流言。毛三每次聽到這些流言時，都要糾正說：「其實還沒有開始呢，幸虧被我發現了，所以及時的制止了……也只是手指放了進去，否則……」說到這裡，毛三通常就會打住了，因為別人也會猜出後面的半句話，就是：那個老頭子下面的那個玩意兒，就要放進去了，那樣一切可就完蛋了。

大家都知道毛三要說的是：聶只一沒有被強姦，她還是一個處女。

毛三對只一好，明眼的人一眼都能夠看得出來。他每一天放學後都要遠遠地跟在只一的後面。開始時，他跟得很近，直到有一天只一回過身來——剛好就看到毛三的那張汗津津的臉——天啊，他離她是如此之近，以至於她的眼睛裡出現了一張臉部的特寫。她對他吼叫道：「你煩不煩呀，你喜歡我什麼？我改了還不行嗎？」

那天聶只一的口水噴了毛三一臉。至今他回想起來時，還是覺得有一些鹹澀的味道。就像是一張骯髒的抹桌布，隨手要將它丟掉，卻一個不小心將它丟進了記憶的死角——一件東西掉進了一個家具的縫隙裡。他想要拾起它，卻又搬不動這個沉重的物件——只好讓它躲藏在那裡，時不時地看見它，厭惡並心煩著。

從這次事件以後，毛三改變了自己的策略，只是遠遠地跟著她。只要剛好能夠看到她的背影就行了。如何準確地來對你說這個距離呢？還是這樣來對你說罷——如果天氣好一點的話，他就會離她遠一點；如果天氣壞一點他就會離她近一點——反過來也可以這樣說，通過觀察毛三與只一的距離，就可以判斷出當天天氣及空氣品質的好壞。

空氣的透明度是一級／二級／或三級？測量一下毛三離聶只一的距離就可以得出準確的答案了。你放過風箏麼？如果風大，風箏就可以放得高一點遠一點；如果風小，風箏就飛不了那麼高了。明白了嗎？就是這個道理。

那一天毛三遠遠地跟著只一。像往常那樣，只一在他的視線裡一直保持著一種狀態。她小小的背影，就像是一隻灰白色的鴿子。猛然間只一不動了，毛三也像是火車的車廂，在車頭停下了之後，車廂也跟著猛地一震停下了。毛三仔細地一看，原來是一個老頭擋住了她。

他們在說話？是。

可是，他對她說了一些什麼？

毛三聽不到。但是他又不敢走近去聽。他怕她看到他。他怕她對著他的眼睛說：跟屁蟲。每一回聽到這三個字從只一的嘴巴裡蹦出來時，毛三就想在地下找一個縫鑽進去。幸好這三個字毛三只聽到過一回，否則以他的自尊心來判斷，我還真懷疑毛三還能否在這個世界上活下去。也許他會面對他所處的這個世界做一個自我了結——自殺。也許他會澈底地放下尊嚴，而從此成為一個玩世不恭的人——流氓。

這兩種結局對於我們所認識的這個世界的價值來說，無疑都是悲劇。

還好，這兩種結局無論是哪一種，都沒有發生。

因為毛三選擇了中庸——遠遠地跟著她。即不讓她發現自己，而自己又可以遠遠地看到她。不知是怎麼一回事，只要能夠看到她，毛三的心裡就隱隱地有一種安慰，就像是心在肚子裡裝的嚴實了，否則自己的心總像是沒有地方安放，總是懸著的。晃晃悠悠。

聶只一還在和那個老人說話。老人甚至還蹲下了身子，讓臉與她的臉保持在一個水平線上。他在看她的臉？她在看他的臉？毛三不知道。

天漸漸地黑了。視線也越來越模糊。毛三慢慢地向他們靠近。天越來越黑。毛三也離他們越來越近。有一句形容天很黑的話叫「伸手不見五指」。果真就像是那樣。他們離的是如此之近。後來毛三就聽到了他們的對話。

就像是他們三個人在一起談話一樣。只不過毛三沒有說過一句話。

「把臉側過去，讓我摸一下你的耳朵。」

「為什麼？」

「我摸一下你耳溝的形狀。」

「唉喲，好癢。」

「哦，你的耳朵如刀切割出來一般細長，是屬於收口荷包形的女人。」

「這樣的命好麼？」

「收口荷包形，顧名思義，就是陰道口小，而裡面卻很大的類型。」

「老人家，人家還小呢。你就給我說這些。」

「沒關係，你就當我們這是在做學術探討。學術無禁區嘛。」

「學術無禁區？我也聽過毛三的哥哥說過這個詞，好像是一種自由的狀態，很崇高的。那你就說給我聽聽吧。」

「我還是給你說說我的親身經歷吧。年輕的時候，我的老婆就是長著像你的這種耳朵。一開始，我們的性生活總是很頻繁，幾乎是兩三天就要做一次，她的陰道口很緊，每一次進入都有一種被緊緊握住的感覺。我總是插入後不久就射精，情緒上也顯得相當的興奮。可是這樣的性生活持續不了好久，因為她僅僅是陰道口那一點點的地方很緊，性生活的時間一久，那一點地方就鬆弛了，而我呢也就漸漸地對性生活失去了興趣，有的時候一個月也做不上一次。後來她為了維持我們的這個婚姻，下定決心要把陰道縫小。第一次手術非常順利。可是好光景只持續了不足一個月，她的陰道口又鬆弛了下來。而且在她做了手術之後，雖然我又找到了過去的那種快感，而她呢卻只有承受痛苦，因為她的陰道口是被縫緊的，所以每次做，總有一種撕心的疼痛，就更不用說快感了。再後來，她還是咬著牙去做了第二次手術。手術同樣很成功，但也同樣是維持不了很久。再說在這樣的性生活中她只有疼痛，一點快感也沒有，全都是為了我，每次我們過性生活，我總是對她懷有深深的內疚。後來我對她說，我們離婚吧，我最近在報紙上看到了一個新的名詞叫——同性戀——我琢磨了很久，也許那就是適合她的生活。後來我們就離婚了，而她聽了我的話也找了一個女子與她共同生活，果然就很幸福美滿。正是因為這，我才決定專心研究相術，造福人類。」

聽到這裡毛三簡直都入神了。說實話，在那一刻，如果老人願意主動收毛三為徒，那麼他一定會拜倒在他的腳下了。

可是，接下來的事情使毛三的想法有了一百八十度的轉變。老人提出要摸一摸只一的下身。說是要試驗一下聶只一身體中反應的區域。從直覺上，毛三就感覺到這個老頭是一個老色狼，於是他悄悄地轉身跑回家去喊了大人來捉流氓。

那個老頭果然是個老流氓。這可以從後來法庭上判決那個老頭是流氓來證實。這個證實又可以從法庭上掛著的一幅標語來推證。法庭上的標語上寫著：「決不冤枉一個好人、也不放過一個壞人」。從這句話可以證明法院說的絕對不會有錯。

法院說那個老頭是老流氓，他就是老流氓。不會有錯。老頭也沒有上訴，為什麼呢？答案在那一句標語裡就可以找到了，就是：「被關在裡面的沒有一個好人，而沒有被關進來的在外面的則沒有一個是壞人。」對於那些喜歡追問的人，比如說有人會問：如果這就是一個結論，那麼裡面與外面又是如何轉化的呢？還是拿這個老頭子打比方吧，他就是在外面時變成為一個壞人的。對於這種追問，我很難回答，還是把這個問題留給哲學家吧。他們就是靠回答這種問題吃飯的。人生中有兩大惡事，一是奪人性命，二是奪人飯碗。我對自己說：我不能成為一個惡人。

據說老頭被送到了很遠很遠的地方去服刑去了。有多遠呢？毛三的哥哥是這樣給他形容的：從這裡坐上火車一直向西開，要三天三夜；下了火車之後再坐汽車，進入一片荒無人煙的沙漠，也同樣要開三天三夜；再後來，汽車也無法開進去了，換成馬車，同樣要坐三天三夜；最後，馬車也走不動了，還要下來走，還是要走三天三夜。這樣才到達勞改的地方。

毛三的哥哥總結說：「總之，把那些犯人丟到那裡，也不用派武警去守，他們都跑不掉。」

毛三問：「那麼，送他們去的人又是如何回來的？」

毛三的哥哥說：「唉喲，這我可沒有想過。總之他們會有辦法回來的，用不著你去操心。」

其實毛三也只是隨口那麼一問。他並不是一個拋根問底的人。況且，毛三自從「救」了只一之後，只一的母親就將她「交」給毛三看管了。

只一的母親對毛三說：「毛三，以後每天放學以後一定要跟著只一，與她一起回來。」

只一的母親對只一說：「只一，聽到了沒有，放學以後要跟毛三一起回來，不要自己一個人走。你看這一次多危險，差一點就被一個老頭子給糟蹋了。幸虧毛三多長了一個心眼。」

只一的母親這樣說著的時候，毛三就深感自己肩上責任的重大。他就像是一下子就長大了一樣，使勁地點了點頭。自從感覺到身上有了擔子，毛三心中就多少有了一些成就感。這也許就是大人所說的那種「事業」吧。從現在開始自己也有了事業了，毛三在心底裡總是這樣勉勵自己。

每天放學後，他就主動地走向只一，說：我們回家吧。只一也不理他，一個人快步地向前走著。毛三則像一隻狗一樣緊緊地跟著她。

夕陽將只一的影子拉扯得很長，直直地丟在毛三的身上。他們筆直地迎著太陽一前一後的往回走。毛三每天都有一種自己是抱著聶只一回家的感覺。雖然從自然的原理上來說，影子是冰冷的，沒有溫度、沒有生命。但是每一天，他們在往回走時，毛三感覺著自己抱著只一的影子，心中總是有一種暖暖的滋味。

幸福。

微醉。

洋溢。

……

直到有一天，正往回走著，走著……聶只一猛地站住，回過身來，面對著他站著。毛三趕緊剎住了腳步。這時在毛三的眼睛裡出現了一張聶只一的臉部的特寫。

只一衝著他的臉說：「其實，你和那個老頭是一樣的。」

「不，我是在保護你。」

「你以為你是聖人呀！你敢說你不是在心裡打著如意算盤，想要得到我、得到我的身子？你們男人看到女人還不是為了那三點，有一點情調的還要看一看臉蛋，差一點的多少也會考慮一下女人的身材，最壞的就是那些，像泥鰍一樣爬上來就直奔主題，見到洞就鑽。」

「……不……」

「你還沒有一個老頭子誠實。想就想吧，又不敢說出來，一天到晚悶在心裡面，像是一個小小的陰謀家。只敢想不敢做，像你這樣的人我是一輩子也不會喜歡的。」

一個蓋子一但被揭開了，那麼這個蓋子下面的東西就沒有辦法保鮮了。就像是一瓶老酒，越放就越香醇，一旦瓶蓋被打開，那麼這瓶老酒就再也保存不下去了。

從此毛三就再也沒有跟蹤過聶只一了。

只一一個人走在放學回家的路上。那個消失的影子讓人心痛。這些心痛的人總會找一個場合湊合在一起，悲天憫人，議論著：「唉，多麼好的女孩呀，就這樣被那個糟老頭給毀了。」

「那個老頭子呢？」

「多半已經死了！」

「真恨不得咬他一口。」

「咬他？我還怕弄髒了我的嘴。」

「對，放狗咬他，讓狗把他的良心吃了。」

「真是便宜了他了，把他關到那麼遠的地方，無論如何也到不了那個地方，否則我真的要把我的狼狗牽去，咬死那個老畜生。」

只一從他們的身邊走過，這些對白在她的身邊，風一般地從耳朵裡飄過。

左耳朵進、右耳朵出？

還是右耳朵進、左耳朵出？

市面上有許多傳說，有說左的，也有說右的。其實兩種說法都正確也都不正確，關鍵在於你在什麼時候、什麼角度來進行判斷。

答案取決於，她是從家裡出發去學校上學、還是從學校出發放學回家。

肩膀：水映廣

陽光下。傍晚。這一老一小在路上。太陽就在腦袋的後面。腳下有一個長長的影子。路在腳下延伸。路上空空蕩蕩。

走起來可以無所顧忌。

路中間有許多小草，好像是才長出不久。青青的、嫩嫩的。從這一點可以看出這條路以前走的人很多，而在近些日子以來已經少有人走過了。

「走的人多了，於是就有了路。」

長久沒有人走了，於是路就又沒有了。

走的人多了，而人們卻是到處亂走，於是無論人們怎麼走、有多少人走，還是走不出路來。

一個老人、一個姑娘。

老人的名字叫謝頂、姑娘的名字叫◎◎。

兩人的影子向前伸著，在遇到有坡坎時，影子就會像是伸了一個懶腰似的自己伸展一下。而後又平平地直直地向前插去。影子是想要證明自己的鋒利，想找一個直直凸起的物體，鏟平它？但影子始終也沒有碰到這樣的機會供它一展身手。這證明這條路基本上還算是平整的。沒有需要用到它的時候。養兵千日用兵一時。任何一種功能並不是時時都可以用到它的。

猛然。猛然，影子直直地站了起來。像人一樣站了起來。這使仔細觀察著影子的人嚇了一跳。趕緊將目光從影子上跳開，看見一堵牆擋住了他們的去路。影子沒有破牆而入，影子的虛偽本性顯露了出來。

影子無法獨自穿透圍牆，用它虛無的身軀進去。

磚牆VS影子。

這就是現實和虛無的較量。

為什麼這條路的盡頭是一堵圍牆？這條路當初是怎樣形成的？是先有路，還是先有圍牆？如果是先有路而後才有圍牆，那麼為什麼要修築這個圍牆將路堵死？如果是先有圍牆而後才有路，那麼為什麼明明知道走不通還要走出這條路？

這些問題需要有一個龐大的研究機構才能將它們搞清楚。非我一個人的能力所能及。

我還是只說我的故事吧：

這一老一少、一男一女繞著圍牆，整整走了半個圈子，才來到一個鐵門前。

一個大鐵門、上面有一個小鐵門。

大鐵門關著。

小鐵門開著。

這預示著人們只能一個一個地進去或出來。而不能兩個人以上（含兩人）一起進去或出來。從這裡可以得出：這個門的工作是減少人們經過門時的流量。

這使我在這個時候短暫地聯想起了河流。我知道我想得太多了，但是我清楚地記得一句廣告詞：「如果人類缺少了聯想……」，我知道那六個點代表的是：愚昧、落後、無知、自滿、停滯、滅亡。

我想像到了一條河流從一個隘口中奔騰而出的情景。

但是河流與人畢竟是不同的，這兩者不能類比。這也許就是人與自然的區別。我看見這一老一小、一男一女猶豫地抬腳邁進了鐵門。一個守門的老女人擋住了他們。問：「你們找誰？」

「我們是逃荒的。家鄉發了洪水，所有的莊稼都被淹了。我們實在是沒有辦法才出來的。」

「唉。你們也怪可憐的。政府不是提出了『嚴防死守』的口號了嗎？怎麼還是被淹了？」

「是的，被淹了，一點也不剩。只有出來討點吃的。」

「可是，你們這樣也不是辦法，總不能一輩子都這樣吧？」

「看得出來您是好人，您就幫幫忙吧！」

「現在誰能幫得上誰呀，不如把你的孫女賣了。換一點錢回去做點什麼小生意。」

「我怎麼能賣了自己的孫女呢？不如您把我給買下來吧，我給你做牛做馬都行。」

「你這個老頭子想得真美，你倒貼給我，我都還不想要呢。」

「唉，沒有辦法了，只有走這一條路了。」那個老人對那個女人說：「孫女，只有委曲你了。我拿了錢回去做生意。只有用錢才能找到錢。等我賺到了錢再來救你。」

正說到這裡時，有一個人挑著一個擔子從鐵門外進來了。

守門人對著他叫道：「喂，水映廣，想不想要一個老婆？」

「想，怎麼不想。我做夢都在想。」

「這就有一個現成的，快把你家的錢拿出來，給這個老頭，然後就把這個姑娘領回去。算你這個小子走運，你看看，多麼漂亮的姑娘呀。打著燈籠都找不到。」守門人又補充了一句：「算你小子有運氣，給你撞著了。」

◎◎就這樣被賣給了水映廣。水映廣這個名字猛然一聽起來，比較奇怪，但是你只要聽過了下面的這個故事你就會有一種茅塞頓開的感受。就會深刻地領會什麼是「存在的就是合理的」哲學含義。

水映廣姓水，這個用不著我在這裡說了，那是老祖先留下來的鏈條。有了它，這個鏈條才能一直保存著，不會斷裂。

自然界每一個物種中都有一條生物鏈。而在人類的家族中每一個血緣中都有一個姓氏鏈。姓氏可以使每一個血緣關係都有一條可循的線索。

如果說姓氏是上天註定的。也就是說是自己不可選擇的話，那麼名字則是完全由人自己來決定的。

這得從水映廣的父親說起：

據老輩人說，水映廣的父親是當地的一個有名的大力士。手能提、肩能挑。據說他能夠挑著三百多斤的擔子一口氣走上三百里。於是當地人都叫他，水三百。這個名字從語文的角度來分析是：寫實。聽起來雖然也讓人費解，但是如果有好事、好學的人一問，他便可自豪地回答：「是這樣的，我可以挑著三百斤的擔子，走上三百里。」說話時會有一種自豪感。

所以水三百打心底裡喜歡那些好學、好事的人。因為那一問就順便給了他一次回答的機會。答案是光榮的。因此每次回答時他總是顯得紅光滿面。提問的人對此也深信不疑，他們會說：「我說呢，您臉上的氣色怎麼這麼好。原來是身體好呀。」

每回聽到這句話，水三百就感到心滿意足，自覺有一個好的名字是多麼的重要。

因為一個好的名字可以引出一個光榮的回答。所以在水三百生了一個兒子之後他決定給兒子起一個好的名字。

叫一個什麼名字好呢？為了這個名字水三百差點摳破了頭皮。

叫一個什麼名字好呢？自己的肩膀能挑，所以這個名字也一定不能離開肩膀的範圍。

叫一個什麼名字好呢？既要出人意料，又要能夠讓自己很自然地就引出肩膀的故事。

有人出主意說：就叫水責任吧。他解釋說：責任不就是要肩負的嗎？比如說「肩負著什麼的責任」。

也有人出主意說：我看叫水重擔吧。他解釋說：乾脆就直截了當，把話挑明了。

還有人拿主意說：還是叫水承吧。他解釋說：承——承受、承擔、承傳、承認、承諾、繼承、承前啟後——多麼有意義呀。

對於第一個熱心腸的人。水三百回答：責任怎麼能水了呢？不行、不行……

對於第二個心腸熱的人。水三百回答：太直白了、太普通，不能引起別人的好奇心。不中、不中……

對於第三個出主意的人。水三百沉沉吟了一下說：嗯，這個名字還挺有意思，讓我考慮考慮……

水三百幾乎就要將這個名字用到兒子的身上了。就在他去給兒子上戶口的路上，他碰到了一個改變了他兒子名字的人。

這個人叫什麼名字他不知道。因為他沒有告訴他。他只能對別人說：那個人是一個禿頂。光禿禿的，一看就是充滿了智慧。

那天是閏二。天上陽光燦爛。無風。黃土地上的小草剛剛鑽出了一點綠芽。逗得水三百心中癢癢的。

正走著，他看見路邊的一個石頭上坐著一位謝了頂的中年人。有一句話是對這個額頭最好的讚美——「溫文爾雅的唇親吻著他的額頭，而月光在此時也睜著明亮的眼睛，流水般從他的高高的額頂淌下，明淨、光潔、瀲灩、濯灝」——那人手上拿著一個竹竿。竹竿向前伸著，伸到最前面的時候上面仔細地繫著一根尼龍線。尼龍線向下垂著，一直伸進了一條溪流裡……溪水流著，像鏡子一樣。明亮的河水一眼就可以看出河水裡面除了晃動著的鵝卵石外，什麼魚也沒有。

「水至清則無魚。」

於是三百就說：那河水裡什麼也沒有，你釣個屁呀？

那個人說：你還沒有看到我的魚鉤呢，否則更要覺得奇怪了。

三百說：魚鉤有什麼好看的。

那個人把魚鉤從水裡拉出來放三百的面前說：看見了沒有？

三百看了看魚鉤說：魚鉤是直的。你以為你是姜子牙呀。是不是忘了把它弄彎了？

那個人說：不是忘了。是我不能將它弄彎。

三百說：這個怎麼會弄不彎呢？是沒有力氣？

那個人說：不是沒有力氣。是不能夠。

三百說：你這麼說我就不明白了。

那個人說：真的，我不能將它弄彎。因為我是讀書人。

這回三百更吃驚了：讀書人？

那個人說：是的，讀書人，只能動腦、不能動手。天生我才必有用。這說明各人有各人的道，讀書人只能夠動腦、動口，而你們這種勞動人民則應該動手、動腳。如果每一個人都守著自己的道，那麼這個世界就會變得簡單乾淨有秩序了。

「君子動口不動手，是不是因為這句話？」三百問。

「看來你還是挺有悟性。」那個人誇獎道。

這一席話讓三百對那個人佩服得五體投地。於是就坐下來與那個人攀談了起來。他告訴他正準備去給兒了上戶口。那人問：「名字想好了嗎？」三百說：「想好了，叫水承。」

「水承？」

「水承。」

「你呢？貴姓？」

「免貴，姓水。」

「我是問你的名字。」

「三百。」

「我看不好。」

「什麼不好？」

「水承。」

「您看叫個什麼名字好呢？」

那個人伸手指著水面對他說：你看到那裡面的東西了嗎？三百仔細地看了一陣子說：什麼都沒有呀。那人又說：你再看看。三百盯著水面，看了又看，之後說：還是什麼也沒有。那人又說：你好好的看看，不要光看實的，也看看虛的。三百再低頭盯著水面，過了一會他猛然叫了起來：哎呀，我看到了，水裡面還有影子。

「說對了，還有影子。」

「可是影子裡面又有什麼呢？我還是不明白。」

「你好好想想看，如果映在水面上的是一個『廣』字，那會形成一個什麼樣的形狀？」

「就是兩個對稱的『廣』合在一起。」

「你再想想看，這兩個對稱的『廣』像什麼？」那人用手比劃著啟發到：「將廣字下面的『廠』字複製再鏡像一下，你看這像什麼？」

「看不出來。」

「唉，真是遲鈍。那不就是一個肩膀（六）嗎？」說著，他用食指在空氣中寫了個「六」字。

「對呀，我怎麼就沒有看出來呢？」三百一拍自己的腦門，叫著：「真是一副肩膀，還挺寬的呢！」

「你兒子的名字這不就有了嗎？」

「水映廣？」

「水映廣。」

用語文來分析，這個名字是：象形。

就這樣，水映廣有了自己的名字。）

水映廣將三千元錢交給了帶㊇來的老頭子之後，便對㊇說：你現在是我的了，跟我回去吧。只要你聽話，好日子有你過的。

說完他挑著擔子就自己走在前面。㊇緊緊地跟在他的後面。像是他的影子。這個圍牆裡的建築就像是一個迷宮一樣，雖然左拐右轉，但總是面對著太陽，這樣就可以確定㊇在整個行走的過程中始終都像是他的影子一樣。

或者說她始終都處於他的陰影之下。

建築的中間有一個圓形的像桶一樣的塔樓。塔樓的頂端有八個孔洞，準確地按八卦的方位排布。孔洞裡面很黑。黑得發亮。這使○○想到了眼睛。那一個個黑黑的孔洞裡面有沒有一雙雙黑黑的眼睛？

○○感覺到有一些兒冷，在水映廣的影子裡面打了一個冷顫。水映廣顯然是很明確地感受到了那輕輕地一顫。於是便溫暖地問：冷麼？○○答：不。看到那個圓形的巨大的房子猛然間覺得有些害怕。水映廣說：你的感覺很準確，那是以前日本人留下來的碉堡。據說這個碉堡被國民黨士兵攻下來的時候，碉堡的下面堆滿了士兵的屍體。一個一個的人倒下了，接著又有人倒在屍體的上面……接著又有人衝上來，倒下了，成了屍體……又有人衝到了屍體上……就這樣，一層一層的，重疊著，就像是修房子碼磚一樣，一直到士兵的屍體高過了碉堡。那時的碉堡就不是碉堡了，而轉變成了池中的魚、罐中的鱉、籠中的鳥。日本鬼子就這樣被打敗了。據老人們說，碉堡裡的日本人死得也很慘，每一個人都被打了無數槍。像篩子一樣。到底有多少槍呢？我的爺爺用肩膀扛了一具屍體出去燒，屍體燒完後竟然燒出了一個鐵鉈鉈，用秤子秤了一下，嘿嘿，足足有五六十公斤呢。也可以這樣說：子彈幾乎替換了日本鬼子的整個肉身。

日本鬼子發射出了十萬發子彈，打進了五萬個國民黨士兵的身體；國民黨的士兵也同樣發射了十萬發的子彈，打進了數十位躲在碉堡中的日本鬼子的身體。這些人都死了。

所有的屍體，不論是誰的，中國的還是外國的，皇軍還是國軍，都被抬到了一個坑中焚燒。大火沖天。臭氣薰天。之後這裡的人因此而得到了滿滿的一坑的鐵鉈。

開始這個鐵鉈是被丟棄在這個曠野上的。因為沒有人能搬得動它。即使是能擔三百斤走三百里的水三百都不能讓它移動分毫。況且到處都在傳說這個鐵鉈鉈上佈滿了冤魂。有人就親眼看到這個鐵鉈鉈在陰天的時候上面佈滿了水珠。像是一滴一滴的淚水。人們說那是冤魂們在哭泣。

時間一直到了一九五八年，大煉鋼鐵。全中國掀起了一陣煉鋼熱潮。這才又讓人們想起了那一塊巨大的鐵鉈鉈。

有人提議：將它拿來煉了，完成指標。

有人說：不行。那樣會把那些冤魂放出來，為害一方。

也有人說：不怕。大煉鋼鐵，這是帝王下的命令，帝王是天帝的兒子，比閻王爺大，所以閻王爺不會讓這些冤魂出來搗亂的。

「官大一級壓死人」。

人們說：沒事的。沒事。煉吧。煉。

火又一次燃燒起來了。在大地上紅紅的火焰、濃濃的黑煙。燒紅了土地、薰黑了天空。

於是，這個巨大的鐵鉈鉈就由大變小，化整為零——變成了鐵鍋、鐵碗、鐵瓢、鐵勺、鐵盆，甚至還有些被製成了當時流行的紀念章、英雄像。等等等等。

這些都是題外話。重要的是，因為力氣大，能挑會扛，那一年水三百被評選為全國勞動模範。上了北京，受到了毛主席的親切接見。還與他老人家一起合了影。回來時他還帶回了一張大紅的獎狀，端端正正地貼在堂屋中，毛主席畫像的正下端。

從北京回來後，水三百逢人就說：當家了。我們真正的當家作主了。中國人民從此站起來了。勞動人民從此站起來了。

水三百說：好好幹，為了社會主義建設；好好幹，每一個人都可以成為勞模……

現在，在我寫這些文字的時候，水三百已經沒有做人很久了。

他死了。死於他的大力。眾所周知，雖然吃得多並不一定力氣大，但是力氣大必然就要吃得多。在三年自然災害時期，沒有充足的食品，所以吃得多的人必定第一個要挨餓。所以，水三百是當地第一個被餓死的人。

這些事情聽得◎◎背心發涼。

她問：你父親為什麼不逃走？

「逃走？去要飯？」

「嗯。只要能夠活下去。」

「我是這樣想的：其一，當時的災荒是全國性的，逃到哪裡不都是一樣？其次，他是一個勞模，不能夠做那種對不起這個光榮的稱號的事。」

「面子。該死的面子。」

「死要面子。」

「要面子的人都死了，活下來的是不要面子的人。」

左一轉，右一拐。再右一轉，又左一拐，就到了水映廣的家。在這個時候◎◎吃驚地看見了自己的影子。不覺中太陽突然轉到了他們的身後。推開門，陽光照進了屋子，堂屋的牆上毛主席的畫像已經換成了三代領導人的合影。我們的領袖越來越多了。畫像下面的那張紅色的獎狀還保留在那兒。端端正正的。獎狀下面一尺左右的地方有一張桌子，黑黑的。這張桌子就是歷史的見證，當年水三百在這張桌子的上面吃了多少飯？長了多少力氣？這張桌子都記得清清楚楚的。

一張桌子就是一個歷史。桌子中間有一個圓圓的鐵盆子燙過的痕跡，那是那一年煉鋼鐵，勞動人民靠自己的雙手做出來盆子，他們家裡也分到了一個，剛拿家裡來時，爺爺一高興就直接將它放到火上燒飯，燒好了飯之後又直接端上了桌，於是桌子上就留下了這個印跡。為此奶奶還與爺爺吵了一架，奶奶心痛的說：你看你，那麼好的一張桌子就被你給糟蹋了，這可是從地主老財水之上家分來的。爺爺說：怪不得人們說女人頭髮長見識短，我這是為了在這張桌子上留下一個印記、證據。證明我們家在今天終於有了一隻自己做出來的，屬於我們自己的鐵飯碗。

奶奶無話可說了。

在桌子的靠牆的那一面（原來不是靠著牆的，後來才被翻了一個面），桌子的邊上，有一個缺口，那是水三百用牙齒咬的。水三百臨死的時候就是張著嘴緊緊地咬著桌子的邊上死的，也許是因為他餓極了，沒有了力氣；也許是桌子的木料太好了，堅硬的讓他咬不動。人們發現水三百的屍體的時候他正緊緊地咬著桌子一動不動。人們想將他與桌子分開，可是他咬得又是那麼的緊，於是只有將桌子的被水三百咬著的那一部分給鋸了下來，合著他的屍體一起埋入了地下。

從此這張桌子上就留下了一個缺口。

另外，這張桌子的腳上還有一處刀痕，這一刀砍得很用力（如果這一刀是砍在人的肩上，這個人也一定會沒有命的）。這個刀痕是桌子從地主老財家裡分來時就有了，所以沒有人知道這個刀痕的歷史、來歷。只有找到了當時在地主老財家裡生活過的人，才能夠搞清楚這個刀痕的來歷。沒有人會去做這項工作，因為這是一個得不償失的事情。當然如果有人願意拿出一百萬元人民幣作為一個課題來研究、攻關，那又是例外了，我想不久之後這個刀痕的來歷、真相就會大白於天下了。

此外，這張桌子上還有用刀子刻下的十個字：「大快人心事，打倒四人幫」。那是在四人幫被打倒的那一天，水映廣一時衝動刻在桌子上的。為此水映廣的老婆跟他吵了一架，說：好好的一張桌子就這樣被你給毀了。水映廣說：我還算是理性的呢，有些人還把字刻在身體上呢。當時的水映廣責怪老婆政治覺悟不高，狠狠地打了她一個耳光。老婆哪裡受過這種氣，一氣之下回了娘家。在娘家沒有幾天，她就跟著一個男人跑了。水映廣從此就成了一個光棍。一個人的日子，每回他看到桌子上的那些字，他就想起了有女人的日子，為了不再想起往事，他又用刀子將桌子上的字給刮了。刮雖然是刮掉了，但是如果仔細看，再加上本來就知道那上面刻著的是什麼字，那麼還是能夠猜的出來那是些什麼字的。

還有，那些不斷地落在桌子上的灰塵因為不斷地被擦去而沒有進入這張桌子的歷史。

還有，那些因日子越來越好而越來越多的落在桌子上的殘飯剩菜也因為不斷地被抹布擦掉也沒能進入這張桌子的歷史。事實上這張桌子也不能進入歷史，除非有一天，這張桌子的主人能夠成為改變歷史的人。終有一天這張桌子也會被歷史給遺忘掉的。

被歷史丟棄掉的究竟有多少？能夠留下來的又有幾個？留下來了卻又永遠也無法搞清楚它的來龍去脈成為歷史之謎的又有多少？

最後，歷史剩下來了什麼？

往事不要再提起。提起往事，淚落滿襟。

現在到家了，水映廣放下了肩上的擔子。擔子上面嚴嚴實實的蓋著兩塊紅布，水映廣掀開紅布，從裡面抱出兩個嬰兒。這兩個嬰兒緊閉著眼睛，顯然是睡著了。

∞問：孩子是從哪兒來的？

「撿來的。」

「怎麼一下子就撿了兩個？」

「你別管。」水映廣眼睛裡露著一種邪氣。◎◎從心底打了一個冷顫，目光她見過很多，但是像這樣邪氣十足的目光她還是頭一回看到。看到將她給震住了，他接著說：「別愣著了，快把孩子給弄醒。」

◎◎抱起孩子，可是孩子就像是死了一樣，怎麼樣晃動都不醒，◎◎有點兒想哭了，問：「怎麼樣才能弄得醒他們？睡得那麼死。」他說：「你看到沒有，桌子上有一個小藥水瓶子，往他們嘴裡擠一點就行了。」

說著水映廣脫下了身上穿著的衣服。露出了厚厚的肩膀。這也是◎◎第一次看到水映廣的肩膀——

古人云：「夫背者，庇也。庇護於子孫也。肩者，堅也。堅厚於一身也。幫峙聳其後，命三山三甲之名，欲其巍峨而峻，相厚而立，斯為背肩之美矣。尚必觀其厚薄，詳其豐陷，以審其安危，可定貧富壽夭。豐厚隆起者富貴，薄陷者貧夭。背後有骨隆然而起如伏龜，食祿二千石；背如負物者，大貴。前見吉仰，後見如俯，不貴則富。豐厚突起者，福祿偏薄，斜側者，貧夭，平潤者多福少災，見骨成坑者，多厄而貧……如圓扇者，至貴窪深；如溝渠者，至貧；肩削肩寒者，貧且賤……」

看到夕陽中映出的水映廣寬厚結實的肩膀，◎◎心中充滿了憂傷。什麼叫「生不逢時」？看看眼前的水映廣吧：肩闊背厚、膊厚而肥、肩膀與手臂自然地成直角，稜角分明，這副肩膀如果是在古代，絕對是一副絕好的肩。只是現在時代不同了，古代時是靠力氣打拼天下，而現在呢？則靠的是頭腦，所以我們看到的那些出入旺甲、富貴、高尚之地的盡是一些獐頭鼠目、肩滑背斜、胸窄肚凸之人。尖頭而窄肩便於鑽營。

但是無論時代怎麼變遷，水映廣那張寬厚的肩膀上還是轉出了一種力量的美感。夕陽的光線中，那肩膀幽幽地發著光，像是一隻被灰塵蒙蔽了的玉器。◎◎感到有一些暈眩，她有一種想用手去拂去那玉器上的灰塵的衝動。女人也是好色的，噢，不，是審美。應該是審美吧！女性對美的理解是更勝於男性的。距離。是審美就必定有距離。「距離產生美」。所以◎◎沒有冒然地用手去撫摸那厚厚的結實的肩膀，而是盡力的克制著自己在一邊靜靜地觀察。內心的本能的欲望衝動與這種文化的克制欲望的壓抑，使◎◎的身子有些顫抖起來。當然◎◎的這種變化水映廣是體會不到的。那雙被生存的重擔壓得喘不過氣來的肩膀，此時除了外表的強大之外，內部已經變得空洞而虛張聲勢了。就像是這一間空洞而破舊的屋子，外表看起還是那麼的大、堅實，而內裡呢，除了一張破舊的桌子之外，剩下的就是一張黑乎乎的木頭床了。

屋子外面的太陽墜下已經很久了。屋內的十五瓦的電燈也亮了有一會兒了——就在水映廣拉亮屋子裡的燈時，他說：「我們還是來做一些夫妻要做的事吧。」

◎◎問：「什麼事。」

「你看著我的動作，」說著他拉亮了電燈：「點燈……」

◎◎緊接著說：「說話。」

那就說一些什麼吧。從哪裡開始說起呢？人生那麼漫長，又是那樣的無聊。隨便說說吧。隨便？這個世界上最難做的菜就是隨便，這個世界是最難說的話也是隨便。還是你問我答吧！

「好的，可是問些什麼呢？」

「如果你沒有話問，那就證明我們沒有共同語言。」

「我想起來了。我問你，你現在有好多錢呢？」

「怎麼一開口就是錢？」

「可是除了錢我不知道該說些什麼嘛。」

「你還是問一些其他的問題吧。」

「嗯，我想一想……對了，我想起來了，你今年有多大呢？」

「這個問題問得好，看不出來你是一個當記者的料。我今年已經是過了不惑之年。」

「還有，你以前成過家嗎？有過女人嗎？」

「有過。」

「那麼我問你，你們為什麼離婚了？還是……她死掉了？」

「我們是離婚了。」

「哈哈，我要你告訴我，你們是誰拋棄了誰？是你丟掉了她？還是她拋棄了你？……我要你說，我要你對我說嘛！」

「唉。你怎麼是哪壺不開提哪壺。看來我們是沒有共同語言的，我們還是來做夫妻應該做的另外一件事情吧。」

◎◎問：「什麼事。」

「你看著我的動作，」說著他拉滅了電燈：「關燈……」

◎◎緊接著說：「睡覺。」

那就睡吧。

黑暗中，水映廣撫摸著◎◎的胸部，說：「不是很大，與我的前妻比起來小多了。不過還是你這樣的好，雖然摸起來不舒服，但是讓人放心。做老婆好，不會被人誘惑、勾引。」一想起前妻，水映廣的氣就不打一處來，他的手下不自覺地也使上了力氣。◎◎叫了起來。水映廣以為是◎◎興奮起來了，也來不及脫下她的內褲就直接把手伸進了她的陰戶。水映廣的手伸進了◎◎的內褲之後他說了一句：「嗯，毛很少。毛多的做起事來舒服，毛少了看起來好看。喜歡毛多的人多半是現實主義者，喜歡毛少的則大都是理想主義者。」◎◎問：「那你是什麼主義呢？」水映廣答：「我是拿來主義，別人給我什麼我就拿來什麼，碰到什麼就是什麼。我是沒有選擇的。」說著他的手指已經伸進了她的陰道裡，◎◎因為疼痛又叫了一聲。這一回水映廣更是覺得自己的指法了得，而有些得意，覺得自己是在做一件控制並引導女性情慾的偉大的事業。一切均在自己的掌控之中。得意中，他猛烈一用力，將食指與中指一起齊根插入了她的陰道裡。◎◎顯然像是受到了驚嚇，就像是受到了酷刑，她大叫了起來：「唉呀，疼死我啦……」

這聲音在夜空中像是一顆爆炸的炸彈，在這個圓圓的圍牆裡炸開了。

黑夜的平靜就這樣被打破了。水映廣趕忙起來，拉亮了電燈。燈光也像是炸彈一樣爆炸開來，並在那一瞬間定格下來，成為一個明亮的謎團。

燈光下，水映廣盯著自己的手指說：「我，我，我流血了；你，你，你的哪兒會咬人……」

看到他那種吃驚、恐怖的模樣，◎◎猛然間覺得自己的下半身不疼了，她笑著說：「你真是可愛，那是我身上的血。我還是一個處女呢。」

「什麼？你還是處女？打死我也不相信。」

「真的，你過來嘛。」水映廣緩緩的走過來，◎◎拿起水映廣脫下來的短褲將他手指上的血跡擦乾淨說：「你看，是不是好好的，一點兒也沒有破吧。」

水映廣看了看自己的手說：「怎麼可能？現在這個時代，長到你這麼大還能夠保持處女之身？奇怪。真是奇怪。」

「這有什麼奇怪的，」○○說：「你沒看到我的胸部比較平，平時引不起別人的注意，所以也不會有人來騷擾我。我並不是一個保守的人，但也不是一個主動的人，如果有人主動來向我要，我是會毫不猶豫地給他的。如果沒有人來找我，我也不會在乎。一個人也是很自在的。無所謂啦。」

儘管○○這樣在說著，但是水映廣的臉色卻越來越不對頭，像是缺少血液一般變得蒼白起來。待了一會水映廣猛然說：「我不信，你把大腿張開讓我好好地看一看。」她將大腿張開，他蹲下身子，仔細地看了又看之後說：「真的。是的。……怎麼可能？怎麼可能呢？現在，這個時代，還會有處女呢？我怎麼這麼倒楣呀。」

……

聽到這裡，人們一定不解。怎麼會呢？送上門來的一個處女，別人打著燈籠都找不到（前幾天我還在報紙上看到有一個大款花了十萬元人民幣在報紙上打了一個整版的廣告尋找一個沒有性經驗的女性為伴侶。那可是十萬元啊，能夠洗多少次桑拿，做多少次異性按摩，叫多少隻雞呀），而這個男人怎麼會說自己倒了八輩子的楣了呢？

別說我們不理解，就連當時在現場的○○也被弄得一頭霧水。

但是接下來發生的事情就讓我們什麼都明白了。就在水映廣還跪在地上仔細地看○○的陰部的時候，房門猛地被踢開了，一個男人走了進來，站在屋子的中間，緊接著在後面又走進了五個人，在那個人的身後一字排開……

手：毛反

看到那人進來後，水映廣也不用站起來，直接就在地下轉了一個角度，直直地面對著他叫了一聲：「老大。」

那人也不說話，只是直挺挺地站在那兒。那人雙手插在口袋裡，這足以證明他不想（也不願）出手。正正地在燈光之下。燈光直線地從燈泡裡面掉下來，砸在凸起的、可見的物體的表面上，將那人的臉照得亮亮的、晃晃的、咣咣的、閃閃的、爍爍的……暗暗的、灰灰的、陰陰的、隱隱的、深深的、沉沉的……

「形象——象形」。

看到這個人，◎◎首先就想到了這兩個字，及這兩個字之間的輪迴、發展、因果關係。

真像呀。這就是傳說中的老大？今天終於在◎◎的眼前出現了。她想要看清楚他，但是這是完全不可能的，因為在燈光下，顯露出來的不是明亮的白色，就是陰暗的黑色。在◎◎的眼睛裡出現的只是黑白相間的色塊，及這些色塊組合成的一種人的形狀。

如果近距離地去看，就是這個世界上最簡單扼要的黑與白的兩種顏色；如果拉開距離，整體地來看，看見的又是由黑白兩色組成的人形。具體的來描述就是——怎麼說呢？打個比方吧——眼睛就是兩個黑色的圓形；鼻子就是一個白色的三角形；整個腦袋的周圍又是一個黑線繞成的錐圓形。以此，讀者可以根據自己對人體的認識而推理下去，玩一個好玩的拼圖遊戲。我在這裡就不多說了。留一點想像空間給讀者罷。

只顧說老大而忘了此時正跪在地上的水映廣了。他像是掉進了一個冰庫般顫抖著。牙齒「咯、咯、咯、咯」地響著。在這個安靜的夜晚響聲很清脆。傳送的品質也很高。只要站在這個屋子裡，在任何一個角落都可以很清楚聽到。

當然在老大說話的時候，這些煩人的咯咯咯咯的聲音是聽不到的。

老大問：「為什麼擅自破了她的處女之身？」

「老大。饒命呀。我不知道她是處女呀！」

「怎麼，你還敢頂嘴。」

「老大，我真的不知道她是處女。我只知道以前女人在結婚之前要保持一個處女之身，可是沒有想到都現代了還解放了還又開放了，還會有一個那麼大的姑娘會是處女之身。」

「混蛋的東西，誰說這個時代就沒有處女了？難道女人一生下來就破了處嗎？」

「老大，我也知道偌大的世界會零星地有那麼幾個處女，可是要碰到她們就像是中彩票一樣難。我何德之有？所以怎麼也不會想到自己會碰上一個處女。」

「還想狡辯。來人，把他的那個玩意兒給我砍下來。」

「老大，饒了我那兒吧，我願意用我的肩膀來承擔起這一切。」

老大轉過身來問◎◎：「你說怎麼辦吧，事情因你而起。」言下之意好像是說，你看你給我們帶來了多大的麻煩？

◎◎似乎也意識到了這一點，她現在心中想的是儘快地將眼前的問題給解決了。不給自己，也不給別人帶來更多的麻煩。女人是禍水。好像這是一個加在女人頭上的咒語。

◎◎說：「老大，我看這個樣子好了。他是用右手的手指破了我的處女之身的，我就用牙齒在他的右肩膀上狠狠地咬上一口，留下一個深深的烙印，讓他永遠地記住此事。」

老大感歎到：「真是一個明事理的女人，難怪書上說：『女性是偉大的』，今天終於讓我親眼見著了！」說著就流下了兩行眼淚。

很快老大就擦乾了眼淚，說：「好，你咬吧。」

得到老大的肯定，◎◎也顧不上羞愧，光著身子就爬下了床，抱著水映廣的頭，在他的右肩膀上狠狠地咬了一口。水映廣「哇」的一聲叫了起來，聲音像是一顆炸彈猛地將平靜的空氣給炸開了一個洞。

（從此，水映廣的右肩膀上就留下了一個深深的、圓圓的牙齒印。每到夏天時，水映廣總是喜歡脫下上衣，打光膀子，有意地將那深深的傷痕露在外面。看到的人就會笑著問：「嘿，水映廣，你肩膀上的傷口是不是被女人咬的？」他則會很自豪地回答說：「是老婆咬的，每一次達到高潮她都會大叫亂咬，有一次她的高潮來得特別的猛……」說到這裡，他就會停頓一下，待人們把耳朵豎起來時又接著說：「……嘿嘿、嘿嘿……不好意思，於是就留下了這個傷痕。」聽到這人們就會拍著他的肩膀說：「水映廣，你行啊！」水映廣也是一個懂得什麼叫著謙虛的人，每當情節進入到這裡時，他就會說：「……嘿嘿、嘿嘿……不好意思、不好意思……」）

血……從跪在地上的水映廣的肩膀上流下來，滴在地上，形成了一個圖案。這個圖案如果遠看，就像是一個國家的地圖，如果近看就像是一塊紅布。所以這個圖案在老大及其他人的眼裡是一個地圖的形狀，而在水映廣的眼睛裡就是一塊紅布。

與水映廣滿肩都是血一樣，○○滿嘴裡都是鮮血，牙齒也由白的變為紅的。如果讀者在這時看的是一部電影，那麼一定會以為自己是在看一部鬼片，而○○正是影片中的吸血鬼。

水映廣的臉色越來越白。像是身體中的血液要流盡了。○○呢？此時抬起手擦了一下嘴巴，將血弄得滿臉都是，紅紅的，像是傳說中的關公。而老大的臉則還是陰沉著，像是一個黑洞，讓人搞不清楚那臉龐下面的心裡在想些什麼。

一切都像是一個丟掉了包裝商標的罐頭，如果不打開它就無法知道那裡面裝的是些什麼內容。

沉默。

水映廣發抖的「咯咯咯咯」的聲音，因為一直在以一個節奏一種音訊在響著，所以在人們習慣了以後就不再成其為聲音了，而轉化為了一種背景音被人們給忽略掉了。

還是沉默。

老大還是沒有說話，他陰沉著的臉就像是宇宙的黑洞。一切對這張臉進行猜測的思想都會被這個黑洞吸進去，最後的結局與命運從來就不會有人知道。那裡更像是一個古老的墳墓。

「沉默」沉默著。

水映廣膝下的血跡越來越大。這在其他人的眼裡僅僅只是為了眼中的地圖的版圖更大麼？這種等待是為了盡可能地看到一張盡可能大的國家的地圖？這種等待是出於一種對地圖的無限的熱愛？

「沉默著」沉默著不是在沉默中滅亡就是在沉默中爆發。

老大終於說話了：「不是我不講情面、刻薄，而是盜亦有道。如果我手下的人每一個人都可以隨便的找一個處女來破了，那麼我們這個做人口生意的團夥不就成了流氓團夥了嗎？我一直都在說，要把我們這個組織當作一個企業來經營。不要像流氓團夥那樣亂七八糟的，只圖一時痛快，那樣的日子是不會長久的。古人有云：小不忍則亂大謀。說的就是這，你看到了處女不忍住，把她的下身弄出了血，那麼她就要咬一口你的肩膀，讓你流出更多的血。什麼叫著得不償失？這就叫著得不償失。什麼是偷雞不成反蝕了一把米？這就是偷雞不成反蝕了一把米。」

老大越說越氣：「剛才我說的也僅僅只是這件事情的直接的物質後果，而間接的經濟上的後果你算過沒有？你也知道現在的處女有多難找，本著物以稀為貴的經濟原理，處女的價格比一般的女人就要翻上幾翻，那是多少錢你算過沒有？這些多賣出來的錢能夠洗多少次桑拿？做多少次異性按摩？叫多少隻雞呀？」

說到這裡，老大竟氣得一腳踢了過去，將水映廣踢的在地上滾了兩圈。剛才在地上出現的中國地圖就這樣被破壞了。消失了。一幅完整的地圖被破壞了、撕裂了。（在文章進入到這裡時，請讀者最好將我前面引出的國家地圖這個概念忘掉，否則你將很難進行下面的閱讀。）

聽了老大說完這些之後◎◎的眼睛裡放著光，直直地盯著老大，她看到眼前站著一個自己夢寐以求並尋找了多年而一直沒有找到的偶像。從那一眼流露出的目光開始，就註定了◎◎要成為老大忠實的Fans。

正是：踏破鐵鞋無覓處，得來全不費功夫。

偶像——老大——一個老大（偶像）的誕生。

老大的名字叫著：毛反。說起這個名字還是有來歷的。毛家的祖上曾傳下來一張紙。這個祖先是一個算命先生，在臨死之前他叫家人磨墨備紙，家人先開始以為是寫遺囑，分財產，便備齊了筆墨紙，沒曾想到這位祖宗卻在紙上寫下了四句讓誰也看不懂的詩：

木上掛曲尺
開口迎吉來
反手掌天下
雙木不成林
……

還沒有寫完，這位祖宗就去世了。後人一直猜不透這四句詩的意義，但又擔心這裡面有一個天大的祕密。比如說是一個藏寶圖。於是便一代又一代地將它保留下來了。期待著有一天能夠破解這個祕密，找到寶藏。

一直到了一九四九年十月一日，這一家人才明白了詩中的含意：

木上掛曲尺——朱——朱德
開口迎吉來——周——周恩來
反手掌天下——毛——毛澤東
雙木難成林——林——林彪

後來，毛家也正巧添了一個兒子，為了紀念破解了這三句話的祕密，他們反其道而行之，將這個兒子取名叫：毛反。

「手」反過來是「毛」，同樣的「毛」反過來也是「手」。

處理完眼前的這些事之後，毛反返身走出了門。◎◎追到門口問：「留下我怎麼辦？」

毛反頭也不回地說：「賣了。」

◎◎叫道：「不要呀，讓我留下來吧。」

毛反說：「你留下來，我們吃什麼？我們就是靠你們這種人吃飯的。」

◎◎衝過去抱住了毛反的腳：「我也可以成為你們這種人的。」

看到◎◎這樣堅決，毛反猶豫了一下說：「你進來的時候有沒有看到這裡有一堵牆？」

◎◎說：「有。是紅磚圍成的。」

毛反又問：「有沒有發現這個圍牆是圓的？」

◎◎說：「有。我發現了圍牆是圓的。是不是暗指輪迴的含義？」

毛反說：「不是。我們可沒有往那個層面上去想。我們想的是圓即是圈，所以我們稱我們這個集體為圈子。如果你想進入我們這個圈子就必須得到這個圈子的認同。」

◎◎說：「謝謝。謝謝老大。」

毛反說：「我給你三天的時間，如果大家接受了你，那麼你就可以留下來，成為這個圈子中的一員。如果大家不收留你，那麼對不起，你就會被賣掉，誰給的價錢高，我們就把你賣給誰。而不會管這個人是糟老頭還是傻小子、是聾子還是瘸子、是一個性變態還是一個性無能、是在山野還是在弋壁，完全按市場規律辦事。」

◎◎聽到這裡已經就被嚇得是毛骨悚然了。但是靜下來一想，又覺得毛反這樣嚇唬她，也許目的是為了讓她盡一切努力讓自己留下來。因為被賣的後果是那樣的恐怖，所以我就要努力地做事，爭取讓這個圈子裡的人認可。只有那樣我才能避免被賣掉的後果而成為圈子中的一員。

毛反的背影消失了之後，似乎留出了一個空隙，讓早晨的陽光照射進了這個空間。天亮了。◎◎返身回到水映廣的屋子裡，看見他已經穿好了衣服，就像是什麼也沒有發生過一樣。

她對他說：「老大給了我三天的時間。」

他回答說：「我都聽到了。」

她對他說：「三天之後你會贊同我留下來嗎？」

他回答說：「我會。一夜夫妻百日恩嘛。誰叫我們生存在一個有著古老的傳統與美德的國度呢！」

「你真好。」◎◎說著抱住水映廣就在他的臉上親了一口。水映廣哎喲地叫了一聲。這聲音不是快樂的而是痛苦的，◎◎這才想起了水映廣肩膀上的傷。她問：「疼嗎？」他說：「怎麼能不疼？我也是肉長的。」她說：「真對不起。當時……當時，我不得不那樣，否則會更慘，他們會把你的命根子給砍下來的。」他說：「是的。我應該感謝你才是。你真是我的救『命』恩人呀。」在說到「命」這個字的時候，水映廣還用手指著下身的命根子示範著。◎◎笑著在他的肩膀上打了一下說：「你真壞。」水映廣又哎呀地慘叫了起來，但隨後又被一陣更為歡樂笑聲沖淡了。

（這個歡樂帶動了每一個能夠在場的人。我想：每一個在場的人，如果——你——當時就在現場，那麼你就一定會跟著一起大笑的。我在這時想到歡樂確實是無處不在的。不論是在什麼地方，什麼人群，多麼高尚或多麼卑劣，只要活著就一定能夠尋找到屬於他們自己的快樂。）

待笑聲停了之後，他對她說：「別光顧著笑，三天時間一下子就過去了。」

「我應該怎麼辦呢？」

「帶給他們歡樂。帶給他們笑聲。沒有人會不想要開心的。」

「好。我這就去了。讓別人開心。」

第一天：

第一天，◎◎剛出門時，早晨的太陽剛好把碉堡頂尖的陰影投射在水映廣家門前第三級的臺階上。就像是一個時間的指標。每到這裡時，就意味著該出門了。

◎◎來到左鄰的門前，敲響了門。虛掩著的門一下子就開了，◎◎站在門口向屋裡喊道：「有人在家麼？」屋裡沒有一點聲音傳出來。但是從傳出來的回音並不是那麼的空洞來判斷，屋子中某些她看不到的地方、角落，一定有人在那兒。

◎◎又喊了一聲。還是沒有一點聲音傳出來。也許是人家正在忙著，不好回答。◎◎在左鄰的門口足足站了有三十分鐘。現在，她想：裡面的人不管是在忙什麼，總應該做完了吧。於是她就走了進去。在一根柱子的後面，果然有一個中年的女人坐在一張舊得發黑的竹椅上。那個女人的目光也像是那把椅子一樣黑乎乎、油膩膩地，噴射得◎◎混身不自在。

◎◎問：「我可以以幫助你做些什麼嗎？」

那個女人說：「你幫我做了，那麼我做些什麼呢？」

◎◎答道：「你可以在一邊指揮著我做什麼。或者是教我怎麼做。」

那個女人說：「你都會做了，那麼我不就是該下崗了嗎？我沒有你年輕，長得又沒有你漂亮，你走吧。我不想再下崗了，我就是下了崗才出來做這個事情的，如果再一次下崗了，那麼還真不知道可以再做些什麼……」她沉靜了一下說：「也許會像她們一樣被賣掉，也許連賣也賣不掉了，又老又醜陋還有誰狠得下心來買這樣的人呢？」

⊙⊙清楚地聽到她用了「狠得下心」這四個字。她仔細地想看清楚她，可是當目光接觸到她時，目光卻像是觸了電一般地跳開。那張臉是太醜陋了，也許正是因為這她才沒有被賣掉。是賣不出去。於是便只好留下來了。

⊙⊙說：「嗯，謝謝你了，我走了。能夠陪著你說話，我很開心。」

在⊙⊙轉過身向屋子外面走時，那個女人在她的後面說：「像你這樣年輕而又漂亮的女人，他們是不會捨得留下來的。能賣一個好價錢，這個世界上還有誰會跟錢有仇呢？你還是死了心等著吧。」

⊙⊙從左鄰的家中出來，還沒有走出幾步，就有一個男人從屋子裡衝出來。⊙⊙覺得奇怪，剛才在屋子裡確實沒有看到還有一個男人，但是這個男人又確實是從那個屋子裡追出來的。剛才他是在什麼地方呢？難道說是躲藏在地下麼？

這個男人對⊙⊙說：「她沒有事情，我可是有事情要你幫忙呢。你就幫助我做些事吧。」

⊙⊙聽了之後高興地說：「好呀，好呀。我就是沒事，想找一點事做。」

左拐右拐、右拐左拐，他們已經出了大門，在出大門時，守門人還真認地在一個本子上記下了他們離開的時間及人數。

⊙⊙說：「你們這裡還是挺正規的嘛。」

這個男人說：「這是老大領導的好。」

◎◎接著問：「我們去哪兒呢？你要我幫你做些什麼呢？」

這個男人說：「是這樣的，我在樹林裡搭了一間房子，房子搭好了之後我總覺得缺少了一些什麼，可是又總想不出缺的是什麼。直到今天——也就是剛才，聽到你的聲音，而後我又從縫隙裡看見你的模樣，我才想起來了，那間小木屋裡缺的是一個女主人。而這個女主人就是你。」

「你是讓我幫助你當一下這個小木屋的女主人？」

「是的。你不知道那間屋子有多麼的漂亮呀，天底下的女人只有你配成為它的女主人。」

經過了一片艾草連著的荒地，一個小樹林像是大海上的一個小島般出現了。這個林子在充足的陽光下綠得就像是翡翠一般耀眼。

他們鑽進了林子，深入進去大約三千米，看到有一條小河從林中穿過。小河上有一根被砍倒的巨樹，正好橫跨在小河的兩邊。這就是一座橋了。因為這棵被砍倒的樹很粗大，所以◎◎一點也不費力氣地就從河的這一頭走到了那一頭。

過了橋就看到了那個小木屋。掩映在綠樹叢中。詩意的讓人產生出朦朧的幻想，像是在做夢一般。於是，下面發生的事情就完全可以將它當成是夢境：

他將木屋的門打開，他們走了進去。放在桌子上的一束鮮花已經乾枯了。但仍舊還是有花香從這束花中飄出來。使小屋中留有乾乾的香味。這香味很輕，沒有一絲水分，所以一打開屋子，它們就立即向門外、空氣中跳去，直到一點也不剩下。

◎◎想關住門留下它們，但是已經來不及了。小屋裡一點香味也不剩了。

緊接著小屋裡出現了情慾。

他對她說：「看到了沒有那是一張床。」

她說：「我一進門時就看到了，像是白雪公主睡的床一樣。」

他說：「床上有兩個枕頭。」

她說：「一個是女主人的。」

他說：「一個是男主人的。」

她說：「女主人是我。」

他說：「男主人是我。」

她像是猛地驚醒過來，叫道：「你沒有說過男主人是誰，你只說過女主人是我。」

他也猛然間變得果斷起來：「男主人？沒有對你說過？那還用得著說嗎？」

她像是很害怕般向後退了兩步。但是，到了第三步時她已經倒在了床上。他含著笑走上來說：「這樣就對了，女主人睡在女主人的枕頭上，男主人睡在男主人的枕頭上。」說著他也就爬上了床。還沒有等她的「別」字說出口，他的嘴巴就已經堵住了她的嘴巴。一口氣直接吐進了他的胸膛裡，他覺得自己的精氣神為之一爽。

在剛進入她的身體時，他只說了兩個字：「很緊」。

後來就沒有再說話了。

……

接下來的事情我在這裡就不說了。他們做完了事之後彼此都覺得累了，於是便各自都睡著了。尤其是她昨夜整夜都沒有睡，所以現在睡得特別的香。一直到他醒來了，將她給叫醒來：「快點，起床了，我們該回去了。」

在回去的路上，她問他：「你會同意我留下來嗎？」

他說：「只要你一直都願意做這個木屋的女主人。」

一路無話。

在進入那個圍牆的大門後，他最後對她說了一句話：「看到那個碉堡的影子了嗎，正指在了那個——公社食堂——的『食』字上，這指的是吃晚飯的時間到了。當陰影走過『堂』字時，就是指已經過了吃晚飯的時間。」

第二天：

第二天，◎◎起了一個大早，剛出門，看到碉堡尖的陰影只照在門口的第一個臺階上。天上有一些流雲，因為有一刻地上的陰影不見了。但是那影子很快就又出現了，以證明天上的流雲跑得很快，像是在趕路。

◎◎下了階梯之後向右拐，來到了右舍的家門口。正要敲門，看到老大毛反與他手下的五個人正推搡著一個女人過來。那個女人蓬頭垢面，眼睛裡流露出驚恐不安。

這一行人徑直地向右舍家走來。◎◎於是便放下了正準備敲門的手，側身讓開他們。很準時的、毛反他們一到了門前，門就自動地開了一條縫。一個男人露出了半張臉，嬉皮笑臉地說：「啊，抓回來了。謝謝，謝謝老大。」說著就將門全部打開，讓他們進去。

毛反最後一個進門。在要跨進門時，他回過身來問◎◎：「對了，你這麼早過來，有什麼事嗎？」

◎◎聽到老大主動與她說話，心中欣喜得竟然有些找不著話。她說：「嗯，我想……我想過來看一看有什麼我可以做的事情……我想，只有找到了自己的位置，才可以在這個地方待下來。」

毛反說：「那你先一起進來吧。先看一下我們是怎麼處理逃跑的人吧。」

接下來，毛反的那五個手下──俗稱五虎將──開始毆打這個女人。那個女人竟然一點也沒有疼痛的感覺，只是裂著嘴傻乎乎地笑著。這笑容像是在木板上刻出來一般僵硬、不變，像是直接來自地獄。◎◎甚至覺得自己寧願聽到她慘烈的叫喊聲，因為那畢竟還要像是人一些。

毛反似乎也直覺到了這些。他說：停手。於是那五個人一齊停住了手。

那女人的丈夫走到她的面前，用手扯著她的嘴巴做出一種哭相說：「你為什麼不哭呀？」可是手一放開，那張嘴就又呈現出了笑容。

毛反說：「算了吧。她已經哭不出來了。她在那個荒原裡已經哭夠了。將她這一輩子該哭的淚水都流盡了。你想想看，在那個荒野裡，整整地待了三天三夜，走不出去，也走不回來，四處都是餓狼與毒蛇，還有，裹足的棘刺、呼嘯的狂風、濃密的烏雲和自然界中怪異的聲音。她能活著回來，神經就已經是夠強大的了。」

右舍說：「你是說她已經傻了？已經感覺不到自己了？她找不到自己的肉體了？我以後晚上跟她睡覺、跟她做愛，都不是在和她，而是在與一堆人肉？」

毛反說：「從理論上來說是這樣。」

右舍說：「那樣與姦屍又有何異？我從此不就成了一個姦屍者了嗎？」

毛反說：「從理論上來說你並不是一個姦屍者，因為她還活著──有一首詩是這樣說的：『有的人活著他已經死了，有的人死了他還活著』這首詩說的就是像她這種人──但是從做愛的實際的感受來講，你確實是一個姦屍者。」

右舍叫到：「我不想做一個姦屍者。老大，你救救我……」

毛反說：「我是你的老大，而不是你的生活委員，更不是你的父母。這點事情都讓老大操心，那麼老大我怎麼能夠騰出時間來想更大的計畫，幹更宏偉的事業？」

說完毛反轉身就出去了。呼啦一下，他手下的五個人也跟著出去了。○○一時間沒有反應過來，還站在屋子的中間。看到她像是女神一般地站著，右舍彷彿是抓到了一根救命稻草，他撲過去抱住○○的雙腿，用鼻子頂著她的小腹說：「求求你，救救我。我不想做一個姦屍者。我不願做一個變態的姦屍者。現在只有你能夠救我了。」

聲音透過○○的衣服一直向上飄進了她的耳朵裡，○○此時竟然也有些感動，說：「別，別跪著，站起來，站起來再說。」

右舍站了起來，他死死地盯著她的眼睛說：「一看你的眼睛，就知道你是一個好心腸的樂於助人的人。」

說著他竟然還朗誦了一首詩歌：

你就站在那兒靜靜地望著
……
你不知道你的樣子是多麼的好看
你不知道你的目光是多麼的乾淨

……

你就站在那兒靜靜地望著
望著秋風
望著秋月
望著秋天冷冷的雨
望著雨落進透明的溪水中
望著乾淨的小溪裡的游魚
望著岸邊垂釣的少年

……

噢！你不知道你的目光是多麼的乾淨
噢！你不知道你的樣子是多麼的讓人喜歡……

◎◎聽完這首詩之後幾乎要站不穩了。她搖晃了幾下，右舍正巧在這時扶住了她。直接就將她往床上引。在上床之前他說：「快點，快點。已經整整三天沒有做這事了。也許堅持不了多久，但是第二個回合一定會讓你滿意的。」

◎◎什麼也沒有聽見。此時她的腦袋裡除了剛才那首詩的回音外，其他是一片空白。

當晚回到水映廣的家中，他們有過一次簡短的對話。

「怎麼樣？」

「左鄰和右舍都同意我留下來了。」

「你去找他們了？」

「是的。因為他們是鄰居，首先要搞好鄰里關係。」

「看來你還是年輕，沒有找到問題重點、關鍵。只要將老大搞定了，那麼一切難題就都迎刃而解了。」

「嗯，你說的有道理，我明天就去搞定老大。」

第三天：

第三天一大早∞就直奔碉堡而來。老大就是住在碉堡裡的。太陽才從東方升起，正對著她直直地射進她的雙眼。這使她猛地想起太陽公公就像是一個武林高手，手掌一張開，於是便有一把暗器從天上向地下撒來，這個暗器的數量多得讓人數不清楚，甚至躲也躲不開，除非你一直躲在一個陰影中不出來。但是沒有一個陰影是不動的，太陽會慢慢地走著，仔細地、一點一點地，將每一個角落都掃射到。

∞整個人都浸泡在陽光中。秋天的陽光，中間夾帶著風，風中夾帶著落葉。這是時間中最明確悲愴的道路。離死亡最近的日子。

「一枝枯藤纏繞著一棵老樹，樹上的葉子在秋風中已經落盡了，所以人們能夠很清楚地看到那隻停在樹的枝丫上昏昏欲睡的烏鴉。」

（正因為烏鴉睡著了，所以我們才很慶幸地沒有聽到烏鴉的倒楣的叫聲。就讓它睡吧，不要吵醒它。於是，走路的人放輕了腳步。）

「輕手輕腳地走到了前面的一個小橋上，橋上刻著石頭獅子，獠牙、青面。橋下的流水淙淙、錚錚，水面上飄浮著枯黃的落葉。落葉順著流水，向遠處去了。站在橋上望著落葉逝去的方向，有一戶人家遠遠地——清晰可見。」

（望著眼前的這些，行路人的心都要碎了。又起了一陣風——風中夾帶著初陽、夾帶著落葉、夾帶著一個正在行路的人——向前方踽踽而行。俏小的背影，寒意漸起的季節，陰霾初散的街道，有誰忍心注目遠望？）

在○○去老大住處——碉堡的路上，我猛然地想起了一首古詩（稍做了些改動）：

枯藤老樹昏鴉
小橋流水人家
古道西風孤女
旭日東昇
斷腸人在圈內

因為這首詩的意境最能代表○○此時的心境，所以我在此時借用了一下。我一直記得這一句話：古為今用，洋為中用。「拿來，用吧。」

走過那個石橋時◎◎已經到了碉堡的下面了。

一個圓柱形的陰影，橫在地上，與碉堡形成了一個巨大的V字形：一個現實與虛幻構成的夾角。◎◎走向碉堡，如果讀者從我現在敘述的這個角度看過去，看見的她就像是在走進一個死角——前方的道路越來越小、越來越窄。有些容易悲觀的人甚至開始為她感到絕望了，但是恰恰在人們認為沒有出路的時候，◎◎卻正好是已經站在了一扇真實的大鐵門前。

她敲響了門，毛反出來開門，◎◎從門外看進去，看到他的五個手下像是叉開的五指般合理的分佈在他的身後。

訓練有術。有條不紊。

◎◎看到眼前的佈局時，首先想到了以上的這兩個詞語。她的心有一些兒慌亂，但是又努力地克制著。毛反則與她完全相反，像是早就料到了她會過來，也不說什麼，只是沉穩地站在那兒靜靜地望著她。

望著老大的眼神，◎◎猛然間想到了昨天右舍為她朗誦的詩歌：

你就站在那兒靜靜地望著

……

噢！你不知道你的目光是多麼的乾淨

噢！你不知道你的樣子是多麼的讓人喜歡

……

現在，○○望著毛反，心中喜歡得就像是平日裡堵塞著心眼的石頭突然間被搬掉了，身體一下子失去了重心，緩緩地她就倒下了。如果這時我的手中有一個攝影機，我會將鏡頭移向一支從天空中緩緩地飄落的羽毛，以表現那一種生命中的「輕」。

當○○目醒來時，她感覺到有一隻手溫暖地在自己的臉頰上撫摸著。溫暖、有力。她不想睜開眼睛，這種撫摸將她帶回了遙遠的童年，父親的手、母親的手及那些愛她的人的手掌溫暖地愛撫著她的臉蛋，他們說：「看，這個小女孩多可愛呀！」

可是隨著自己的長大，這樣的愛撫越來越少了。即使有這樣的愛撫，她也會警惕地將臉扭向另一邊，而後再向後面跳開一步，充滿敵意地注視著那個人。

曾經有一次，那是她上小學三年級的時候，教她的男老師將她叫到了辦公室。她敲門進去，辦公室只有老師一個人，老師說：「你過來，別站在那裡。」她走了過去，老師說：「你這道題怎麼做錯了？」她低頭看著自己做錯的那道題，心中充滿了悲傷，本來是不應該錯的，是自己太粗心。老師問：「為什麼要這麼粗心？」說著就將手從她的肩膀後面伸過來撫摸她的臉龐，她本能地一扭頭，往後一跳，而後用充滿疑慮的目光看著他。也許是那個男老師從來沒有被人這樣注視過，也許是他心中確實有鬼。他的臉竟然紅了起來。通紅。像紅太陽。

也許是受到了這個太陽的映照，○○同時也感覺到眼睛發熱，眼淚就流了出來。她是這樣做出決定的：既然流出了眼淚，那麼就必須哭出聲音來。否則「光下雨、不打雷」就是假哭。在這種理論的影響下，○○大聲地哭了起來。

○○用手捂著臉，大聲地哭著就衝出了老師的辦公室，在辦公室的門口，恰巧她碰到了剛分配來不久的女校長。女校長推開辦公室的門，看到裡面的男老師通紅著臉，尷尬地站在屋子中間，站也不是、坐也不是，走也不是、留也不是，心中便已經明白了一大半。一調查，果然這個老師已經強姦褻瀆了班裡的八名女學生。後來這位老師被判了死刑，並隨著一聲槍響，見馬克思去了。共產黨人說馬克思他老人家不會收留他，他是見閻王去了。

◎◎總有一種是自己殺了男老師的感覺。還有那八位被強姦褻瀆的女同學，也是因為她而由女孩變成了女人。有時她也安慰自己說：「是我使其他更多的女生沒有成為受害者。她們應該感謝我才是。」這樣想多了，◎◎的學習成績就直線地落了下來，由班級裡面的前幾名掉落到了尾幾名。

從那以後◎◎沒有敢再讓人撫摸自己的臉蛋。

然而……

現在，很奇怪地，那種溫暖的感覺又回來了。回到了上小學以前，她還是幼童的時期，那種不設防的溫暖。

現在，◎◎好像是睡著了，任憑那隻手輕輕地在臉上撫摸著。但是不論是睡什麼覺、只要是睡覺都要醒來，否則就是死了。也正是在這樣的現實中◎◎張開了眼睛——她看見了一隻手。而後，看見了毛反。◎◎不敢將現在看見的毛反與「老大」這個名詞聯繫起來，因為在文學作品中描寫的老大都是冷冷地；而在電視的新聞裡老大也總是狠狠地。她無法將「老大」與眼前的現實聯繫起來。

「老大也是人呀！」不知是那兒來的靈感，◎◎心中竄出了這樣一句話。

看見◎◎睜開眼睛在望著他。就像是在讀一本書。毛反警惕地停下了手。老大就是老大。他的臉上又恢復了慣常的那種冷漠與面無表情。

毛反想抽回手，但是現在已經晚了，◎◎已經緊緊地抓住了他的手，生怕它逃走。◎◎的手抓得是那麼的緊，以至毛反第一次覺得自己無法對一件事物做出自己的決定。

毛反在這時在心中對自己說了一句：「我完蛋了。」為什麼他就完蛋了呢？毛反在做老大的時候他就在心中對自己說過，「一定要狠心，如果什麼時候自己無法做出果斷地決定的時候，那麼什麼時候自己就完蛋了。」優柔寡斷，這是作為一個決策者的大忌。這在歷史的長河中已經屢試不爽。整個人類的歷史就是一部狠毒的人戰勝善良的人的歷史。

讓每一個人都想不到的是，◎◎抓著毛反的手竟然拿著它移向了她的眼前。

她想幹什麼？

說實話在我寫到這裡時我真的不知道◎◎為什麼要看毛反的手。她的用意在哪裡？還是讓我們耐心的等待著事情的發展吧。

我想，連毛反與他身邊的五虎大將都不知道◎◎想幹什麼。那五個人正想衝過去將◎◎推開，以示他們對老大所應該擔負的責任。但是老大就是老大。在這個時候老大終於顯示出了他之所以成為老大的過人之處。他用眼神控制住了他們，讓他們不要輕舉妄動。也許他也是好奇◎◎想要幹些什麼，對於無法預料的結果，有些人天生就有一種好奇。這也是一種挑戰，考驗自己的臨場應變的能力。毛反就是屬於這種喜歡挑戰、害怕生活一成不變的人。

毛反在等待著，等待著新的難題的出現……

終於，◎◎在觀察了毛反的手足足有五分鐘之後她說：「你的五個指頭都是渦紋，這種渦紋很少見。這說明你過於自信，脾氣過於倔強、獨立心強、不善於審時度勢、不善於迎合人，所以你的一生運氣的變化會很大。如果周圍的環境對你有利，那麼你一定會成大器；如果環境對你不利，那麼你的命運將會很難預料。說不準就會很慘。所以你平時要注意修養和自我約束，只要過了這一關，那麼你的前途將不可估量。」

毛反聽到◎◎嘴裡說出這些話之後，又在心底對自己重複了那句話：「我完蛋了。」這並不是因為◎◎說出了他的命運讓他感到害怕，而是因為他完全沒有預料到她會對他說這些。對於一個無法預料的人，而這個人又是讓他無法下決心將自己的手從她的手中拿出來的人，這只能證明這一點：這個人他無法控制。而如果這個人想要反過來控制他，那麼這將是輕而易舉的事。

一物降一物。看來，自己的剋星出現了。

◎◎可不管這些輕微的不易察覺的變化，她自顧自地往下說著：「木星丘位於食指的指根，你的這個地方比較豐滿，這也從另一方面證明了你富有獨立思考的能力，同時自尊心和優越感很強，為了獲得名利不惜手斷；土星丘位於中指的根部，這個部位代表了性情，你的這個部位不是很發達，這表示你憂鬱孤獨、具有潛在的遁世思想，所以做一件事情往往不能堅持到最後；太陽丘位於無名指的指根，這個地方主管藝術及反省能力，你的這個部位不夠豐滿，這說明你這兩方面都不會有什麼突出的表現；現在說到小指了，在小指的根部是水星丘，這個部位代表著財運，從你的手相來看你還是很有財運的，一輩子都不會缺錢花。」

說到這裡，◎◎一下子就停住不說了。而毛反則像是被一個套子套住了一般問道：「你還沒有說大拇指呢，那裡代表著什麼呢？」

◎◎說：「大拇指的下面是金星丘，這裡代表著家庭的過去及未來，對於沒有結婚的人來說，如果金星丘不發達，這說明他的家世平平，享受不到祖先的福蔭，未來的一切都要靠自己去打拚；如果是一個已經結婚了的人，金星丘很發達、豐滿，這就可以證明這個人的婚姻美滿、幸福，在家庭的生活中能夠愛妻子，同時也可以得到妻子的愛。」

毛反問：「你看我的金星丘是發達呢？還是不發達呢？」

◎◎反問道：「你說呢？」

毛反說：「我哪裡知道，我又沒有對比過別人的。」

◎◎沒有回答毛反。其實剛才她所說的那些，不過是她與謝頂這一路上走來無聊時謝頂對她說的。謝頂對她說：「手，乃人體的入門。拇指分兩節，上為坤、下為乾，乾為父、坤為母，上節有交錯指紋者必先喪母……食指，共有三節，上節主食、中節主住、下節主衣，三節勻稱則衣食住均無憂……中指，主妻室，性，及欲望，中指越長性方面的運氣就越好，同時這也說明了對性也就越感性趣……無名指，主功名、利祿，成功、失敗，無名指越短就越是無名……小指，在五根指頭中是最無用的，一般只是用來摳摳鼻子、挖挖耳朵，所以只要長得細長就行，噢，對了，它還主壽，壽命的長短從小指上可以看得出來……」

當時◎◎只是隨意地聽著，也沒有用心去記，沒有想到這下卻派上用場了。毛反聽得還真是信進去了。其實◎◎的目的還不就是為了沒話找話，轉移毛反的注意力，讓他不要只是沉浸在自己是老大的角色裡。只要老大沒有想著自己是老大，那麼他就是一個普普通通的人。

說完這些，在毛反成為了「人」之時，◎◎將毛反的手從視線中移開，慢慢地不動聲色地將它引向了自己的下半身。

為什麼越過了胸部（乳房）直接就奔下半身呢？只要你在這時看一眼◎◎你就會明白這是為什麼了。因為她的乳房不夠豐滿。而且又分得很開，並向下吊著。手感一定不會很爽。這就叫著避開自己的短處，發揮自己的長處。簡單扼要的說就叫：「揚長避短」（這也是老祖宗給我們留下來的遺產，用在這裡正好。）

「手，乃人體的入門。」

毛反熟練地用手打開了◎◎身體中的那一扇祕密之「門」。毛反的手進入之後吃了驚，他說：「這麼濕？不會是尿褲子了吧。」

◎◎說：「你真壞。人家就是只有這個優點嘛。」說著臉上就飛起了紅暈，渾身軟得就像是煮熟的麵條一樣。

毛反一邊用手打開她的祕密之門，一邊問她：「為什麼直接就引我進入了主題。連過程都免了？」

◎◎說：「乳房只是具備有審美的價值，但那也只是針對感性的男人而言的。而對於理性的男人來說它們並不實用，能夠解決他們的問題的惟一途徑只有女人下半身的那一個神祕之門。」

毛反說：「那麼，我們就開始解決問題吧。」說著掏出下半身的凸起之物就進入了她的下半身的凹陷之門……嵌入、重合、天衣無縫。

凸＋凹＝口。

嚴謹。整體。規矩。

當凸還原為凸，凹還原為凹的時候，毛反的問題已經解決了。我想，◎◎的問題也應該解決了吧。他們的「問題」解決了之後，◎◎與毛反還有一次簡單的對話：

「你知道我為什麼不先『執子之手、摸我之乳』嗎？」

「揚長避短。」

「只猜對了一半，我是那種不需要先預熱就會濕了的人。所以就可以省去了那些麻煩的過程，而那些複雜過程還不是為了便於進入……唉，你注意到我的下眼角隆起的部位了沒有？那個地方叫淚堂，是觀察性慾強弱的地方，淚堂隆起的女人性能力很強，很容易達到高潮，愛液也多，只要稍微愛撫就會多得無法處理。」

毛反聽到這裡不由得歎了一口氣。

◎問：「你為什麼歎氣？是不想讓我留下來嗎？」

毛反說：「不。我現在已經是離不開你了。你想走，我還不會讓你走。」

「那你為什麼歎氣？」

「我想起了一個人，如果她的乳房長在你的身體上那該有多好。那簡直就是太完美了。看來上帝確實是公平的，他老人家不會讓一個人占盡所有的好處，而會把這些不同的優點像撒種一樣播撒在不同的人的身上。」

「那個女人是誰？叫什麼？」

「田其二。」

乳房：田其二

田其二是一位女作家。在這個是女人都必稱其為美女的時代，我在這裡把田其二稱之為「美女作家」是一定不會錯的。雖然我常常聽到那些像朝聖一般去目睹了「美女作家」的人，在識了廬山真面目之後，恨不得將自己的雙眼挖下來，丟進臭水溝裡。但是現實是，總是有一些前仆後繼者。我總結原因，為什麼總有那麼多的傻蛋？後來得出的結論是：中國的人口太多。十幾億人，就算是排成隊，一個緊接著一個參觀「美女作家」也要花上一百年的時間，到那個時候「美女作家」早已經變成為骷髏了。所以作為一個「美女作家」她們根本就不用擔心生前會沒有市場。另一方面，那些書商們也不會自甘寂寞，他們還會不斷地製造出新概念的「美女作家」，讓那些昨天才想把眼睛挖出來丟進臭水溝的人，今天在心頭又重新燃起希望，用曾經被欺騙過的眼睛再去檢驗新被包裝出來的「美女作家」……

歷史就是這樣重複、不變，並發展著。

「美女作家」還可以分為兩種不同的類型。一是上半身的美女作家；再就是下半身的美女作家。上半身的美女作家所針對的讀者對像是感性浪漫的那一群人；下半身寫作的美女作家所針對的讀者對像是理性務實的那一群人。

田其二是哪一類型的作家呢？是上半身還是下半身？

要把這弄清楚，首先就要搞清楚什麼是上半身？什麼是下半身？

曾經在文學界有過一次很激烈的爭論，半途中有一個老夫子類型的人加入了進來，他只聽到了「下半身寫作」這幾個字，便高聲地叫起來：「什麼？你說什麼？用腳趾頭也可以寫作？」邊上有好心的人對著他的耳朵說：「不是用腳趾頭，是用『那個』地方。」說著還指了指自己的『那個』地方以作示範。這更加讓那個老夫子無法理解了：「那個地方也可以夾得住筆，這可是雜技、氣功、魔術及競技體育，不可能是寫作。」但是，只過了短短的五秒鐘，這個老夫子忽然又大聲地哭了起來：「用下半身寫寫詩還行，要是碰上了一個寫長篇小說的，那可需要有多大的毅力呀，那還不會把那個地方給寫壞了呀。英雄呀、英雄。就像是蠟燭一樣偉大，燃燒了自己照亮了別人。」說完，夫子竟然掩面哭泣而去。

待那個老夫子走後討論才又得以順利進行，有人說：應該嚴格地量化，比如說一篇文章總共有一萬字，如果其中有五千字以上的文字都是在描寫上半身的，那麼它就是上半身寫作；如果有五千字以上的文字都在描寫下半身的，那麼它就是下半身寫作。

有人反駁說：如果各占五千字呢？

回答說：不會那麼巧吧。即使真的是那樣，就抽籤決定。把問題交給老天爺。

也有人說：這樣判斷太機械了，文學這東西是活的，不是死的。

有人問：你說應該怎樣來劃分呢？

回答說：應該用意。打個比方說吧，上半身寫作是只談不做；而下半身寫作則是只做不說。說具體一點，比方說場景是在一個酒吧裡，出現了一對男女，那麼在上半身寫作的故事中的他們就只是在說話而不會做愛，作家會用大量的筆墨來描寫酒吧中的環境氛圍，比如說冰藍、酒紅、燈綠、人美；反過來，如果這兩個人出現在了下半身的筆下，那麼就一定是只要一個眼神他們就都明白了，馬上他們會一起出現在酒吧的小小的廁所裡，接著就開始幹，作家在這裡會用大量的筆墨來描寫他們做愛的細節，比如說擁擠、悶熱、臭汗。狂叫：噢、噢、噢、噢……

對於這個講話大家報以了熱烈的掌聲。但是，對於那些又談又做或又做又談的作家則無法界定。只能用抽籤來決定了。也把問題交給老天爺？

後來，有人提議不准剛好寫滿一萬字，必須加一個字或刪一個字。

後來，有人提議不准又談又做或又做又談，不能讓所有的好處都給這個人占了，這樣對別人是不公平的。

最後，有人搬出了憲法，說不能限制別人寫作，公民有寫作的自由和自由的寫作。誰都不能夠干涉別人的自由。

最後，在這次會議中誰也沒有說服得了誰。最後，在這次會議中惟一的收穫就是形成了不同的流派。展現出了一種百花齊放、百家爭鳴的熱鬧場面。

（後來……最後……有這樣一個人躲在一個公共廁所裡偷偷地罵了一句：「他母親的身體寫作」。由於我是在另外一格聽到的罵聲、再加上罵人者的那一格的門是關著的，所以我沒有看到罵人的人是誰、及他長得怎樣。我當時是這樣進行判斷的：罵人的人一定是一個知識分子——罵「他媽」改良為「他母親」已經成為了知識分子的專利，一般的人是不可以隨意亂用的。為什麼這個知識分子不在家裡罵？而要跑到廁所裡來罵呢？我是這樣理解的：罵人的人當時也許正在看一部書、看一本只能夠在廁所裡看的書。邊看邊罵、越罵越看。罵並快樂著、快樂並罵著。）

雖然說出現了不同的流派，但是各種流派中還是有相互認同的東西（就像是兩個不同心的圓其中的一部分相互重疊在了一起）。我們對這種各流派都一致認同的寫作稱之為「絕對的上半身寫作」或「絕對的下半身寫作」。

絕對的上半身寫作，比方說——瓊瑤。

絕對的下半身寫作，比方說——木子美。

從以上兩者來分析判斷：瓊瑤七十多歲；木子美二十多歲，由此可以得出一個簡單的結論：「寫作的重心在歷史的潮流中由上半身開始向下半身轉移。」

說了那麼多我還是沒有說清楚田其二是屬於「上半身寫作」還是屬於「下半身寫作」。我這裡引用一段田其二寫的文字，大家一看就一清二楚了：

「有一個傻B記者想採訪我，問我有沒有時間。我對他說：那要看你的床上功夫了，你能夠幹多久，我就讓你採訪多久。那個傻B記者做出一副很純潔的樣子說：我是一個記者，不能接受性賄賂。恩……這個我們報社有規定，況且在記者的職業道德中也要求不能搞有償報導，你跟我睡了，這就是有償……那樣，如果被領導知道了，我的飯碗就會丟了……宣傳部有內部規定，三年不准進入新聞行業工作……這三年中我怎麼活？你會不會養我？我猜你一定不會。你一定還想著怎麼找一個大款讓他養著呢，你說，我猜的對不對？……

我操，碰上了一個只說不練的主，我沒有讓他再說下去，我對他吼叫道：去死吧你。

唉，碰上了一個不敢接招的人。而我本來尚且平靜的欲望現在卻被挑逗起來了。乳房脹得就像是要爆炸一樣。想得到就要做得到。這是時代對我們這種永不言敗的人的要求。我奔跑出門，打了一輛計程車就直奔小資酒吧。我大約算了一下，從住的地方到小資酒吧，我總共只用了六分三十三秒，速度比一一九救火隊員還要快。其實，這也是一場救火，欲望之火。進了酒吧，我找了一個地方坐下來，憑我以往的經驗不一會兒就會有一個像狗一樣的男人出現在我的面前，他們會彬彬有禮地問：請問，小姐，我能坐在這裡嗎？

決定權完全在我的手中。如果看得順眼，我就會微微地向他點一下頭，如果看得不順眼，我就會將頭扭向一邊，裝著沒有看見他，他就會識趣地走開。大家都是老手了，一切盡在不言中。

如果我看中了哪一位男士，我也會主動出擊。問：先生可以請我喝一杯酒嗎？向來都是百發百中，從來就沒有男人會拒絕我。俗話說——男追女隔重山，女追男隔層紙。

接下來就什麼也不用說了，一杯酒下肚，身體內的溫度燃燒起來了，我們站起身就直奔廁所，那裡通常是擠滿了人，要排隊，等不及的一些人擁抱著就在廁所的門口糾纏起來。而我則喜歡體驗在廁所外面的等待的煎熬，感受著身體將要爆炸的快樂，在那個時候我會感覺到自己的乳房比平常要大上好幾倍，而下身的水也氾濫得就像是剛才從嘴裡喝進肚子裡的酒全部都從下面的嘴中流出來了一樣，濕濕的。

等待的快樂，等待的痛苦。

最後，終於輪到我們了，在尿騷味與汗臭味混合著的廁所裡，我像一隻母狗一樣將屁股高高地翹起，像母狼一樣高聲嚎叫著，朗讀一首詩歌：

女人有一個很黑很深
被亂草埋藏了千年的洞
那裡面有妖精有鬼怪

它需要有男人來折磨呀
折磨
噴射出詛咒的唾沫
將妖魔鬼怪通通淹沒
讓一切妖魔鬼怪都見上帝去吧！
掃除一切牛鬼蛇神全無敵！

每次做完之後我都會問那個男人：你怎麼在做的時候一聲也不吭？那個男人則說：我也正想問你，女人為什麼每次做的時候都要大喊大叫的，這與你們平時恬靜含蓄的風格很不相稱。我總是這樣回答：你傻B呀，沒聽到我剛才朗讀的詩嗎？女人的身體裡面有魔鬼，你知不知道？

從這篇文章，用前面剛剛開的研討會得出的理論來分析，無論是站在哪一個派別，都會將田其二列入「下半身寫作」的行列。

這個問題解決了之後，人們所剩下的疑問有只有：她是「下半身寫作」同樣也是「下半身生活」的麼？在「文如其人」的傳統之下。田其二的選擇只有一個——就是——文如其人。

記得很久很久以前的一天，田其二遇到了一件事情：她的姐姐田其一有一次回家對父親說，妹妹經常曠課，跑出去與其他的男同學一起玩。有人還看見她與一個社會上的男孩手牽著手一起在逛公園。立刻，田其二被父親暴打了一頓。田其二說：我沒有。父親說：你姐姐說的，她平時連話也不願多說，難道會冤枉你嗎？田其二仔細地想了一下，確實想不出姐姐冤枉自己的理由。從理論上來說，沒有人願意做吃力不討好的事情（也就是損人不利己）。既然是姐姐冤枉了自己而得不到一點好處，那麼就證明了姐姐並沒有冤枉自己的理由。鑒於此，田其二放棄了漂浮在表面上的爭辯。而只是在心裡面暗自想著：既然我沒有做那些事情，而事實上卻又被人確認我做了那些事，在這種結果下我無論是在理論上，還是在現實中自己都是承擔了一種事實。而最讓她不能接受的是自己根本就沒有做過那些事情，甚至她連男人的手都沒有牽過。僅從這裡面來看自己就承受了雙重的損失，真是太不划算了。為了減少自己所承受的損失只有去把那被冤枉的事情給做了，她的內心才會平靜一些。於是她便決定：去做。

正所謂是：「越墮落、越快樂」。她很快便從墮落中找到了快樂。並在快樂中流連著，樂而忘返。與田其二一起墮落並快樂著的人就是毛反。

那一天，田其二在街道上走著。只要仔細觀察她的臉和走路的樣子，就知道她準備變壞。因為在她的臉上透露出了一種堅定的萬念俱灰的不怕，她走路時的樣子也是左搖右晃著的。一看她的樣子我就知道她的這種造型是從香港的演古惑仔的電影中學來的。看到她的樣子我當時還真的以為自己是在電影院裡看一部香港拍的電影。

好人看到她遠遠地就躲開了，但是他們並不就此躲開，而是遠遠地好奇地望著她。有多遠呢？我想應該是因人而異。距離人們自己把握著。有些跑得快的人就可以近一些，而對於那些跑得慢的人，就只有遠一些。原則上距離是這樣決定的，如果她追上來「要怎麼著」的時候，只要自己能夠跑掉、躲得開就ＯＫ了。

有一句古訓：惹不起、躲得起。

在這一古訓的框架下，如果不躲開的人，那麼這個人不是一個橫人，就是一個壞人。果然，有一個人沒有遠遠地躲開，相反地，他卻迎了上來，站在她的面前。

她問：「你是誰？」

他斜斜地站著並抖動著一隻腿說：「你看不出來麼？」

「你是壞人？」

「不錯。」

「我可找到你們了。」說著田其二就準備哭。

那個人阻攔住她：「別哭，哭了就不是壞人了。」

「是的，在電影裡面我從來還沒有看到過壞人哭過。」田其二轉哭為笑著說：「幸虧你提醒了我，否則我就真要哭了。哭出來了，那可就糟了。」

那個人說：「是的，在電影中只有失去了聯繫的地下黨在重新找到組織時才會哭。壞人呢！碰到一起之後，除了做壞事……還是做壞事。」

田其二問：「我們現在就去做壞事？」

「是的。我們去做壞事。」

「做什麼壞事？」

「當然是做『那事』嘍。」

「哪事？」

「『那』事。」

說著他用手搭著她的肩膀就走。她問他：「我們到哪裡去？」他說：「找一個地方，壞人也是人，不能像畜牲那樣到處隨便亂幹，我們得找一個可以躺下來的地方。」說著他搭在她肩上的手已經繞過肩膀放在了她的胸部上了。

到了現在，田其二才明白「那事」是什麼事。

胸部第一次被一個男人撫摸著，田其二多少感覺有一些緊張。她只希望現在的路程短一些，儘快地把「那事」給幹了。可是一直找不到地方，好不容易找到了一個地方，可是卻被告知房間已經被訂完了。「現在正巧在開糖酒會，所有的房間都被訂滿了。」總台的服務生這樣對他們說。

從這個旅館出來，他指著自己高高聳起的褲襠處對她說：「你看，都撐起一把陽傘了。」

她說：「你真壞。」

他說：「我本來就是壞人嘛。」

這一次，他們是在一間高檔的廁所裡幹的。光門票就是十元。裡面是一間一間的，乾淨整潔。只要將門一關，就是一個小小的天地。

他說：「我操。這可是一個好地方。」

她說：「不會被人聽見吧？」

他說：「只要不被看見就行。這是我的底線。」

她說：「我想尿尿。」

他說：「你尿吧。這裡本來就是尿尿的地方。」

她說：「轉過身去。」

他說：「我要看。」

她說：「噁心。」

他說：「不。」

……

毛反的手是從田其二的乳房開始的。毛反的手一放上去就驚叫到：「真大。」田其二也驕傲地說：「我是那種不能被『一手掌握的人』。不像那些飛機場，怎麼樣？摸起來手感很好吧！」

毛反的手在田其二的乳房周圍劃了一個圈之後，就將兩隻手的食指一齊指向她的乳頭，撥弄著，弄得她渾身酥癢難當。

（相書云：兩乳皆屬於外陽，宜突而隆起，長而且大，以顯其陽之本質，故：男陽生精，女大癸至。真陽初動，即露於兩乳，形類果核，蓋據心胸之左右，運氣血之流湧，哺食兒女之宮，辨別貴賤之表，在婦女尤為至要。

乳大肥長，則生育多；乳小短薄，則生育少。乳大長垂七八寸者，大福之女，發族之婦。肥人乳小，終是庸流之輩，即富不久；乳閉一尺者，至貴；乳闊一尺者，貧；乳柔嫌者，貴；乳粗硬者，貧；乳頭大者，志氣多；乳頭小者，懦弱絕嗣；乳頭仰者，子如玉；乳頭低者，兒如泥；乳頭生毛者，多藏賤解；乳頭黑紫者，必生貴子……）

……

毛反是一個摸乳老手。俗話說：熟能生巧。毛反的手一觸到田其二的乳房，就知道其中有假。他將雙手從乳頭的位置行平地向後滑去，果然在快要到腋窩的位置，他摸到了兩個小小的只有小指夾蓋般大小的傷口。他知道那是兩個運送豐乳物質的洞口，曾經——在一個白色的房間，白色的燈光下，有一些膠狀的物資就是通過這兩個洞口，進入她的身體，然後在她的身體中停下來，定型。成為身體中的一部分。

「唉，現在的手術，做得，完全跟真的一樣。光憑肉眼是絕對看不出來的。」我們有時常常會聽到這樣的議論：「她的乳房不會是假的吧，太完美了。」「我覺得也像是假的，如果不是假的就不會顯得這樣真實。脹得滿滿得，恰到好處，呼之欲出。」

真的，只有親自摸一摸才能夠知道真假。而且這隻手還必須是一隻高手，沒有具體的經驗值，全憑感覺，就是那一種手感，軟與硬之間的把握。有的產品好品質高的塑膠囊連老手也摸不出來，只有通過乳房外的皮膚是否完好無缺才能夠證實。毛反剛才就是這樣，光憑手感，覺得軟硬適度，彈力適中，這幾乎就騙過了他那一雙老手。但是從田其二的反應上來看，她是第一次做「這事」，所反映出來的反應似乎又讓他覺得她有一些遲鈍。比如說，每當他的手離開她的乳頭，她的身體反應就一下子消失了，像是在身體的內部隔著一層什麼東西，莫非是有假？於是毛反果斷地將手平移到她的腋下，果然他在那裡發現了兩個祕密通道——疤痕——運送豐乳物質的祕密通道。

「做得太好了。太像了。就像是真的一樣。」毛反在心底裡感歎著科技對人的改變。

唉，這真是在給命運之神出難題。命運之神怎麼會知道哪一個人的乳房是真的，哪一個人的乳房是假的呢？他老人家又不能親手去摸一摸每一個人的乳房——看看哪一個是真的，哪一個是假的。如果他老人家要那樣做，那是不符合他的道德準繩的（他就會由命運之神變成為老流氓了）。這樣的話，整個人類的世界觀、歷史觀、道德觀、方法論都要改寫，那樣麻煩可就更大了。於是，命運之神只有閉上眼睛隨意地給每一個人胡亂地斷著命運。於是，人們吃驚地發現，根本就沒有什麼命運可言，一切只有靠自己。靠自己的努力做一個「挺美」的女人。

……越挺拔、越自信；越自信、越發達；越發達、越挺拔……

於是——

「人有多大膽，地有多大產。」

於是——

「沒有做不到，只有想不到。」

（寫到這裡細心的讀者也許會發現筆者的一個漏洞，為什麼沒有看到毛反用嘴巴親田其二的「那個地方」呢？那樣的描寫才是讀者所喜聞樂見的。我當然知道群眾喜歡什麼，因為那正是我喜歡的。但是我還知道祖宗留下來的一句話：「君子動口，小人動手」。毛反是個什麼人？大家都知道：壞人。所以你們想一想，我能夠冒「天下之大不韙」讓毛反動口嗎？請大家放心，我會把動口的機會留給可以、能夠、應該、有資格動口的人的。請廣大的讀者拭目以待吧！）

第一次究竟自己是怎樣做的？田其二已經記不清楚了，當時的頭腦只是一片空白。也許是太激動了。也許是當時的無知。不知道「那件事」該從哪裡做起，一切都是被動的承受。他怎麼樣擺佈自己，自己就是什麼樣兒。令她感到奇怪的是，那一次肉體上的經驗她是記不清楚了，但是精神上的經驗她卻清清楚楚的記得。在「那個」過程中——

她說：「我要做壞人。」

他答：「我就是最大的壞人。」

她說：「我要做壞事。」

他答：「這就是在做壞事。」

她說：「這真的就是在做壞事？」

他答：「沒錯，這就是在做壞事。」

她大聲地歡呼：「我做壞事了，我也會做壞事了……」

還沒有喊完，他猛地將那根東西從她的下身中拔出來，塞進她的嘴裡，堵住她的嘴巴，一股濃濃的粘液射進了她的喉嚨中，她什麼話也吐不出來了……

做完「壞事」之後，他對她說：「現在你是我的人了，由我罩著你。如果有人敢欺負你，你就報我毛反的名字。嚇死他們。」

「毛反？」田其二回味了一下，說：「這個名字有意思，將那一個豎彎勾反一下，就是一個『手』字。」

「你真聰明，我父親當初給我起名字就是取個『手』的意思。他認為手是人的身體中最有用的部位，其他的部位都是靠手的勞動而活著。我父親常說：『按照馬克思主義的觀點，手是勞動人民，而身體中的其他的部位則是剝削階級，是不勞而獲者』。那是一個提倡勞動光榮的年代，所以我父親就將我起名為『毛反』。很多人都將『毛反』直譯成『謀反』，其實我哪裡有那個膽量。充其量我只敢當一個老大，「手」下有那麼幾個人罩著就足夠了。」

「對了，還沒有問你的名字叫什麼。你看看，我這個老大是怎麼當的？」

「你也許是才當老大不久吧，還沒有學會做老大。以後當著當著就習慣了，然後也就會了。」田其二說著，像是猛地想起了什麼事情來：「對了，推薦你看一部美國電影《教父》，跟著那裡面的黑社會老大的樣子學，準不會錯。那可是全世界黑社會老大的榜樣。」

「快給我說說，那裡面的老大是怎麼樣的？」

「我也說不清楚。反正我一看到他的感覺就是，我愛上他了，但又不敢對他說出來的那種感覺。那是一種冷，權力，威嚴，拒人於千里之外。但似乎在他的身上也有一種熱，溫度，持久，散發著始終貫一的恒溫。唉，我也說不清楚，你自己去找張影碟來看看就明白了。」

「你剛才說的這些正是我心目中對老大的感覺，但又總找不到它們的具體形象，就像是一團霧一樣，沒有一個工具可以將它們歸納成形——變成為一個具體的形象。好……現在好了，有了榜樣，學起來就容易得多了。」

毛反興奮的跳了起來。在他落下地時，他又問她：

「我忘了，你剛才說的那部電影叫什麼名字？」

「《教父》。」

「教父。好。我馬上就去找來學習學習。」

說完毛反轉身就跑開了。田其二望著他的背影，只怪自己多嘴，你看，到最後他還是不知道自己的名字。她在心中想，這也許就應該是老大的風格吧——豪放、粗獷，不拘小節。

……

毛反意外地沒有問田其二的名字（讀過此文前面的讀者一定在這時也都想知道田其二名字的意義——

它怎麼能夠與乳房聯繫在一起？）所以，田其二就沒有辦法通過毛反將她自己名字的意義說出來。但是田其二又總要找一個途徑將自己的名字說出來，否則相對於其他身體中的器官來說對她就不公平。現在，在她看來，只有我——作者代勞了。

她對我說：你幫幫我吧，大不了我讓你打一炮。

我說：哈，沒有想到作者還可以占到如此的便宜。

她說：你是我的上帝，是你創造了我。我是你的骨中骨、肉中肉。

我說：那麼說來，我如果與你做愛，事實上還不就等於是手淫？

她說：看來你很聰明。沒有陷入我設的陷阱。

我說：就是手淫一下也是正常的。專家也是這樣說——恰當手淫對自己來說可以怡情養性；對社會來說可以起到降低強姦案的發案率，有利於社會的穩定。

她說：我也可以說是你生的。

我說：那麼我就更不能跟你做愛了，我可不能做亂倫的事情，別人會罵我禽獸不如的。

她說：那你總不能丟下我不管吧。我為什麼要叫田其二，總得給我與讀者一個說法吧！

我說：放心吧，手心手背都是肉，我不會厚此薄彼的。我會找一個機會從另一個人的口中將你的名字的意義說出來。

她說：這可是你說的。

我說：放心吧。相信我。沒錯的。

她說：唉，這個時代最不能讓人相信的就是你這句話。

我說：總不能讓我把心掏出來給你看吧。

她說：如果那樣的話，那就更假了。算了吧，我相信你。只有這樣了。反正——我的一切都是你給的。

你想怎樣就怎樣吧。

……

自從田其二學會「做壞事」之後。她吃驚地發現，做壞事是一件很快樂的事。難怪人們常說這樣一句話：「學壞一天，學好三年。」

唉。做壞人的好處真是太多太多了——

第一：不用擔心碰到壞人。「我是流氓，我怕誰？」碰到壞人，兩個人會心一笑，英雄惜英雄。那種感覺是做好人永遠也體會不到的快樂。碰到兩個人同時心情都好（或同時心情都不好）時，一拍即合，兩個壞人聯手做一件一個壞人所做不成的壞事，不亦樂乎。比如前面所寫到的毛反與田其二幹的那事。當毛反遇到了田其二——當女壞人遇到了男壞人——「有朋自遠方來，不亦樂乎。」

第二：不怕碰到好人。好人碰到壞人，就像是老鼠見到貓。躲都躲不及，這在我們這樣一個人口眾多的國度，一般都是擠得水泄不通的情況下，別人往往被擠得滿身大汗，而壞人走的路卻是寬敞而平坦的，所以我們看到電影中的壞人走路的樣子都是甩手甩腳的。並不是因為主觀上他們認為那樣走路的樣子特別屌，而是因為客觀的環境讓他們可以這樣屌的走路。那麼大的空間，那麼好的路況，不利用起來，白不利用。不有效地利用資源，就意味著是在浪費資源。

第三：不怕遇到警察。這個不怕特指田其二，不包括其他的壞人。田其二是一個有知識有文化的壞人。她只幹那些法律上沒有寫進去的壞事。比方說她亂做愛，但是不收錢，所以她的行為夠不上賣淫罪。況且警察也是人，也要幹那事，所以碰到警察時，警察對她說：「你是人，不是動物。可要好自為之呀。」她則回答說：「首先我要糾正你一個錯誤，人就是動物。你先翻翻書看一看。再說每一個人都有那種需要，你不是也有妻子兒女麼。」警察說：「我是說要通過正當的管道解決。」田其二說：「什麼是正當的管道？我做的事違法了麼？如果你現在就跟我做，我也會滿足你、同時也滿足自己的。正是因為你們這些好人不亂做那事，所以才便宜了那些壞人，讓我只能跟他們一起做。」通常警察在這時會無話可說。當好人遇上了壞人，好人就只有閉嘴了。通常在這時田其二還會利用這個機會給警察上一課：「你們知道博弈論麼？這就是說：有壞人才會有警察，如果沒有壞人你們警察也就要失業了。從這一方面來說，是我們壞人養活了你們警察。所以我提醒你，為了自己的飯碗，不要將我們都滅絕嘍。你們只要將那些罪大惡極的殺人犯、強劫犯、強姦犯、大貪汙受賄犯，全部都抓進去關起來就ＯＫ了。」因此，像田其二這樣的知法懂法的壞人，警察本能的感受都是「食之無味、棄之可惜」，真是不知應該如何是好。田其二則不這樣看這個問題，她是這樣來形容警察與她之間的關係的：「惹不起、躲得起」。

第四：不怕遇到上帝。雖然說，眼下還沒有什麼壞人真正地遇到了上帝，但是有書為證，壞人如果真正的不幸遇到了上帝，他只要說「我信你」三個字，就可以立刻進入天堂，手續甚至比好人還要簡單方便的多。因為好人太多了，在進入天堂時的競爭比壞人要激烈得多呢。好人那邊是千軍萬馬過獨木橋，而壞人這邊則是一條通天大道上只有幾個踽踽的身影徜徉（孤獨——這兩個字又跳入了我平靜的腦海）。當然這也僅僅只是理論上的論證。因為無論是好人還是壞人，還沒有誰能被證實他真正地見到了上帝。通常是見到了上帝就再也不能夠回來了，那是一條不歸路。對於越來越現實的人類來說，被確信不可證實的事物，已經被人們理性地給「擱置」起來了。

不爭議。不討論。不研究。

不……

一切精力都放在——可以看到、可以聽到、可以聞到、可以摸到——也就是人們常說的：視覺、聽覺、嗅覺、觸覺——之中。

一而再，再而三。事情到了這個程度，讀者已經對田其二沒有什麼新鮮感可言了。「喜新厭舊」這是放之四海而皆準的標準。

如果我再描寫毛反與田其二做「那種事情」，我想讀者是提不起興趣的；別說讀者，我自己寫起來都提不起興趣；別說我，現在就是毛反與田其二做起「那個事情」他們都沒有什麼情緒。

下面就是他們做完「那個事情」之後的一次對話：

「你怎麼像是死人一樣？也不哼一聲？」

「你還怪我？我倒是覺得你就像是一台機器，就像是一個活塞，除了運動還是運動。」

「跟你做，就像是在手淫。」

「跟你做，就像是在磨損。」

「你以為你是誰呀？」

「你以為你是誰呀？」

「老子屌都不甩你。」

「老娘屄都不套你。」

於是，田其二與毛反的關係就到此為止了。「無論愛情是死是活，生活仍將繼續。」沒有他們做「那事」，地球照樣要轉，火車照樣要跑，飛機還是要飛。

其他人的馬照跑，其他人的舞照跳。

卻說，這一天田其二在街道上像一個壞人一樣甩手甩腳的走著。對面一個人也像她一樣甩手甩腳並挺著肚子從對面走過來。只一眼，田其二就知道遇到同道中人了。只是有一點，與田其二以前混在一起的壞人不同，這個人在甩手甩腳的同時，還挺著一個大大的肚子。

這兩個人相向地走來，誰也不讓誰——壞人走路是從來不給別人讓路的。否則像老鼠過街一樣地做壞人還有什麼勁頭？一點壞人的感覺也找不到，那麼就還不如不做壞人。

就在他們兩個人要碰到一起時——火星撞地球——他們兩人同時停住了。

相持了一下。

他說：「你是第一個敢擋我路的人。佩服。」

她說：「你也是第一個擋我路的人。佩服。」

就在這個時候，起風了。我們看到，樹上的葉子被吹落了，落在地上。而地上的落葉則被風吹上了天空。街道上，落葉在瘋狂地旋轉舞蹈著。

風動？

人動？

心動？

不……

是……

不是風動。

不是人動。

是心在動。

田其二與那個挺著肚子的人站在風中，衣服被風扯動的「撲、撲」地響著——做一種欲逃又止狀——像是這些衣服想在此時從他們的身體上逃離。

「風，吹吧。吹吧。」他們在心中叫喊著。

他們此時誰也沒有說話。因為此時只要有話一出口，就立刻會被狂風捲走，夾雜在枯葉亂紙中，四處飛舞。那樣對於兩顆狂跳著的心來說無疑是一種悲劇。愛情的話兒被風吹去。

終於。

也不知過了多久。

風停了。

落葉又回到了原來的位置。

一切都停止了。包括心跳。他們兩人靜靜地相對而立。目光對流。她看到他的挺起的肚子落著一片落葉。他看到她的高高聳起的胸部上也落著有一片落葉。他伸手將她胸部上的落葉輕輕地拿掉。她也伸手將落在他肚子上的落葉輕輕地拿去。

靜止的空氣與躲在一邊偷偷地在「觀察」著的人在此時都鬆了一口氣。「無論生活是死是活，愛情仍將繼續」……

他問她：「你貴姓？」

她答：「田其二。」

她問他：「你貴姓？」

他答：「()。」

（噢，需要解釋一下，這個符號在漢字裡讀「括弧」。而在本書中——他的姓名裡讀——杜子。）

肚子：( )

「肚子？」

「不是肚子，是杜子。杜甫的杜，兒子的子。」

「你是杜甫的兒子？」

「你才是杜甫的兒子，你們全家都是杜甫的兒子……不……我不喜歡做杜甫的兒子。還是叫我肚子好了。」說著，他還指了指自己的肚子。田其二看到他那圓圓的肚子，就像是一個懷了五、六個月胎兒的孕婦。如果不看局部，而整體地來觀察杜子的外形，那麼呈現出來的是一個「凸」字形，但是我現在敘述的這個故事是局部——肚子——所以出現在我眼前的形狀就是——( )。

「對、對，」她緊緊地盯著他凸起的( )笑著說：「叫肚子好，肚子是身分的象徵。沒有足夠的錢是無論如何也養不出這樣的肚子的。」

( )說：「算你有悟性。你想一想，像杜甫那樣的窮酸詩人，如何能養得出有如此大的肚子的兒子呢？」

「你是一個大款（編案：富人、大亨之意。）？」

「嗯……比起一般的人來說，是有那麼一點錢。嗯……就算是大款吧。」

「你在做什麼生意？」

「以前我是一個詩人，寫著寫著就成了一個著名的詩人了。後來我發現光靠寫詩是發不了財的，於是我轉行開始做書商。這不，做了書商之後手頭也就寬裕多了。」

「什麼？你曾經還是一個著名詩人？」田其二用充滿了懷疑精神的目光看著他：「你說你是大款這我相信，那一眼就可以看出來，可是你說你是詩人嘛……打死我也不相信。」

「唉，為什麼每一個人都不相信我是一個詩人？我不就是胖了一點嗎？不就是肚子大了一點嗎？不就是腰包比別人厚了一點嗎？可是這些肥肉並淹沒不了它們下面的文藝範兒。」

「你這幾句話還是有一點像是詩人說的。對了，你現在還寫得出來詩麼？」

「當然可以，要不然我就以你的名字寫一首詩。」

下面就是()現場作的名為〈田其二〉的詩：

〈田其二〉

田中有其四
卻稱田其二
其二是兩口
兩口是乳房
兩口占「田」上兩格者
乃少女

兩口占「田」下兩格者
為老婦

兩口占「田」左右各兩格
而乳頭在上格者
乃少女之波霸
兩口占「田」左右各兩格
而乳頭在下格者
為老婦之波霸

一口占「田」左兩格
一口占「田」右一格
（反之亦然）
一口占「田」左上格
一口占「田」右下格
（反之亦然）
是不對稱
為什麼不對稱？

因為沒人摸來沒人揉
因為情竇初開時半推半就
掖起、藏起了另一半

這個道理未普及
越大越摸
越摸越大
這就是「馬太效應」——
貧者愈貧
富者愈富

越大越摸
越摸越大
這個道理若普及
越摸越大
越大越摸
看天下之女人亮出雙乳而舉國盡歡顏

聽了()作的詩之後，田其二笑彎了腰。她說：「你這不能算詩，最多只能叫打油詩。」她咯咯地笑著說：「……不過，不過，你的想像力還是挺豐富的……用田的四個格子來形容乳房的大小、形狀。滿形象的。」

最後田其二笑得竟直不起腰來，幸好有()的高高凸起的肚子支撐著才使她不至於滑落到地上。待田其二的笑聲停止之後，她發現自己正依靠著()。那肚子像山一樣地支撐著她，一動不動，她隱隱覺得這就是所謂生活中的港灣。可以靠得住的依靠。

她聽見了()肚子裡的心跳，像小鼓一樣地在遠方響起。

那是一隻逃跑的小鹿，還是一隻跑來的小鹿？

心跳的聲音越來越清晰了。可以確定這是一隻向她跑來的小鹿。田其二將身子靠在()的身上不想離開。她在此時明確地感覺到了()與毛反的不同。她與毛反之間的關係通常是她不動，而毛反的那一雙手則不停地游動著；而她與()的關係則完全相反，()穩穩地不動，她則是完全的依靠在他的身上，用手輕輕地撫摸著他的肚子。

人的精神一放鬆就往往容易滑入歷史深處的泥潭之中——此時的田其二像是迷迷糊糊的進入了古老的肚子的世界及箴言之中——

古人云：夫腹者，伏也。為一身之護治，所以包腸胃而化萬物也。臍者，齊也。帶脈之所，六府沖領之關也。故腹欲圓而長，厚而堅，勢砍下而垂。故曰腹象陰而藏物，萬物皆聚，此所以為腹也。玉虎曰：居上則智，居下則愚。腹皮厚多智而富，腹皮薄多病而賤。故臍欲深而闊，智而有福；淺窄者，愚下而勞；向上者，福智；向下者，貧思；低者，思慮；遠高者，無識量；或凸而出、淺而小者，非善相也。

而()也明顯對自己的肚子很滿意。

他背誦了起來：「腹墜而垂，富貴壽直。腹如抱兒，四海聞之。腹上而短，飯不滿碗。腹勢垂下，名播天下。腹如雀腹，貧賤無屋。腹臍凸出，壽乏夭促。臍深容李，名播人耳。腹大垂囊，名震四方。」

最後()拍著自己的肚子總結著：「你好好摸摸、好好看看，我這肚子就是屬於富貴的那種。」

田其二感受到()的肚子綿厚而結實。這是一個好肚子，她輕輕地用手抓了一把，滿手肉感，真是「腹圓厚如懸箕兮，富貴明頤」。她真正的感覺到現在自己是靠在一座山上，撫摸著、撫摸著她感覺到自己的手變得油乎乎的，像是剛剛在菜市買肉，挑選過肉類一般。這時她想起了小時候聽大人說過的一個笑話：

「有一個吝嗇鬼每天都要去菜市場買菜，每次他都是要在肉攤前選來選去，說這一塊太肥了，那一塊太瘦了。總之挑來選去他就是不買，直到後來粘著一手油污之後便衝回家中，趕緊舀一盆水洗手，將手上的油污盡洗入水中，而後用來做一個油湯。一分錢不花，而做了一鍋油乎乎的湯，你說這人是不是很會過日子？」

想到這裡，田其二笑了起來，她猛然間想到：「怪不得相術上說『腹墜而垂，富貴壽直。腹如抱兒，四海聞之。』就憑他們的大大的肚子，就可以不用買油了，只要在做菜時用手在肚子上摸一摸，再將油手往熱鍋裡一抹，就有油炒菜了。節省下來的錢，可以用在其他更需要用錢的地方——把錢用在刀刃上——這樣肚子大的人自然比肚子小的人更勝算一籌。」

看到田其二臉上的笑容，( )當然不會想到她此時想的油呀、菜呀之類的生活瑣事。他想到的是，這是一種發自內心的幸福的微笑，因為她終於找到了自己的依靠、歸宿。

就在田其二與( )緊緊地抱在一起的時候，他們的左右兩邊各站著兩個冷靜的旁觀者。站在右邊的是毛反，站在左邊的是毛三。由於他們都沒有跳出來阻止這一對男女的擁抱，所以在這一個故事中我沒有辦法將這兩個人寫進來。之所以我要寫一下他們站在一邊冷靜地觀察著這一對男女的表演，無非是為了說明他們看見了眼前的一個事實。他們沒有勇敢地站出來改變眼前的事情，這是因為對於毛三來說，這是一件與他無關的事；而對於毛反呢，雖然表面上看起來，與他好像是相關的，因為田其二與他確實是有關係的，但是從本質上來分析，田其二與他是沒有什麼關係的，如果一定要說有什麼關係的話，那也僅僅只是性關係。毛反是這樣定位自己與田其二之間的關係的，沒有感情、沒有愛情、沒有激情，只是一種簡單的動物般的需要，每一次與她做愛都像是在手淫、或者是在使用一個男用的自慰器。

田其二的手還在( )的肚子上摸索著，很油、很滑，以致很難控制手的去向，有幾次她的手就滑向了下面，最後被一根凸起的棍子攔住，所以她的手才沒有掉到地上摔痛，這樣來說她是非常感激肚子下面的那根凸起的棍子的，有幾次她要抓緊它才可以使自己的身體站穩，而為了讓她抓得更緊站得更穩，肚子下面的那根凸起的棍子還善解人意地配合她將自己變得更大、更硬。

她臉色通紅地說：「你好壞喲。」

他說：「更壞的還在後面呢。等一會兒……嘿嘿……會夠你受的。」

她說：「你是壞人？」

他說：「我是大款。」

她說：「是壞人凶？還是大款凶？」

他說：「我這樣跟你說吧，壞人之所以要做壞人歸根到底是為了多弄些不義之財，他們的目的是為了錢。而大款呢，已經就是有錢了的……」

還沒有等他說完，她就叫道：「我知道了，我知道答案了，大款比壞人要凶些，因為大款做壞人的時候，壞人還不是壞人呢，而大款做大款的時候，壞人才剛剛開始做壞人……大款是壞人的目的，而壞人則是大款的手段，你說我說的對不對？」

他說：「你真聰明，一個人有了錢之後就不會想再做壞人了。他的目的就不是為了讓人『惹不起、躲得起』，而是要讓別人『敬而遠之』，這兩個效果從表面上看起來都是一樣的，都是別人在躲著你，但是從本質上來說它們的內容卻完全是不一樣的。一個是受人唾罵的，一個是受人尊重的。」

……

她還想再說些什麼，他則果斷地打斷了她的話頭：「我們一直站在大街上幹什麼，妨礙交通，影響市容。走，我們去賓館開一間房吧。」

又起風了，微微的。沿著街道像是剛剛吃飽了正在散步。風挺著一個大肚子，像一個孕婦，小心地走。風懷了個什麼胎？我看見風中()與田其二進了一間四星級賓館的大門。

進了賓館的大門之後，風突然就停了。其實並不是風停了，而是風被那扇厚厚的滑動玻璃門給擋在了街道上，他們兩個人感覺不到風的存在罷了。走在街道上的人明顯地感覺到風加快了步子。是因為剛才懷著的胎兒——()和田其二猛然間出生了，風的身體猛地就輕鬆了許多？地上的落葉再次飛上了天空，樹上的剩下不多的枯葉離開了樹枝落到了地下。

「亂葉欲迷行人眼。」

幸好此時街道上並沒有行人。在街道之外——現在。在避風港——這個四星級酒店的一個房間裡，( )的眼睛死死地盯著田其二的乳房。眼睛很脹。不，應該這樣表述：眼睛看到的乳房很脹。他想起了一句成語：「呼之欲出」。同樣的，田其二的眼睛也看到( )的肚子很脹，緊繃繃的。她想起了一句成語：「吹彈可破」。

乳房／肚子。

肚子／乳房。

現在，它們都處於一個極限的時刻，突破了這個極限的後果可想而知。也幸好那種後果並沒有出現，於是我們把這種在極限之下形成的形態稱之為完美的巔峰。不可逾越。再往前走出一步就是悲劇。

乳房爆了。

肚子破了。

滿地的油脂與肥腸。足夠讓一千個踩上去的人滑倒，而後沾上一身油膩回家。當然，這些都是想像中的後果，它們並沒有發生。

現實是，田其二說：「我先去洗個澡。」

( )吃驚地問：「什麼？」

「我是說我先去洗個澡。」

「洗澡？那多浪費時間呀。」

「最起碼我要將『那裡』洗一洗。」

「不用洗，我用舌頭幫你舔一舔不就乾淨了？」

「可是……那兒……髒……」

「不怕。不髒就沒有味道了。」

說著()就伏下身子，將田其二的褲子脫去，將肥大的腦袋硬塞進她的跨下，就開始大口大口的舔起來，一邊舔還一邊叫道：「我操，好騷。女人……騷女人……就要這股騷味……我操。騷女人。真騷。騷……」

田其二的情緒也完全被()調動起來了，她也叫著：「啊。我要死了。你。你好壞。你。你真凶……啊……我要死了……停，停下來……噢，別，別停……繼續……噢，停、停……噢，別停、繼續……」她也不知道自己在說什麼了。

等一切都靜止下來之後，田其二將頭枕在()的肚子上說：「你比他凶多了，他只懂得用手指伸進去在裡面摳來摳去的，弄得痛死了，一點也不舒服。哪裡像你弄得人家那裡癢癢的，舒服死了。」

()自豪地答道：「他哪裡夠得到我這個層次，你難道沒聽人說過——『君子動口，小人動手』這句至理名言麼？」

「嗯，對。君子動口，小人才動手。他那種身分，哪裡配得上動口呢？他只配得上動手。」

從賓館出來之後，田其二對()說：「我不能要你的錢，那樣我就成了妓女了。但是我也不能白白的讓你幹，我要你送我一樣東西。」

()說：「好說。好說。你想要什麼呢？」

田其二想了一想說：「我要……我要……我要你給我買一套好看的衣服。」

()說：「好，我們這就到仁和春天去給你買衣服。」

進了仁和春天百貨，一個漂亮的像一朵花，身上的衣服也穿得像一朵花一般的少女向他們走過來說：「請問，我能夠幫助你們什麼嗎？」

()說：「不用了，我們自己到處看看。」

那個花一般的少女像花一般地笑了：「請隨意，有什麼需要招呼一聲，我就過來。」

田其二拉著()就走。她突然間在心中產生了一種危機感，因為她覺得那花一般的少女像花一般的笑臉竟然像花一般的迷人。她想，如果我是一個男人或者我是一個同性戀者，我一定會愛上她的。

也許是看出了田其二的心思，()摟在她腰上的手悄悄地緊了一下，說：「像那種花瓶一樣的女孩我是不會感興趣的。」

「為什麼？」

「缺少個性。中規中矩。千篇一律。千人一面。沒有味道。」

「你是說我與她們不同的是我比她們多了一種騷味？」

()沒有回答。他只是挺著肚子往前走。商場裡的人很少，就像天上的流星一樣，這足以證明這種名叫大款的資源之緊缺，田其二不由得緊緊地挽住了他的手臂。他們像流星一樣從商場中走過，兩邊的美麗漂亮的衣服就像是天上的星星多得數也數不清。

田其二興奮的說：「真想將它們通通都搬回去。」

()說：「太誇張了吧。」

田其二撒嬌地說：「人家只是隨便說說嘛，也當真了。一點兒也沒有幽默感。」

()說：「那也不是沒有可能的，什麼時候我成了巨大的大款，就給你開一個這樣的服裝店，這樣那些衣服不就全部都是你的了嗎？」

田其二顯然是又興奮了起來：「你什麼時候能成為巨大的大款嘛？你快一點嘛。」

（此時，()的腦海裡猛地閃現出了幾首詩的片段，也許這幾個片段確實只是偶然間閃現的，它們並不能代表什麼，但是為了保證這本書的客觀性我還是將它們抄錄了下來，以便讀者能夠更加全面地瞭解曾經作為詩人的()的此時的內心世界。詩為：「一萬年太久，只爭朝夕。」「山，快馬加鞭莫下鞍，驚回首，離天三尺三。」）

()不說話了，他知道自己身邊的這個女人是一個欲望無邊的——給鼻子上臉、給梯子登天、給一根紅線就要繡五星紅旗、才學會寫幾個漢字就把目標定在諾貝爾文學獎上——她就是那種一輩子都在感歎「人生的路呀！為什麼越走越窄？」的人。

此時，()的目光忽然間變得渙散起來。不像是之前那麼自信。也不知為什麼，才與田其二進了一次商場，他那種以前好不容易積累下來的「我是大款我怕誰」的優越感就已經是蕩然無存了。

他曾經無不自豪地對那些一直在堅持寫詩的朋友說：「我現在窮的只剩下錢了。」

但是，現在，在田其二的面前，()卻沒有勇氣這樣說了，他只能偷偷地在肚子裡這樣問自己：「我還剩下多少錢了？」

此時，田其二的感覺與()的感覺完全相反，她想：「當一個有錢人真好，有那麼多的好東西、漂亮衣服。想露胸的就露胸，想露背的就露背，總是那麼的恰到好處、適可而止。」最後她為自己選了一件八千多元的套裝。

( )在付錢時，也在肚子裡為自己算著另一筆賬：「她奶奶的，八千多元呀，可以幹多少次壞事？可以叫八十多隻雞，打一百多炮呢！她姥姥的。幹。我操。」

好日子就僅此一次。從此以後，田其二發現每次叫( )去逛仁和春天百貨，他總是東推西擋，不是說有生意要談，就是說肚子痛得要命。說也許是昨天應酬吃壞了肚子。但是如果是說去逛好又多，( )的態度就完全不同了，像是換了一個人，跳起來拉著她就走，像是趕去撿什麼便宜。

像田其二這樣聰明的女人一看就知道( )肚子裡面在打什麼算盤了。他還不是為了節約錢，還大款呢，整個就是一個小氣鬼。難怪有人說：越有錢越吝嗇。每當看到有人以這樣的偏見看待我們的大款的時候，我總是站在大款這一邊的。我說：毛主席教導我們說，看待問題要一分為二。並不是因為大款小氣吝嗇，而是因為大款之為大款所以人們對他的要求提高了，因此在這種嚴要求、高標準下，大款是很難面面俱到地做到一個成功的讓人人都滿意的大款。打個比方吧，有一百個人會以一百種理由和方式會找一個大款借一百萬元人民幣，卻不會有一個人用一種藉口找一個乞丐借十元錢。

做一個大款難，做一個讓人人都滿意的大款更難，做一個貧富不均而卻又處於一個均貧富理論的社會背景下的大款更是難上加難。

誰都會算這道數學題：在一個有著十幾億人口的國家，如果每個人給我一毛錢，那麼我就是一個億萬富翁了；而如果反過來一個億萬富翁給十幾億人每個人一毛錢，那麼他馬上就會變成為一個窮光蛋。

每次田其二與( )在好又多轉來轉去，總是很難找到一件上了五百元的衣服，而且裡面的人多的就像是在擠菜市場，一點兒感覺也找不到。每次都是這樣，逛著逛著，越來越氣，她就想著法子來出這口惡氣。

每回她都是這樣，摸索著()的肚子，說：「這裡面曾經裝的是文字、是詩。而現在呢，是海鮮是山珍。墮落呀真是墮落……」

()也不是好欺負的，他也用手撫摸著田其二的腹部說：「這裡面曾經裝著的是清純、是溫柔，而現在呢，是男人的精液。墮落呀真是墮落……」

說歸說。嘔氣歸嘔氣。他們暫時還沒有分手的理由。因為她還要依靠他給自己買即便是好又多裡的東西，而他呢也要通過她將自己的精液排泄到她的肚子裡。這好像就是經濟學中的雙贏的理論。也好像是物理學中的熱能定律。也是成語中的「狼狽為奸」四字。

唉，那些是另外一個領域的事了，我還是來專心的說我的故事吧。

田其二是何等聰明的女人。自從()拒絕了再陪她去仁和春天百貨，她就總結出了一個真理——男人是靠不住的。注意：這個真理並不是別人告訴她的，而是她在她的生活實踐中自己得出來的。這樣得出的真理對她的心靈的觸動就特別的大。

於是，她在自己的床頭貼滿了這些勵志的標語：

「總統（大款）是靠不住的」

「自己有才是真的有」

「從來就沒有什麼救世主，全靠我們自己」

「不靠天不靠地，靠的是我們勞動人民」

「自己——只有自己才是主宰命運的動力」

（從此，她完成了一次從傍大款到決定自己成為大腕的轉型。從此，人開始了瘋狂的自戀。這種現象表現在每一個人都在極端地表現自我，把自己武裝得跟別人不一樣。是的，「在這個廣闊的背景之下，人們又變成一樣的了」。因為，上帝留給人的表現方式除了那幾種還是那幾種。）

「……說打就打，說幹就幹……」田其二在心中一邊哼著這首歌一邊對( )說：

「我要當作家。」

「什麼？你說什麼？你給我再說一遍。」

「我要當作家！」

「我的小寶貝，幹些什麼不好呢？偏偏要幹那個——作家。」

「我就是要當作家！我就是要當作家嘛！」

「作家？你沒看到那個胖子流氓作家寫的《餓死作家》的文章麼？」

「錯了，你錯了。那篇文章叫《餓死詩人》。你知道為什麼嗎？」

「你說為什麼呢？說給我聽一聽。」

「那是因為詩歌的字太少了。我問你，當書商是怎麼給別人付稿費的？」

「當然是按字計算嘍。」

「所以我總結了一個經驗，詩歌字太少，買不了多少錢。而寫小說就完全不同了，可以拚命的灌水——把乾飯煮成稀飯，再把稀飯兌進池塘裡——把字整成一堆一堆的賣。哈哈，這樣不發財都很難了。」

「可是你的那些東西總得要有人買呀。誰買？誰買？」

「當然是讀者嘍。」

「你以為讀者那麼好騙？他們又不是傻瓜。」

「你才是傻蛋，當作家的不騙讀者騙誰？難道說去騙一個從來就不讀書不看報的像你這樣的大款？我有一個點子，包準讓那些讀者乖乖地把錢從錢包裡掏出來。」

「什麼點子？」

「我只要喊一句口號。」

「喊一下我聽一聽響不響亮。」

「……下半身寫作……」

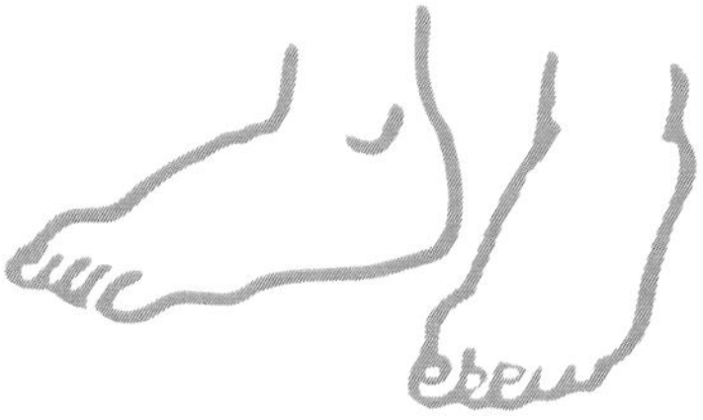

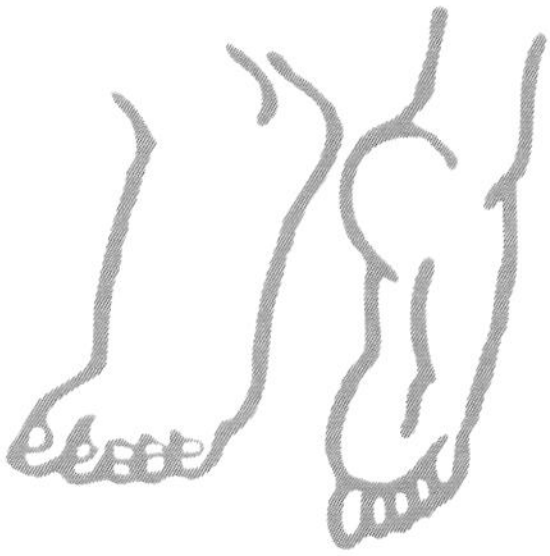

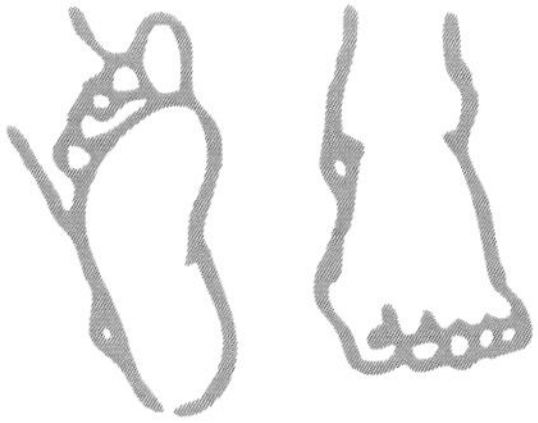

沒想到，沒想到哇，真的沒有想到，田其二這一聲叫喊：「……下半身寫作……」這一句話竟然穿透了兩個世紀。二十世紀末、二十一世紀初，只要談到文學就不能不談到「下半身寫作」。

在田其二喊完了之後，()看見在自己的眼睛裡出現了一台印鈔機。一本書就是一疊鈔票。據說田其二的這一本下半身的開山之作，開創了二管道書商先付款而後才發貨的先河。

「這是一次歷史『性』的突破。」()這樣總結道。

「她將會被寫入中國文學史。以後每一次重編文學史，她都會是一個繞不開的座標。」文學評論家們這樣評價田其二的小說及她在中國文學史中的地位。

「謝謝，謝謝讀者。」()感謝讀者們掏錢買了他發行的書。

「謝謝，謝謝大家。」田其二感謝評論家們的批評，使讀者們蜂擁而至，排著隊來購買她寫的書。

「好久沒有看到文學能夠產生這樣轟動的效應了。」書店裡的營業員腳不沾地的一邊賣著書一邊說：「讀書的風氣又回來了，真讓人感動呀……」說著他還流下了兩行眼淚。

「是呀，這種欣欣向榮的場面是很久很久都沒有看到了。」年齡比較大的讀者又想起了那個文學類的刊物每一期可以發行上百萬冊的黃金時代。

說了那麼久竟然沒有提到田其二出的那本書的名字。書的名字叫《我的下半身》，書的封面設計的也很有創意，一個大大的女人的裸體的剪影從上到下一氣貫穿，人體的上半身是空著的，從腰部到足部勻稱地分佈著——**我的下半身**——五個奪目的黑體粗字，書中的內容與目的由此而一目了然。「還沒有看過此書的、或者有興趣的讀者可以去找來看看。」我相信我的這句話可以使田其二的這本書多賣一萬本。多銷一萬本是什麼概念，一般的讀者也許不會去想這個問題。既然已經寫到這裡了，我就給讀者算一筆賬。《我的下半身》訂價是人民幣三十元，如果按版稅百分之八計算，田其二可以從中獲得版稅二十四萬元，而出版者()呢，扣除印刷成本，買書號的錢和支付田其二的稿費，他可以獲利一百五十萬元。

各人心中都有一筆賬。以上是我幫他們算的賬。他們自己可不是這樣算的。田其二怒氣衝衝的找到了()說：「你他媽的吃了老娘的豆腐還要吃老娘的錢，心可真是夠黑的呀，老娘算過，經過那麼一吹捧至少可以多印十萬冊。你就應該給老娘我兩百四十萬元人民幣。」

()說：「皇天在上，我對天發誓只多印了一千冊，所以按照合同，我只該給你版稅兩萬四千元。」

由此，他們開始了一場漫長的官司。報紙上是這樣報導的：「女作家：一怒將出版商告上法庭」「出版商委曲：現在的書真的不好做」「女作家：我只要我該拿的那一部分」「出版商：我只付我該付的那一部分」「法院：真相不明擇日宣判」。

有有心者初步作過統計，在這場官司中，《我的下半身》至少又多賣出了十萬冊。

田其二於是再向()索要二十萬冊的版稅四百八十萬元人民幣。()則對田其二說：「只多賣了兩千冊。」所以只肯支付她四萬八千元人民幣。案情更加地複雜化了。

唉，真怪我多了那麼一句嘴。讓他們吵來吵去的。讓大家看作家與出版者的笑話了，「對不起，對不起。我破壞了和諧穩定的大局，擾亂了社會的治安，造成了不穩定的因素……」我在這裡道個歉。

金錢可以使兩個素不相識的人走到一起，之後又可以讓這兩個走到一起並水乳交融的人反目成仇。這好像成了金錢的一種本性。套用一句古話：成也蕭何敗也蕭何。這裡將它改成為：合也金錢分也金錢。

就這樣，為了金錢田其二與()走到了一起；同樣為了金錢田其二又與()分道揚鑣了。

田其二與()分手之後，旁邊的人都以為是她賺到了錢，不需要()所以才與他分手了。人們都說一山不容二虎，同樣的一山不容兩個大款。人們都說文人相輕，其實大款也是相輕。這在很多高檔的娛樂場所裡都可以得到佐證，你是大款麼？老子還是一個更大的大款呢，你要一瓶XO，我要上十瓶。什麼？你把上千元一瓶的XO砸碎了？我也把它們給砸碎了。

「什麼？他用百元的鈔票點香煙？」

「老闆過來，把這一堆錢拿去，用這些錢做柴火給我上一個番茄炒蛋。」

「喂，老闆，過來，給我用鈔票做火柴煨一罐乳鴿湯來。」

……

有善解人意者說：那時大款的心在流血。

又有些追款族們說：當心大款們用錢砸死你。

「來呀。砸呀。」說著那個人伸出雙手做出一副擁抱狀。

「臭美。你等著吧。」這個人在那個人等待被錢砸的時候迅速地溜走了。

一般來說，如果有兩個大款一不小心一起出現在一個酒樓，那麼剩下來的時間就是這個酒樓的老闆偷著樂了。

很奇怪，田其二與其他的大款們不同，每回她上酒樓不是她的崇拜者們請她，就是她在萬分鬱悶的時候自己一個人出來坐一坐，像一個電影中的女作家一樣喝一點悶酒，從來不亂花一分錢。

有熟悉的人問她：「都做女大款了，為什麼還那麼節儉呢？」

田其二總是這樣回答：「我只是一個理論上的大款。還沒有成為現實呢。」

「那麼這就是說，你是一個假大款嘍。」

「也不能那樣說，從法律上來講我應該是一個大款了，只不過……只不過……那些本來應該屬於我的錢，我還沒有拿到手上。」

對於我們這個現實到極致的社會來講，所有的人都會這樣說：「那有什麼好說的，沒有拿到手上的，就不是你的，你根本就不是什麼大款。你騙人，你欺騙了我們追款族純潔而真摯的感情……」

很遺憾田其二沒有出生在魯迅的那個時代，她不能從自己的口袋裡掏出一元錢硬幣丟在桌子上說：「我也有錢——（我也有發言權）——我也是一個大款」，這確實是一個只能依靠實力說話的時代。她只能在心裡頭默默地說：「不要跟他們這些俗人一般見識。這是一個物欲的時代，物質的巨輪四處橫衝直撞，而空曠的精神此時只能退縮至一個個可悲的骯髒的角落才能保全住自己。」

很有效，只要這樣想著，田其二的精神就會好轉起來。而且每當在這個時候，就會有一個人手上拿著一本封面上印著「我的下半身」五個字的書請她簽名。每回她都是爽快的接過書來，大筆一揮流暢的在扉頁上寫到：「為共同開創身體的新事業而努力奮鬥　田其二」。

在這段時間裡，我們看到：大款()成了更大的大款；作家田其二成了更大的名人。

很久都沒有直接說到()了。現在，再回過頭來說說他。從外表上看起來()的肚子更大了，而()從此以後再也低頭看不見自己的腳尖了。更為遺憾的是他更看不到自己的小雞雞了，不知道隨著年齡、隨著性生活的豐富，它是越磨越大了？還是越磨越小了？從此，這成為了()生命中一個不解的謎。究竟如何？如果問小姐，小姐會回答：先生，你的那個東西好大哦！如果問老婆，老婆則會說：你呀，那根玩意兒長得像牙籤一樣，還好意思問！

現實的問題是，()再也看不到路是怎樣從自己的腳下延伸的了。

其實，到了現在——成了更大的大款之後——看不看的到腳下的路已經沒有關係了，因為自從成了大款之後，我們就可以確定()已經走上了一條寬闊而平坦的大道，在這條路上行走的人是不用低頭看腳下的路的。所以我們看到每一個人，在走上了這條寬闊而平坦的大道之後，都一致地長出了大大的、使自己無法看到腳下的路的肚子了。

就在田其二與()分道揚鑣之時，田其二對他說：「你走你的陽光道，我走我的獨木橋。」這就預示著()無論怎樣在那條道上走都不會出什麼問題。比如說不會被一個石頭絆倒、不會被一個坑崴到腳、不會掉進一個黑洞……因為這些東西在這條路上都不會出現。當然這些也僅僅是指在衣、食、住、行，方面的問題是無憂無慮的了，如果一定要說在這一方面有什麼問題的話，那就是如何讓自己穿得更好一些、吃得更好一些、住的更好一些、玩得更好一些。總要想辦法把自己手上的大把大把的鈔票花掉。

自從()讀中學的時候，學了巴爾札克的小說《守財奴》之後，他怎麼樣也不能理解葛朗台為什麼有那麼多的錢不用。要那麼多錢有什麼意義，僅僅只是看一看、摸一摸、聽一聽，就可以滿足自己的需要了麼？把錢當作神來膜拜，澈底地弄反了人與錢的位置，錢是人創造的，因此「人應該是錢的上帝而不是錢的奴隸」。得出這個結論以後，()就在他小小的心靈中暗暗地下定決心：決不做像葛朗台那樣的大款，成為一個守財奴——金錢的奴隸；反過來自己一定要成為金錢的主人——讓金錢成為自己的奴隸。當金錢成為奴隸之後，對待它們的辦法就是——蹂躪它們、踐踏它們、使用它們、鄙視它們，不把錢當錢看。這才是一種境界。超越了葛朗台的、脫離了低級趣味的、丟掉了小市民習氣的全新的金錢觀。

為了蹂躪、踐踏金錢，()想了一個令人拍案叫絕的辦法：就是將金錢丟進最黑暗、最骯髒、最無恥、最下賤的地方。這個地方是一個什麼地方呢？哪一個地方才能符合這樣嚴格的標準呢？在()經過多方的考察、研究、實踐之後，他最終把這個地方定位在陰暗的洞洞舞廳、偏僻潮濕的髮廊、居民區中不起眼的按摩室。對了，把錢丟進這些地方，就是對錢的最大的傷害與污辱。

自從田其二與()分手之後，有很多善良的讀者通過各種途徑問我：沒有了田其二，()性生活方面的問題如何解決？

這些善良的讀者此時急切的心情我是很瞭解的。因為有一句俗語說：「溫飽思淫欲」。()不僅解決了溫飽問題，而且他還超越了溫飽，成了一個響噹噹的大款。所以他要思的淫欲就比常人更多，要解決這俗話說的「一泡口痰的問題」也就更具體。既然說到了一泡口痰的問題，我就順便說一說這個典故：傳說，有一個母親懷了一對雙胞胎。這一天父親像往常一樣與母親做愛，做完愛之後，這肚子裡的一對雙胞胎進行了這樣的一次對話，弟弟說：「爸爸真壞。」哥哥答：「就是！來看我們就來看唄，走的時候還要吐我們一臉的口痰。」

說完故事之後再回過頭來說()的性生活方面的問題。是不是田其二走了之後他就沒有女人可以搞了呢？那一泡口痰就沒有地方可以吐了麼？其實善良的讀者大可不必操心。

因為：「一個成功的男人的背後至少會有兩種女人。」

請注意，是兩種而不是兩個。「一個成功的男人背後都有兩個女人」，這兩個女人是可以確定的，就是：一個母親、一個妻子。「一個成功的男人的背後都有兩種女人」，一種是外向活潑型的，一種是內向文靜型的。前者一般都是對大款主動出擊，把大款的錢掏出來塞進自己的口袋；後者則是害羞含蓄，讓大款倍覺憐愛，而主動地將鈔票大把大把地塞進她的口袋。

前面我寫到——()在讀中學的時候就立志要侮辱、糟蹋金錢，立志要將鈔票丟進最骯髒的地方。抱著這種理想與目的，()去了他不該去的地方：洞洞舞廳。

那裡的燈光很暗，暗到幾乎看不清人的臉，但是，這種光線不會暗到分辨不出男人和女人的臉。恰到好處的，光線中還能夠分辨出女人的臉，()在一個角落裡看到一個女子孤獨地坐在一張椅子上。昏暗晃動的燈光下，她瘦弱的身子一晃一晃的，像是漂浮在水面上的一塊油墨隨著時間的流逝或是一點點的風吹草動，就消失不見了。這讓()產生了一種想要保護她的衝動，在心底幾乎就要死去的英雄主義在這時突然間復活了，()擠過擁擠的、抱成一團蠕動著的男男女女，徑直地來到這個女人的面前……

我們再把視角轉到她這一邊，這時她吃驚地看到出現在眼前的是一個大大的()。她已經這樣坐了很久了，自從下崗以來，一同下崗的女同事就叫她過來這邊陪男人跳舞。她來了，也許是因為她太瘦弱讓人摸起來沒有感覺，也許是舞伴們要求與她「磨」的時候，她表現的不是那麼的積極主動，甚至還有些躲躲閃閃的。所以在才來的頭兩天還有人請她跳舞，再後來就再也沒有人來請她了。因為沒有任何的收穫，本來她也是不想再來了，但是與她一個廠的也是下崗了的男朋友——月之艮（在後面寫到腿時他將會出場）——卻對她說：「你怎麼還不去舞廳，難道說讓我去嗎？我去只能是去花錢、丟錢，你去呢或許還可以找到一點錢回來。去吧，去找一點錢回來，沒有錢我們怎麼結婚。」

於是，她就像是中了魔法一樣迷迷糊糊地又來到了這個洞洞舞廳。可是就在她下定決心墮落的時候，卻沒有人來找她「磨」了。那些老舞客們還認為她是那麼的不合時宜——在正確的時間出現在了一個錯誤的地點。於是她只有找一個角落孤獨地坐下，一直到舞廳中晃動的燈光熄滅了，她才跟著散去的人流一起離開，消失在這個城市茫茫的夜色之中。

現在，在她的眼前出現了一個大大的()，她覺得有一些詫異。順著()看上去，她看到了一張肥胖的臉。

這張臉上的嘴動了一下：「我能請你跳舞嗎？」

她在心中歎息道：「我等了那麼久，終於等到了。」

()還以為她在猶豫，再說了一遍：「我能請你跳舞嗎？」

她跳竄一般地站起來說：「可以。為什麼不可以？可以。」完全失去了坐在那裡的那種矜持。好在舞廳裡的音樂聲音很大很吵，()沒有聽清楚。

()的肚子很大，高高地頂著，像是一個人躺著在看一座山峰。她摟著他的腰的手幾乎是無法彎曲，才能勉強的將()的腰扶到。

在跳舞時，()儘量將頭向她靠過去：

「小姐，怎麼稱呼？」

「姓——柳，名——腰。」

腰：)(

「真是一個柳腰，你看我幾乎一把就可以握過來。」說著，()把手從她的腰上抽出來，用拇指和食指在她的眼前比了一個圓形——○——的形狀。

「先生，您貴姓？」柳腰問。

「我叫()，發音是肚子。不過，有文化的人會把它稱作括號或括弧。因為老師就是那樣教的。我很理解他們，因為他們就是靠這活著的。」

「哈哈，你的這個名字真是很象形，是中國文化的一種最好的繼承。」

舞廳裡面的燈光很暗，恰到好處地表現著曖昧的顏色。在這種燈光下不犯錯誤是很難的，這需要有一種英雄般的決心。我注意地觀察了一下四周，確信這確實不是一個英雄的時代，因為我看見所有的男女都摟抱在一起，緊緊地貼著。男人們的手專撿女人身上重點的地方胡亂摸著。「一個中心、兩個基本點」。()同樣是一個男人，同樣不是一個英雄，他的手在柳腰的腰上還沒有放到半分鐘，就轉移到了她的胸部，又還沒有停留到一分鐘，他的手又向下移，伸進了她的下半身，先開始還在內褲的外面摸著，也許是覺得不夠直接，他沿著她內褲的邊沿想摸進去。

她將他的手拿開。

他說：「讓我摸一下。」

她說：「不行。髒。只能在外面摸。」

他還以為她是說她的那個地方髒，回答說：「不怕。我還要用嘴親它用舌頭舔它呢。」

她說：「笨。我是說你的手髒。」

就這樣，他們摟抱在一起站了一會兒。過了一會，他又將手伸進了她的內褲。她再一次將他的手拿開，態度很是堅決。

「我想摸一下。就一下。」

「下一次吧。你下一次再來，我就讓你摸。」

「好。明天我一定來。」

「等著你。」

……

離開的時候，作為對金錢的污辱，他往她的胸罩裡塞進了一張百元大鈔。

正如他們之前約定的那樣，他們第二天都來了。這在這個信用缺失的年代這的確讓人感動。正如他們之前約定的那樣，第二天她果然讓他用手伸進了內褲，摸了她的「那兒」。這在這個信用缺失的年代這的確讓人感動。

不同的是：他想將手指插進去時，她對他說：「不行。只能在外面摸一摸。」他對她說：「就一下。讓我用手指插進去一下。」

她說：「髒。」

他說：「我來的時候才洗了手。」

她說：「笨。我不是說你的手髒，我是指我的『那兒』髒。」

他說：「不怕。我還要用嘴親它、用舌頭舔它呢。」

她說：「明天吧。明天你來我就讓你的手插進去。」

他說：「明天我一定會來。」

……

作為對金錢的污辱，離開的時候，他在她的內褲裡塞進了兩張百元大鈔。

正如他們之前約定的那樣，他們第二天都來了。這在這個信用缺失的年代這的確讓人感動。正如他們之前約定的那樣，第二天她果然不僅讓他用手伸進了內褲，而且還讓他用手指插進了她的那兒。這在這個信用缺失的年代這的確讓人感動。

不同的是：手指插進去了之後，他對她說：「濕了。」她害羞地答：「人家就只有這優點。」他說：「我想要。」她說：「不。我有男朋友了。」他說：「連女人都養不起還是什麼男人？不要他了。」她沒有說話。他知道她的意志有些鬆懈了，將嘴巴貼近她的耳朵說：「我想要你。」

而她幾乎就要癱軟下去了：「下次吧。下次。如果你明天還來的話。」

……

離開的時候，作為對金錢的污辱，他在她的褲襠裡塞進了三張百元大鈔。

可以確定，正如他們之前約定的那樣，第二天他帶她去開了房──在這個信用缺失的年代這的確讓人感動。那是一個四星級的賓館，管理很完善，我無法一直跟他們進到套房裡觀察他們具體幹了些什麼、是怎樣幹的。所以就無法告訴你們他們在那間套房裡發生的一切。不過具體的情形大家也都猜得到，無非就是一些人性的表達。一種人類原始本能的活動。

我只有堅守在賓館的大門口等他們出來。

第二天早晨，他們從賓館裡出來了。他們疲憊的神情讓人擔憂。我的頭腦裡浮現出了一個場景。猛然間我有一種衝動，想要像浮現出腦海中的場景那樣，走過去對他說：「大款，您要注意身體呀。」

（身體是革命的本錢。身體更是賺錢的本錢。身體同樣還是花錢的本錢。沒有一個好身體什麼事情也做不成。有人說身體是1，其他的指標則是後面跟著的0，沒有前面的1，後面有再多的0，都是等於0。）

但是我沒有走過去對()說這句話。也許是我天性害羞的緣故。也許是「事不關己、高高掛起」的文化傳統。總之，我沒有走過去，而是靜靜地躲在一邊觀察。我看見他的手緊緊地摟著她的腰，呈現出)(的形狀。

在一個丁字路口，他們停下了。他們站在那一豎上面，風在他們對面的那一條橫著的街道上直上直下地奔跑。相對地他們所處的環境很安靜。他們的衣袂並沒有被風吹起，形成一種衣袂飄舞的活潑場面。他們像是處在一個避風港中。很安靜，所以每一個字都可以很清晰地傳出來：

「你別再陪人跳舞了，到我的公司來吧。」

「可是……我什麼也不會……」

「很簡單，只是幫我接聽一下電話，給客人倒杯茶水。」

「好。我什麼時候來上班？」

「明天吧。明天。」

說完後他們分開了，她走進了風正在奔跑著的那條街道。一下子她就陷入了風中。一下子她的衣袂就被吹了起來。飄飄揚揚的，遠遠地望過去很容易讓人聯想起古代的驛道上行走著的俠客。一下子我就看不見她了，她像是被一陣狂風給吹走了。

第二天，柳腰來到了()的公司。

()對她說：「今天你什麼也別做，先熟悉一下環境。」

柳腰環顧了一下四周，問：「怎麼沒有其他的人？」

()說：「別找了，只有我一個人。做書商的，一個人就足夠了。如果需要寫什麼書，只要一個電話就可以了。找寫手寫。我的電話本上有一大堆這樣的寫手，雖然寫的品質不高，但是他們能保證速度，你要求什麼時候交稿他們就什麼時候交稿。況且價格也便宜，一本書只要付給他們三四千元錢就是了。」

柳腰吃驚道：「那麼便宜？」

()說：「你不知道，寫手們兩三天就可以製造出一本書。在他們的手中有一大堆的資料、書籍，東抄一點、西拼一些，一本書就炮製出來了。這種錢賺得還是很舒服的。」

柳腰說：「那不是害了買書的人了麼？」

()說：「你不知道，這是一個會讀書的人不買書，而不會讀書的人亂看書的時代。所以認真寫的書是賣不出去的，因為沒有人能靜得下心來讀書。你不知道，這些年來我做的書，凡是我感覺是好書的都走不動，而我感覺是爛書的書卻出人意料地走的很好……唉，有的時候，我真的在懷疑自己是不是在審美上出了什麼問題，是不是在判斷上還停留在過去。而沒有與時俱進……唉，有的時候我真的感覺到自己很痛苦。」

柳腰看到他傷心的樣子，感覺到自己的心也在隱隱地痛箸。她走上前去，輕輕地愛撫著()的臉，就像是一個妻子或一個母親一樣。

()覺得自己有些失態，他一下子就恢復了他慣常的那種冷漠：「不過……你也別擔心……雖然我在審美上沒有與時俱進……但是在具體的出版上我還是與時俱進的……凡是我判斷是好書的書，我是絕對不會出的，凡是我認為是爛書的書我一定會出，而且還要多出，否則我又怎麼能夠成為現在的這種大款呢？」

聽到這裡，柳腰欣慰地笑了：「就是。我正怕你犯傻呢。」

()得意地說：「我那麼聰明的人，怎麼會犯傻呢？你看，當年文化吃香的時候我是一個著名的詩人，現在錢吃香了我又搖身一變成了一個大款。這才是把握時代脈搏、緊跟時代潮流的與時俱進的精髓。放心吧，我會賺很多很多的錢。讓那些掏錢買書的人去犯傻吧。」

柳腰在()的公司，除了幫助()解決一些「個人問題」與公司的雜務之外，就是上上網，聊聊天。在剛上網的時候，有人問她叫什麼？她答道：「柳腰。」

「柳腰？」那個問她的人又問道：「是像)(這樣的細細的麼？」

她說：「是的，很細，握著可要小心喔。一用勁就會斷了。」

那個人說：「我可真想握一握哩。」

她說：「你在哪？」

那個人：「很遠。很遠。」

她說：「遠在天邊？」

那個人：「是的。但是，後面的那四個字——『近在眼前』——在現在不適用。」

她說：「遠水解不了近渴。」

那個人：「精神。用精神解渴吧。上帝無處不在。精神的力量是無限的。」

她問：「你是誰？叫什麼名字？」

那個人：「現在不能告訴你，該告訴你的時候我就會告訴你的。」

她問：「你是上帝嗎？」

沒有回答。那個人的頭像閃了幾下之後，就由彩色的變成為黑白的了。那個人在網路的那一頭消失了。

自從有了這一次交流之後，柳腰猛然間靈犀洞開。從此，她在網路上為自己註冊了一個無法發音的名字——)(。

書呆子都這樣稱呼她：反括弧正括弧。

只有熟悉她的人才能夠——有資格——正確地稱其為：柳腰。在網路上，只要有人稱她為柳腰，她就會跟他一起進入聊天室，開一個包間。在那個私密的空間裡什麼都可以談，只要你想說、只要你敢說。

精神的力量是無限的。過過乾癮罷。精神的力量是無限的。

在網路上，)(通常還是會遇到那個人。

通常那個人會說：「我的手放在你的——)(——柳腰上了。」

)(：「我已經感覺到了。」

那個人於是就會說：「我們一起進包間吧。」

)(：「我聽你的。」

那個人：「來吧……我來開門……開了。好，請進吧……」

)(：「你真像是一個白馬王子。」

那個人：「小心。有一個門檻。別絆著了。」

進了門之後，)(說：「把門鎖好，別讓別人闖進來了。被人看到那可就難為情死了。」

那個人：「如今、現在、耳目下，像你這樣還會臉紅、害羞的女孩已經是找不到了。」

那個人把手從她的)(上放下來，說：「我就是喜歡像你這樣會害羞的女孩。我曾經花了十萬元在報紙上登過一個整版的廣告，要找一個處女做女朋友。」

)(問：「找到了嗎？」

那個人答：「如果在現實中找到了，我就不會到這個虛擬的空間裡來找了。」

)(這樣「:(」哭了一下說：「你是說我是假的了？假純潔、假臉紅、假害羞？」

那個人說：「不是。我是不敢面對現實。你不知道，廣告登出來之後有多少人報名。光整理材料就用了一個星期，然後是到醫院婦科體檢。她們人人都說自己是處女，可是醫生檢察的結果出來之後卻發現她們沒有一個人是處女。」

)(這樣「:)」笑了一下說：「還是有好女人的。真正的好女人是不會通過這種方式找男人的。」

那個人說：「是的。我也是這樣想。好女人不是沒有，而是她們都太害羞了。比如你。」

最後在他就要消失時，)(問道：「告訴我，你是誰？難道你是上帝？」

那個人說：「該告訴你的時候我就會告訴你的。」

)(剛把「那個日子還有多久？」這八個字打出來，那個人頭閃了幾下之後就變成黑白的了。他走了。總是不給她留下一點時間與空間。

有一天，)(打開電腦，對話窗的燈就閃爍了起來，她點開一看，標題是寫著：「我是上帝，你們的日子不多了，我命令你們打開附件。」

難道說是他？)(點下了附件中的確認鍵。

於是，電腦螢幕上出現了這些字：

腰者，要也，正居七節之間，前通臍，後通腎，上行夾脊至泥丸，下達尾閭督血脈，性命之大關，此所以為要也。內實而外則隆，外美而內自優。肥厚圓潤乃福祿之人也。若細而狹，薄而側，乃貧賤之徒也。直而厚者，福壽。肥而圓者，富貴。嫋而曲者，淫劣。細而弱者，貧夭。背高而腰細者夭，腰高而臂高者貧，有背無腰初發中滯，有腰無背初困中享。

正是：腰宜端圓兮，龍為背之儀表，富貴可推兮乃肥圓圍繞；淫賤兮，多斜嫋；貧困兮，多狹小；腰細蜥蜴兮，心遭厄兩少；腰如豐字兮，定安享而無了；腰細臀高兮，破家都為奇嬌；燕體豐腰兮，性命如何不早夭。

「封建迷信。騙人的鬼把戲。」

)(看到這些，氣得只想把這個剛打開的視窗關掉。因為)(就是細腰。這裡面說的全是壞話。細腰有什麼不好？男人喜歡。女人愛看。每走到街上，總有一些女性像狼一樣地盯著她說：「你看她的腰多細，多好買衣服。」每當聽到這，)(就把自己的頭高傲地仰起。

現在電腦一直關不掉。當機了。)(只有把電源的插頭拔掉。硬關機，而後再重新開機。可是當螢幕亮起來時，出現在螢幕上的還是這些關於腰的文字。

「一定是有人故意在氣我。妒忌我的腰細。」

「也許是遭病毒了。」

「也許是上帝真正的來臨了。那個日子——末日——真正的來臨了。」

)(在一瞬間頭腦裡閃現出了無數的念頭。像是有人往她的腦袋裡丟進了一串點燃的鞭炮。

又一天，)(剛爬上網，就看見那個人的頭像又閃了起來。)(用了好長時間才給他發了一條消息過去。說：「我遭病毒了。機器速度慢得像蝸牛。」

過了很久，她才收到那個人給她發過來的消息：「我給你發了一個專殺這種病毒的郵件，你把它下載下來就可以把毒殺了。」

)(把那個郵件下載了下來，果然出現在螢幕上的那些文字就消失了。電腦的速度也恢復了正常。

)(說：「好了，謝謝你呀。我們進包間吧。」

那個人說：「我摟著你的腰了。」

)(說：「我感覺到了。」

那個人說：「小心，這兒有一個門檻，別絆著了。」

)(說：「你真好。為什麼？為什麼要對我那麼好？」

那個人說：「對一個人好需要理由嗎？」

)(說：「世界上沒有無緣無故的愛，也沒有無緣無故的恨。」

那個人說：「你是我碰到的惟一一個處女，我不對你好對誰好。處女的這個陣地，不由我以我的呵護的方式來佔領，難道要由那些流氓用他們的插入的方式來佔領？」

)(說：「可是，我的命不好。我怕連累了你。」於是，)(就將「上帝」發給她的那些文字的內容說給他聽。

那個人說：「你不用擔心，那是古代的算命看相的，對現在已經不適用了。你想想看，在古代，物質相對比較匱乏，所以能吃成一個膀大腰圓的人，當然一定會是一個富人。而現在時代不同了，物質已經是非常的豐富了，要吃成一個膀大腰圓的樣子已經是很容易的事情了。反過來，要把身上的肉減去，則就不是那麼容易了。打個比方吧，你只要花一百元錢就可以很容易的讓身上長出一斤肉；而花一千元錢，卻不一定能從身上減去一斤的肉。這樣從經濟規律來講，瘦下去就比胖起來要更值錢。因此，那個算命的東東應該顛倒過來才能跟得上時代的步伐——細腰的命好，胖腰的命不好。」

)(說：「你這樣一說我就豁然開朗了。我真的是好崇拜你呀。」

那個人說：「崇拜我？就讓我親一下。」

)(說：「親吧。」

那個人說：「親了。」

)(問：「親了哪兒？」

那個人說：「腰前面的正中間的地方——肚臍。」

)(說：「討厭……你可是直奔下三路呀……好癢啊……不過……你還算是君子，沒有向下再移三寸。對了，你親了俺，就要娶俺。你要負責任，人家可是第一次。」

那個人答：「放心吧，我就是為了負責任才打算找一個處女的。」

)(說：「你真好。真的。真好。我就給了你吧。」

那個人說：「不行，我們還沒有結婚。我不能讓一個處女在結婚之前在我的手裡變成為一個女人。等等。等結婚了再那樣……向下移三寸……吧。」

)(問：「你是不是有病？」

那個人答：「我很健康。」

)(說：「我不相信。」

那個人說：「等結婚後你就會知道我的威力有多麼的大。」

)(問：「什麼時候？什麼地點？究竟還要等多久？」

那個人答：「別急。那會是一個春天。晴空萬里。你站在萬花叢中。蝴蝶在你的身邊飛舞著。我騎著一匹白馬從遠方飛奔而來。你在花叢中狂笑著迎接我的到來。」

)(驚喜地說：「你看看窗外，現在就是春天耶。我的窗外到處都開滿了鮮花。」

那個人說：「別急。好事多磨。這個春天就要過去了。這個春天過去了，下一個春天還會遠嗎？」

)(央求著說：「我們先訂婚吧！就在網上。」

那個人說：「好吧。我聽你的。」

第二天，他們就在網上訂婚了。由於這是第一對在網上訂婚的男女，所以引來了很多的客人。這是一個凡是第一就是新聞的時代。以致造成了當天網路的塞車。來的客人雖多，但是一般都是來也匆匆去也匆匆。說一聲：「恭喜」、「祝賀」，就走了。

只有一個人給)(留下了深刻的印象。這個人丟下了一句：「訂婚是人類不守信用而生下的怪胎」就走了，丟下了一個酷酷的背影，讓)(一輩子都無法忘掉。

訂了婚，等來訪的客人都走完了之後，他們也都覺得累了，正準備各自回去休息。)(這時才猛然想起還不知道那個與自己訂婚的人的名字。

於是便問：「告訴我你的名字再走。現在是時候了。」

那個人說：「姬邑。」

陽具：(!)　陰道：)◦(

「姬巴？」

「是這樣，有很多人都會把它讀成雞巴。正確的應該是這樣發音——姬（ㄐㄧ）邑（ㄧˋ）——一般人都會把『邑』（ㄧˋ）字讀成『巴』（ㄅㄚ）。」

「噢！我可憐的ㄐㄧ)(ㄅㄚ。」

沒等)(說完，姬邑的頭像閃了幾閃之後又變成了黑白的了。他不見了。「都訂了婚了，還是這樣不著邊際的到處亂跑」，)(氣憤地想。

但是，還沒有過半分鐘，)(的氣就消了。她退出)(的ＩＤ之後，又換了一個)◦(的ＩＤ登錄上來。

花開兩朵，兩朵一起摘下。

且說姬邑在)(的眼前消失了之後，他又馬上換了一個(!)的ＩＤ上網。才換了ＩＤ，他就高喊道：「我要一夜情」。正如往常那樣，沒有一會兒)◦(就出現了。

一看到)◦(出現了，(!)馬上就跟她打招呼：「我一直在等你。」

)◦(說：「你是男人當然應該你先來。」

(!)問：「我該怎麼稱呼你？總不能這樣叫你——反括弧、句號、正括弧。那樣稱呼你會累死的。」

)◦(說：「我叫英道。」

(!)吃驚道：「什麼？你叫英道？」

)o(罵道：「TMD，你看清楚一點。」

(!)說：「沒錯呀，是英道嘛。」

)o(說：「你把字放大兩號再仔細看看。TMD。」

(!)說：「噢。看清楚了，原來你叫英遒（ㄑㄡˊ）。你的父母怎麼會給你起這樣一個容易看錯的名字？噢，不過這個名字也不錯、很好，英勇而有力。」

)o(說：「你說的也是，經常有人故意將這兩個字讀成陰道（英道），占我的便宜。」

(!)說：「就是，你看到沒有？我()肚子下面的『!』雞巴都直起來了。」

)o(說：「你急老娘比你更急，你仔細看看，我的)(腰下面的『。』洞洞是不是已經打開了。」

(!)說：「靠，真的是圓圓的一個好洞。」

)o(說：「靠，你比老娘還要流氓。」

(!)詭詐地這樣:)笑了一下說：「這真是流氓見流氓，兩『眼』淚汪汪。」

)o(故做無知地這樣:(哭了一下問：「你為什麼要在『眼』上打一個引號。」

(!)大笑著說：「笨。我指的是那個地方的『眼』呀。你一個『眼』，我一個『眼』，加起來不就是兩個『眼』了麼？」

)o(撒嬌地說：「你好壞呀。」

(!)嚴肅地說：「『男人不壞，女人不愛。』不得不壞，不能不壞。否則就連老婆也找不到了。」

)o(說：「你是學壞了，我喜歡你。可是你喜歡我什麼呢？你為什麼要喜歡我呢？」

(!)說：「我就討厭那些裝著淑女的人，說了半天就是不肯上床。這不是浪費別人的時間嗎？在這個時間就是金錢的時代，只有沒有錢的人才有時間泡妹妹，只是他們有了時間又沒有錢，想要上館子，沒有錢；想要開房，還是沒有錢，於是不管花了多少時間，他們還是泡不到妹妹；相反的，我是有了金錢卻又沒有了時間，於是只有節省時間、速戰速決。有一位哲學家就很理解我們，他為我寫下了這樣一句話——浪費別人的時間，無異於謀財害命。」

)◦(說：「我就是喜歡你這樣的人，說泡就泡，說幹就幹，完事了就給錢，一點也不拖泥帶水。效率可高了，遇到你們這樣的人，一天都可以多做好多樁生意，可以多賺多少錢？數都數不清。哎，不行，我得去將數學學好。哎，你剛才說什麼？那個哲學家給你寫了什麼東東？」

(!)說：「浪費別人的時間，無異於謀財害命。」

)◦(說：「不是這句。哎，我也記不清楚了，好像是前面一點的……」

(!)說：「是這句麼，『時間就是金錢』？」

)◦(說：「哎。對。對。就是這句話。你把它送給我好嗎？我喜歡這句話。」

(!)說：「你喜歡就拿去吧。」

)◦(在(!)的臉上親了一下說：「你真可愛。謝謝了哦。」

下了網)◦(從公司裡出來，她站在一個街口上，停了一下，像是一條水源不足的水流正在等待後面的水流到來，充足了之後再向前邁出步子。過了一會兒，)◦(像是下定了決心，一下子就邁開了步子走過了街道，再一轉就進入了一條小巷。

這是一條窄而深的巷子，街兩邊的房子雖說低矮，但是由於修得擁擠，再加上排水不好，整個小巷顯得潮濕而陰暗。有一段牆上有一個缺口，陽光更多地照進了這一地帶。斷牆處有一株小草，草葉已經枯黃。但是在小草的斜對面，小巷靠近地面上的一角，開著一朵小白花。可以看得出來這是一朵菊花，本來是可以開成拳頭般那樣大小的花朵來，但是由於營養與水分的不足，它看起來更像是一朵野花。陽光穿透斷牆直直地照射在這朵小花上，使它白得耀眼奪目。小小的花朵、細細的葉瓣，讓每一個會心痛的人心痛。只有我知道這朵小花的來歷。這是一個小女孩去年的秋天在這個地方葬下了一朵菊花。那是一朵成熟飽滿的花朵，結結實實地沉入了地底。

至於為什麼那個小女孩要在那個時間這個地點葬下這樣一朵花？我能夠提供的歷史佐證就是：那個時間正在播放電視連續劇《紅樓夢》。那個小女孩的家就住在這個地方向前走五十米的地方。站在小巷中向女孩的家裡望去可以看到她家的窗台上放著一盆菊花。

為什麼要提到這朵與故事無關的小花？這是因為)。(走過的這一路上再沒有什麼新穎的東西值得描述的。其他一切都是那樣的古老，成百上千年了，就像是殭屍一般橫陳著。也許是因為時間太久遠了，這條小巷的歷史被人們忘記了，而沒有人能夠進行「描述」罷了。

)。(穿過這條小巷，盡頭一個圓形的碉堡，出現在那兒。像是為了給這條小巷打一個句號。也像是為一些人的生命在這裡打上一個句號。據說，當年國軍在這裡，為了攻下這個碉堡，而從這條小巷上不斷地向日軍的碉堡發起了進攻。從這個句號般的碉堡裡噴出了一條條火舌，為那些衝向敵人碉堡的戰士們的生命劃上了句號。據說，當年在這條小巷裡倒下去的戰士很多，以至當時這裡成了一條屍巷，屍體越積越高，最後形成了一個屍體堆成的斜坡，最後一個戰士手中抱著一個炸藥包站在屍體上，敵人的機關槍掃射過來，戰士倒下了，死了，但是他並沒有因此而停止下來，戰士順著斜坡向前面滾下去，一直滾到了碉堡的下面，就在戰士撞到了碉堡時的一瞬，一聲巨響，炸藥包爆炸了，奇怪的是敵人的碉堡並沒有被炸掉，它還是完好無損，但是碉堡裡的機關槍卻啞了。據說，碉堡裡面的敵人是被巨大的爆炸響聲給震死了。據說這個碉堡的牢固性引起了建築專家的關注，曾經組成了一個專家小組進行研究，至於得出了什麼結論？由於專家小組沒有對外公佈過，所以沒有人知道這個碉堡為什麼這麼堅固。於是，人們只知道這個碉堡很堅固，卻不知道它為什麼這樣堅固。有一個民間的研究者曾經說過這樣一句話：「這個碉堡的設計者忽略了一個細節——隔音。否則就真的可以說是完美了。」言下之意好像是說，如果這個碉堡能夠隔音，那麼國軍是無論如何也攻不下這個碉堡的。據說，在當時正在流行的紅衛兵小將，敏銳地聽出了他的話外之音，立即對他的這種思想進行了批鬥及教育，並決定要拆掉這個罪惡的碉堡。可是一直到文革結束了，這個碉堡還是留在那兒，紋絲未動。是嘴上說說而已，沒有行動、沒有拆？還是拆了，但拆不掉？在那個說打就打、說幹就幹的時代，我想後者的可能性更大。有傳說，天不怕地不怕的紅衛兵小將也奈何不了它，因為只要拿著鐵器站到碉堡的頂端就會令人費解地掉下碉堡。於是，這個碉堡至今還是那麼不合時宜地站在那裡。沉默、冷靜得像一塊鐵。

)◦(穿過小巷的盡頭，走到這個碉堡的下面，進入了那個黑洞洞的大門，沿著一架旋轉的樓梯一直走上了碉堡的頂端。透過朝東邊的一個射擊孔，她可以看到她以前工作過的那個工廠，後來她下崗了，便離開了工廠。現在她還有一些姐妹在那兒工作，拿著一個月四百元錢的工資。

生存。

存在。

在生。

生活。

活著。

每回想起姐妹們的時候，)◦(就要來這裡看一看。這裡可以看到工廠的煙囪裡冒出濃煙，像是往這個城市的天空灌入雲的棉絮，於是這個城市常常是被黑雲壓著，像是這個城市怕冷，但是事與願違，這個城市變得更冷起來了。它需要更厚的被子？按照通常的經驗是。如果還冷那就是證明了被子不夠厚，只有再把被子加厚，於是工廠的煙囪便義不容辭地把更多的黑煙送上天空。天空中的雲層更厚了，可是這個城市卻又更陰冷潮濕了。是被子還不夠厚？按照往常的經驗來說是……於是工廠的煙囪便義不容辭地把更多的黑煙送上天空……天空中的雲層更厚了，可是這個城市卻又更陰冷潮濕了……

如此進入了一種惡性的循環之中。

站在碉堡的上面，)◦(向前面望去，在眼前的一塊空地上有很多人在陽光下喝茶、曬太陽。在這個缺少陽光的城市，只要晴天就有很多人出來，坐在太陽下面喝茶、聊天。

今天這樣陽光燦爛的日子真是少見。工廠裡的煙囪沒有黑煙冒出來。從工廠的廣播裡卻傳來了田其一的聲音：「親愛的聽眾朋友們，今天是英遒的生日，我在這裡特地為她播放一首她最喜歡聽的歌曲《五月的風》。」

)◦(感動得想要哭。

)◦(就是這個毛病，為此她還專門查過一本書，書上說她的情商較高。是屬於感性的那一類的人。說直白一點就是容易付出感情、容易受騙。

對面的廣播裡清晰地傳來了周璇演唱的歌：

五月的風吹在花上，
朵朵花兒吐露芬芳。
假如呀花兒確有知，
懂得人海的滄桑，
她該低下頭來哭斷了肝腸。
五月的風，
吹在樹上，
枝頭的鳥兒發出歌唱。
假如呀鳥兒是有知，
懂得日月的消長，
她該息下歌喉羞愧地躲藏。
五月的風，
吹在天上，
朵朵雲兒顏色金黃。
假如呀雲兒是有知，
懂得人間的興亡，
她該掉過頭去離開這個地方。

聽著)◦(的眼睛裡就掉下淚來。與田其一的感情是在一次熱線電話中建立起來的。那是在五月的一天，花兒開得很盛。天氣溫暖得讓人想要喝醉。那天她躺在床上，像喝醉了酒一般。太靜了，靜得就像是死了一樣，)◦(感覺到有一些害怕，她爬起來打開收音機，這時從裡面傳來了一個令她心動的聲音：「聽眾朋友們，我是田其一，現在是我為大家主持節目。這是一個紅色的五月，山上的花兒開了是紅色的，姑娘們脫掉了冬裝換上了春裝是紅色的，戀人們羞紅的臉是紅色的。在這個紅色的五月，我為大家送上一首周璇唱的歌曲《五月的風》，希望聽眾們喜歡。喜歡這首歌的聽眾可以播打我們的熱線電話，談談自己的看法，讓我們共同分享歌曲帶給我們的快樂。」

)◦(聽得如癡如醉。歌唱完之後她立即就撥打了那個熱線電話，「嘟……嘟……嘟……」通了，她拿起電話，卻聽見電話裡頭有兩個人的說話聲音，是電話串線了：

「我叫聶只一，我真的很喜歡你。沒有你的聲音我的世界將陷入黑暗之中。我愛你，每回一聽到你的聲音，我的生理反應就特別的強烈……就像是要爆炸一樣……我要死了，如果不看到你我就會死，求求你救救我吧。我不要只聞其聲、不見其人……我要又聞其聲、又見其人……」

「這位聽眾，你不要再打電話來了好不好。這裡不歡迎你。我也不歡迎你。你愛聽不聽，我不會讓你又聞其聲、又見其人的。『一舉兩得』，哪裡有這等好事？」

「求求你。求求你了。救救我吧。救救聶只一。我要死了。好女人不會眼睜睜地看著一個愛她的人死去。你不是那樣的人，對嗎？」

)◦(聽了氣就不打一處來，她對他罵道：「聶只一，你神經病呀。變態、病態、失態。你馬上給我表態，說：『我他媽的馬上滾，永遠不會再來騷擾田其一小姐。』否則本小姐找幾個哥們把你的耳朵給廢了，看你還聽什麼聽？讓你永遠的陷入『聲音的黑暗』之中。」

)◦(的話像是一顆炸彈炸開了，聶只一的那頭立即就沒有聲音了。電話裡頭安靜了一下。之後，田其一說：「謝謝，謝謝你呀。你的聲音真好聽，你叫什麼？可以經常給我打電話麼？」

)◦(說：「我叫英遒。」

「英遒！多好聽的名字呀！英武！遒勁！真是太好聽啦……！」田其一在電話的那一頭驚詫詫地叫道。（讀者也許會覺得田其一的叫聲有一些誇張，有點兒像是大陸的演員在演話劇。與大家一樣我當時也是這樣想。因為對於田其一與英遒的故事來說，我也是一個讀者。只不過我是一個直接的目擊者，而你們是一個間接的讀者罷了。）

)◦(的聲音像是一顆炸彈在田其一的心裡炸開了。她覺得)◦(罵聶只一的聲音才是真正的有力量的聲音。那種穿透力透過細細的電話線，走了那麼遠的路，還是那麼的有力。

田其一感覺到聶只一在電話那頭顫抖了一下之後便一下子掛上了電話——像是逃跑，像是看見了一頭母老虎，像是在一個黑暗的夜裡猛然被人在腰間比起了一把匕首。

田其一覺得自己愛上)◦(了。

這一天下了節目之後，田其一就給)◦(打了一個電話，說：「那一次真的太謝謝你了……如果不是你……我……就……」

沒有等她說完)◦(說打斷她說：「沒有什麼，大家都是女人，女人不幫女人，幫誰？」

田其一小心的問：「你今天晚上有空嗎？」

)◦(說：「也可以說有空，也可以說沒有空。就看你有什麼事了。」

田其一說：「我想請你吃個晚飯。」

)◦(問：「吃完了晚飯呢？」

田其一答：「去喝咖啡，你說好不好？」

)◦(問：「喝完了咖啡呢？」

田其一答：「就去跳慢舞，你看怎麼樣？」

)◦(問：「跳完舞之後呢？」

田其一答：「你就送我回家吧。你說好不好？」

)◦(問：「送你回家之後呢，幹嘛？」

田其一答：「我們就一起睡覺，好嗎？」

)◦(說：「我可是會犯錯誤的喲。」

田其一答：「你真壞……女壞人……我正是想要你犯錯誤呢。」

)◦(說：「女人不壞，女人不愛。」說著她哈、哈、哈、哈……地大笑起來。

田其一問：「你還沒有回答我，你到底有沒有時間呢！」

)◦(說：「有時間，當然有時間。我什麼都沒有，就是有時間。」

她們約定晚上六點鐘在飄香酒樓的樓下見面。還差十分鐘才到六點，田其一就到了酒樓的下面，一個迎賓的小夥子問：「請問，吃飯嗎？」田其一點點頭。那個小夥子又問：「有沒有預訂？」田其一不耐煩地說：「你讓我把人等到了再問好不好？」說完就伸長脖子踮起腳尖向遠處望著。

那個小夥子識趣地站到了一邊。立馬他就成為了一個擺設。

六點整，)◦(到了。田其一迎了上去，說：「遠遠的一看到你我就知道是你，你看你細細的腰，圓圓的臀。」進了酒樓之後，她們坐下來，田其一將功能表遞給)◦(說：「隨意點，今天我請客。」

)◦(點了一個「胖胖的第二次受難」（回鍋肉）、一個「清清白白」（青菜炒豆腐）、一個「血紅雪白」（番茄拌白糖）。田其一說：「怎麼只點素的？點幾個葷的吧。」)◦(說：「太貴了，你看這幾個素菜全部都要近百元，再加一點肉星星進去就上百了。」田其一說：「你隨便點吧，我做主持人還是有一點兒錢。況且我現在是一個人，也沒有地方花錢。」)◦(問：「你平時不花錢買衣服嗎？」田其一說：「我們主持人身上穿的衣裳都是專賣店贊助的。」

吃完飯之後，田其一對)◦(說：「我帶你去一個地方。」

)◦(問：「什麼地方？我們不是說好了吃完飯之後去喝咖啡嗎？」

田其一說：「你就跟我來吧。」

)◦(跟田其一走進了一個名叫「寶姿」的時裝店裡。剛進門，裡面就迎出來一個服務生說：「是田老師來了呀。請進。」田其一指著)◦(說：「這是我們台裡才來的主持人，我帶她來選一套衣服。」服務生說：「您慢慢選。」說著就站到一邊去了。田其一對)◦(說：「你慢慢選，選好了在我們台上的本子裡登個記就是了。」

)◦(選了一套變種的旗袍，在大腿的部位開得很高。料子很薄，但是墜感很好，直直長長的將她包裹起來。一旦走起路來，或者坐在椅子上，從側邊看過去，可以隱約的看見裡面的內褲。

)◦(問田其一：「你看怎麼樣？」

田其一說：「很好看，你腰部的線條充分地顯現出來了，我現在終於明白了古代的人為什麼要形容細腰的女性為蜂腰了。真是迷死人了。」

)◦(高興地說：「走，我們去跳舞去。」

在舞廳裡面，)◦(與田其一摟抱在一起跳舞。)◦(跳女步，田其一跳男步。

在跳舞的時候，)◦(問：「這個舞廳裡的燈光為什麼這麼亮？」

田其一說：「這是一個高尚的舞廳，為了表現出與洞洞舞廳的區別，所以特地將燈光調得特別的亮。」

在)◦(與田其一開始在舞池裡翩翩起舞的時候，所有的人都停止了舞步——應該說是所有的男士們部停止了舞步——因為男士們都停下了，所以女人們也就只有休息了。男士們坐在椅子上目光緊緊地盯著)◦(身上穿著的旗袍。他們將目光平平的輸送過去，眼睛裡面的亮光隨著)◦(的舞步，而一閃一閃地亮著。如果有心人在這時做一次統計，那麼就可以得到這樣一個結論：在他的眼睛閃亮起來的時候正是)◦(旗袍開叉的地方張開嘴之時。這張嘴像是一個魔鬼將男人們的目光吸了進去。

男士們身邊的女士說：「我們上去跳舞吧。」

男士們目不轉睛地回答：「休息一下吧，我覺得有一些累了。」

（還沒有過三天，這個城市開始流行起了高開叉的旗袍。媒體上說是因為王家衛的《花樣年華》正在電影院熱映。別的城市我不敢說，但是在這個城市我敢說是因為)◦(在那個夜晚、那個高尚的舞廳裡，她那身旗袍的翩翩的晃動，吸引了眾多男人們的眼球。第二天，這個舞廳的所有的女人都穿起了這種高開叉的旗袍。第二天這個舞廳裡所有的男士們都安穩地坐著沒有站起來——女士們來請跳舞的時候他們只是安靜地微笑著搖搖頭，舞池裡摟在一起跳著舞的是一對一對的女士；第三天，這個城市就開始流行起了這種高開叉的旗袍。第三天這個城市的所有的男人都喜歡上了——安靜地坐著。目光專注、神情凝重。這就是我所看到的一次流行的開始與發展的過程。於是我發現只有目光短淺的人才會說：「女為悅己者容」；而目光遠大的我則總結道：「女為異己者容」。）

在回家的路上，田其一高興地對)◦(說：「你真棒。你看到沒有，那些男人的兩束目光，就像是剪刀，恨不能將你的旗袍上的開叉剪得再高一些。」

)◦(說：「其實你穿上這身旗袍也會有同樣的效果。」

田其一歎了一口氣說：「我可沒有這個勇氣。在這個城市裡我畢竟還算是一個小小的名人。怕會有一些閒言碎語。」

)◦(說：「所以你就選中了我，讓你想要表現而又不敢表現的東西，通過我的身體語言而表現出來？」

田其一說：「每一個人都有自己的價值觀。每一個人都想讓自己的價值觀成為現實中的一部分。不過，你只猜對了一半，一方面你的現實是我內心中嚮往的而卻又不敢表現出來的真實。也就是說看到你，我也就看到了我的內心中的真我。另一方面，我是真正的喜歡你。在小的時候就有人給我算過命，說我只適合同性戀。」說著，田其一像雞啄米似的在)◦(的臉上親了一下。

用雅一點的比喻應該是：蜻蜓點水。

夜色中街道的路燈成了這個城市惟一不滅的光源。現在絕大多數的人家都關燈睡覺了。即使有幾家亮著燈的屋子，從窗戶中透露出來的也只有孤獨與寂寞。

)◦(隨著田其一進了門。她打開房間裡的燈，那一片深藏在屋子裡的孤獨與寂寞就被燈光擠出了這間豪華的房間，飛到曠大的夜色中去了。由於夜色的空曠所以這一點點的孤獨就徹底地讓人捕捉不到了。這種感覺確實是活不見人死不見屍。

燈光中，田其一對)◦(說：「我們洗一個澡吧，一身的臭汗。」

)◦(說：「我要先洗。」

田其一說：「我要先洗。」

)◦(說：「我先……」

田其一說：「都別爭了。我們一起洗吧。」

這是一間很大的浴室。中間放了一個足夠兩個人同時躺進去的浴盆。還帶有水流按摩。兩個女人就這樣赤裎相見了。田其一望著)◦(，心中充滿了甜蜜。

)◦(被田其一看得有些不好意思起來，說：「你轉過身去。」

田其一說：「不。我要看你。」

)◦(說：「我幫你打肥皂，擦背。」

田其一說：「就這樣面對面吧，你的手可以從前面抱過去再在背上搓。」

)◦(說：「你真壞。」她嘴裡這樣說著，但還是伸出雙手抱住了田其一。田其一也同時抱住了)◦(。兩對乳房緊緊地擠壓在了一起。為此，有的人擔心它們會被擠爆了，有些想像力豐富的人甚至想得更遠——在這個大大的浴盆裡看到了一大缸的奶水——與兩個乳薄如刀的女人。

事實上這種擔憂完全沒有必要。因為根本不可能會出現這樣的場景。懷疑論者讚揚說：居安思危。強硬派批判說：杞人憂天。

事實上)◦(與田其一的事情別人現在完全插不上手。因為她們已經進入了一種忘我的境界——眼睛裡只有對方。在清潔好上半身之後，工作的重點開始轉移到了下半身。田其一的頭緩緩地從)◦(的上半身滑了下去，在她的大腿根部時停了下來——像是一塊石頭被卡在了山根處——順勢地田其一就將嘴巴放在)◦(的「。」的上面並同時將舌頭探了進去。

)◦(還沒有來得及說一聲：「別……」就感覺到一陣巨大的衝擊力鑽進了身體的深處，酥癢、舒服。沒有人能夠拒絕這種幸福，除非她是瘋子、除非她是烈女、除非她是英雄、除非她是一個禁欲主義者……)◦(既不是一瘋子，也不是烈女，也不是英雄，更不是一個禁欲主義者……所以她完全沒有理由拒絕這種幸福。

「)◦(也是一個人啊。」天上傳來了一個蒼老的聲音。

這種麻癢的幸福一直持續著……帶著她進入了美麗的天堂。像一片雲、像一隻鳥，像是在空中樓閣。在天空上她聽到了一個蒼老而又權威的聲音：「)◦(也是一個人啊！」

之後……

)◦(躺在田其一的身上說：「真舒服啊。一種說不出的感覺。」

田其一問：「是什麼感覺？」

)◦(說：「我也說不清楚。好像是一種很乾淨的快樂。以前跟男人做時總會覺得髒，因為最後他們會噴出那些像唾沫似的髒水。有些人還總喜歡將那一點東西射在女人的臉上、嘴裡，讓人噁心。而跟女人在一起做則完全不同了，乾乾淨淨的；溫柔的愛撫多了，野蠻的抽插沒了，高潮卻同樣會來臨……」

田其一顯得興奮起來了：「我終於找到了我要找的人了。小的時候我就發誓要做一個女權主義者，不能靠男人而活著，更不能成為男人的玩物。在剛懂事理的時候我就立下了一個志願：女人的事情要由女人自己解決。」

就在)o(在田其一的家裡面由女人來解決女人的問題的時候，(!)則在一個小巷子裡找廁所，「他媽的跑了那麼遠的路，連一個廁所都找不到。」他在心裡頭罵著市政設施。為什麼不在這裡修一個廁所？

正罵著，(!)聽見耳邊響起了一個聲音：「老闆，找廁所麼？」

(!)問：「你怎麼知道我在找廁所？」

那人答：「凡是進這個小巷，東瞧西看，而走路時又夾著雙腿的人都是進來找廁所的。你看外面的那個繁華的大街上，是寸土寸金，不可能會修廁所。這可以理解，因為這不符合經濟規律；黃金地段建一個廁所，一毛錢上一盤，這不是在做虧本的生意嗎？所以聰明的人都會斷定這條緊挨著大街的小巷裡面一定會有廁所。於是就自信地一頭鑽進來了，可是又什麼廁所也沒有……哈哈，哪怕是一個毛草棚子也沒有。於是也就只有夾著雙腿出去了。」

「你為什麼要管我？」

「那是因為我選中了你。一看就知道你是一個大款。」

「大款又怎樣？」

「只有大款才能付得起上我家廁所的錢呀。」

「上你家的廁所要多少錢？」

「也不算多。十元一次。」

「什麼？十元一次？你搶劫呀？」

「哈哈。我算過，對於你來說這個價不算貴。你看你的這身西服至少要八千元錢，如果憋不住了，把尿拉在了褲子上，光乾洗一次就要好幾十元呢！你說這十元錢貴不貴？況且，那麼大的人在大街上把小便拉在了褲子上，那可就丟了大臉了。」

(!)聽到那人說的也有道理，便說：「十元就十元吧。快帶我去方便方便。」

「大款就是大款，真不含糊。我這就帶你去。來，跟我來。」

到了那人的家裡，(!)進了廁所，看到那人也跟著進來了，他罵道：「你跟著進來幹什麼？你不知道拉尿是人的隱私麼？」

那人說：「我不跟進來看著，萬一你把小便拉在我們家的地上，萬一你小便了之後不沖廁所，萬一我們家的廁所裡少了什麼東西，誰說得清楚？唉，你我都是男人你怕什麼呢？還怕我把你給吃了呀！」

此時(!)也顧不得那麼多了，他掏出自己的——「！」——那根東西痛快淋漓地尿了起來：

⋯

⋯⋯

⋯⋯⋯

⋯⋯⋯⋯

⋯⋯⋯⋯⋯

⋯⋯⋯⋯⋯⋯

⋯⋯⋯⋯⋯⋯⋯

⋯⋯⋯⋯⋯⋯

……………

……………

………

……

好長好長的小便啊！那人驚歎道：「好尿啊！真是好尿！！」

(!)不解地問：「你剛才說什麼？好尿？什麼叫好尿？」

那人說：「我平生閱尿無數，就數你的尿為尿中極品。」

(!)問：「此話怎講？」

人的身體裡，有三竅。精神是其中一竅。另外兩竅就是大、小二便。陰陽二竅，大、小便之道是也。大便緩而方者，貴。小便方而圓，賤。大便長方者，貴。小便如散珠者，貴。小便自根散，初年困敗；中散者，中年困敗；稍散者，晚年困敗。大便遲緩者，富貴而壽；急速者，貧賤而愚。小便直射如線者，貴；直下如鎬攢者，賤；似珠者，聰明。婦人小便如澗泉，貴；如米篩者，賤；如漏滴者，多病；速者，貧；緩者，富；多便者，夭；少便者，壽。便能遠者，主壽，多貴子；陰毛多者，淫貴；無毛者，賤；毛過膝者，貴；紅黃者，賤。直者，賤。勾者，貴。亂生者，賤。順生者，貴。欲察陰陽二道，男觀其鼻，婦觀其口，而大小、上下、偏斜、紋痣，驗其上部則可以知其下部矣。

(!)打斷他道：「你亂七八糟地說了一大通，讓我像是回到了古代。不明白不明白。這就是資訊不對稱罷。」

「你先別打岔，讓我把話說完。正所謂是：谷道多毛，號曰淫穢。大便方長，貴豈尋常。聰明壽考，延吉而昌。大便緊濫，高年福澤。便如猴糞，其人困頓。尿如散珠，榮華歡娛。尿直如篙，定作漁樵。屎如龍蟋，性和而寬。」

那人終於把那些讓人難懂的開場白說完了，(!)問：「別『之乎者也』的，都什麼年代了。說人話。」

「我看你拉尿，氣勢不凡，一瀉千里，真是酣暢淋漓，如飛流直下三千尺、如大珠小珠落玉盤，讓旁邊的人看了都覺得痛快。頓感身輕如燕，健步如飛。在這個世界上沒有什麼孤立的事件，萬物都是相關聯的，所以從你這樣拉尿的勢頭來看，你這一生極為順利，可以這樣說：要名時，你有名；要錢時，你又有錢了。」

「嗯，說的有一些道理，你繼續往下說。噢，不要只說好聽的不說難聽的，大丈夫問禍不問福。」

「……哦……要說你這泡尿撒得還有哪些不足的話……」

「別哼哼哈哈的，都說出來吧。」

「……要說你這泡尿撒的還有哪些不足的話，就是在尿柱的末端還有一些散。前面說道『稍散者，晚年困敗。』這就是說小便射出如線而下，而到了最後小便就要到地面了，這時卻出現了開叉、分散的現象，這就證明了這個人晚年會有不幸。」

(!)聽得有些膽顫心驚，他問：「有辦法解麼？」

那人說：「有。不過這個辦法人們通常都不能夠接受。還是不說也罷。」

「你說吧。我不是一個普通的人。」

「我看你也不像是一個普通的人。好。我告訴你吧。這個辦法就是可以通過做愛的擠壓力來把龜頭上的小孔擠小。」

(!)大笑起來說：「哈哈哈哈，不瞞您說，我經常做愛，我身邊的女人排著長長的隊呢。」

「不行，不行。你那種的不行。」

(!)感覺到奇怪：「為什麼不行？」

「其實也不是完全不行，你現在拉尿的樣子也許就是因為經常做愛製造出來的。不能說是極品，但也能算得上是上品。但是美中不足啊。」

(!)感覺到不解：「美中不足？」

「是的。美中不足。女人的那裡再緊也緊不過屁眼。所以對於擠壓變小的最好的地方就是屁眼。而就屁眼來說，女人有，男人也同樣有；女人的力氣小肌肉鬆弛，男人的力氣大肌肉結實。所以男人的屁眼比起女人來說更勝一籌。」

(!)感覺到困惑：「你是說讓我跟男人那個？」

「對，跟男人做愛。只有通過跟男人做愛，利用男人的力量、男人的肌肉，才能夠將你龜頭上的那個小小的『。』眼，擠小、擠細、擠窄，只有這樣才能射出——『小便直射如線者，貴』——一般極品的小便。」

(!)感覺到困頓：「要我跟男人做，我還是不能接受。那不就成了同性戀了嗎？」

「你要為你的後半生好好想想。就當是治病，『我是病人，我這是在治病』，只要心裡這樣想著就什麼困難都可以克服了。」

(!)感覺到困難：「可我到哪裡去找男人幹呢？」

「遠在天邊近在眼前。」

「你是說你願意？」

那人像是要為此做出犧牲一樣的說：「是的，我願意。我一生看人拉尿無數，能拉的像你這樣好的還是第一個……已經是很難得了……實話告訴你吧，我剛看到你的尿射出來，就有一種想要為你犧牲的衝動，如果在我的幫助下能夠造就出一個極品的拉尿者，那將會是我一生的幸福。」說著那人還流下了兩行眼淚。

(!)走上去，輕輕地摟著他的肩膀說：「太感動人了。謝謝你。謝謝你。」

「士為知己者死。」那人話還沒有說完就脫下了褲子，說：「來吧。別客氣。」

「那我就不客氣了。」說著(!)也脫下了褲子，拿出了他的『！』開始幹了起來。一開始的進入是比較困難的，瞄了好半天還是進不去。(!)感歎著說：「是的。很緊。不像是與女人做的那樣容易進入。」那人說：「我說嘛，男人的屁眼才是極品中的極品。最適合治療你的病了。噢，對了，我這裡有潤滑油，你擦上一點吧。」

擦上潤滑油之後，(!)的『！』一下子就進去了。那人叫了一聲：「好脹」。(!)也叫了一聲：「好緊」。後來，就什麼聲音也沒有了，只有一些奇怪的什麼跟什麼的磨擦聲音。就這樣一直過了十來分鐘，他們做完了。那個人像是累極了虛脫一般倒在地上。

(!)將他扶起來，坐在椅子上。(!)站在椅子邊，那個人的頭靠在他的肩膀上。(!)頭一次對這樣的做愛產生了好奇：「你當時有什麼感覺？」

那人說：「就像是在屁股裡憋了幾天的乾屎一直拉不出來，而這一次終於一下子全都拉出來了一樣。全身上下輕鬆得像是要飄了起來。真是爽呀。」

(!)說：「我要走了。」

那人說：「記著過兩天還要再來，要幾個療程才能糾正的過來。」

(!)像是猛然想起了什麼：「都忘了問你，怎麼稱呼？」

那個人答：「(。。)」說著用手比劃了一下：「一個括弧裡面包兩個句號。這看起來有些像鼻子，還有人說像女人的乳房。其實那兩個句號是坐久了，屁股上磨出的老繭」。

(!)大笑了起來：「那是猴子的屁股。」

(。。)只好將對話從象形中拉了回來：「中文發音是月殳」。

……

(!)剛走到門口，房門就開了，外面站著一個高大威猛的男人。他眼睛圓睜，目光如炬，堵在門口高聲地叫道：「好哇，你又在欺負我的哥哥了。」說著邊揮起拳頭，邊叫喊道：「拿命來。」

剛聽到這一聲叫喊，(!)有一種恍若隔世的感覺。像是回到了古代，碰到了壯士。眼前的一切像是電影的鏡頭受到了處理，一下子就由彩色的變成黑白的了。悲愴迴旋的二胡聲也在這同時響起了。「悲劇」，常看電影的人都會從內心中發出這一聲吶喊。緊接著這個壯士的拳頭就砸下來了，一拳打在了(!)的臉上——「悲劇中的悲劇」，心地善良的人驚叫了一聲之後閉上了眼睛。

後面發生了什麼？造成了什麼惡性的後果？在當時閉上了眼睛的好心人當然看不到。只有在事後，大家的心緒都平靜下來了以後，我再慢慢地給各位道來：

「(!)的左眼睛當時就成了熊貓眼。(!)一邊向後退，一邊叫道：『你……你……你……你為什麼打我？』壯士說：『我打的就是你這種流氓。』說著又是一拳。這一下(!)的右眼也變成了熊貓眼。總算是對稱了。由此可見，對我們這個講究平衡的民族對稱是多麼的重要。完成了這重要的一步之後，(!)說：『壯士，有話好說，有話好說。』壯士說：『還說什麼？快拿錢來，否則把你送到局子裡面去。判你一個強姦罪。』(!)說：『好，好，我這就給錢。你們要多少？』說著就給了錢。具體是多少錢？我不能說，免得有些人見錢眼開，參照、抄襲此方式、金額行事。把人心都給弄壞了。好、好、好，不說也罷。

(!)破了財消了災之後，正要邁出(◦◦)的家門之時，(◦◦)從後面追上來，拉著(!)的手哭泣著說：『這不怪我，這不怪我，我真的不知道我弟弟會在這時回來。過幾天你一定要回來呀。還有幾個療程呢，千萬不能半途而廢呀。為了你的下半生（身）……』(◦◦)的話還沒有說完，那壯士就在後面叫喊道：『大丈夫行不更名、坐不改姓，記著，老子的名字叫：月之艮。歡迎你再來呀……』再後面的話(!)就聽不到了，他像一隻老鼠一樣一溜煙地跑掉了……

如果那一天有誰在大街上看到一隻老鼠在匆匆的過街，那就是(!)了。」

腿：月之艮

月之艮：月亮上的山。「物不可以終動，止之。故受之以艮；艮者止也。」艮卦，是一陽在二陰的上方，陽已上升到極點，所以停止。人的身體最不容易動的靜止部分，是背部，人的身體如果需要移動，只有靠腿的行走來實現。

月之艮，合起來為腿。腿乃行、為行。

月之艮，月乃姓，為先天，屬陰；之艮是名，主後天，止。意為在女人面前停止。

「腿行」「艮止」。闡釋了適可而止的道理。有行動，就有停止，在前進中，如何自我節制，適時、適地、適機的停止？

行動還是停止？這是一個問題。

月之艮與)(在一個工廠上班。他是電工，她則是一個車工。在工廠裡上班的人大都知道這個歌謠：

緊車工／慢鉗工／溜溜噠噠的是電工。

由此可見月之艮是很有空閒的。在車間裡最經常看見的人一定是他，因為他一天到晚走來走去的，所以到處都是他的身影。

月之艮最經常去的地方就是)(的車床邊，看著她將一根圓圓的料鐵切割成一個完美的形式——成為一個零件、一個螺絲釘。

每一次站在)(的車床邊，月之艮就有一點兒螺絲釘的感受。他一動不動，注目地看她，就像是一個塑像。但是月之艮最終還是沒能變成一個石像。由於這個原因，這個工廠裡面的人根本就不相信神話傳說中望夫石的故事。「什麼望夫成石，那些都是騙人的」，工廠裡的人這樣教育自己的後代：「如果那樣就能變成石頭的話，月之艮早就該變成石頭了。」由此，人們推斷那些個傳說全部都是編造出來的。

由於這個工廠沒有了神話、故事，工廠裡的創造力變得匱乏起來。沒有人相信愛，沒有人相信愛會感動什麼、改變什麼。沒有人相信現實之外的東西；人們只相信現實。視覺。聽覺。觸覺。味覺。

人們斷言：「如果月之艮抱著幾百萬元鈔票站到)(的面前，那麼她立刻會愛上他並嫁給他的。」

有好心人也在勸他：「不要成天這樣傻站著，用這些時間去多掙一點錢，有了錢一切就都有了。」

只是當時正沉浸在愛情之中的月之艮並不相信這些。當局者迷。在他做了別人的鏡子的同時，這個工廠裡他成了惟一一個還相信「愛」的人。心誠所至、金石為開。每天，月之艮的兩腿就像釘子一樣釘立在那裡望著)(，從眼睛裡源源不斷地流出了愛情……

他就站在那兒靜靜地望她
……
她不知道她的樣子是多麼的好看
他不知道他的目光是多麼的渾濁

……

他就站在那兒靜靜地望她

她不知道他的目光是多麼的乾淨

他不知道他的樣子是多麼的讓她噁心

……

月之艮每天靜靜地像山一樣，站在)(的面前靜靜地望她。目光如水、心跳如鼓。這一天，)(的機床突然間不動了。是壞了。她找來機修工，機修工說是電路上出了問題，應該找電工，說著他還用手指了指站在旁邊的月之艮。

「還愣站著幹什麼？你的機會來了。」

月之艮這才像是從睡夢中醒來。他將機床上的配電箱打開，從電工包裡拿出萬用錶，開始檢查線路。就在檢查線路的同時，他在想：是快一點將機器修好呢？還是慢一點修？快一點修好可以讓她知道自己技術的高超，但是跟她套近乎的時間就少了；慢一點修好呢可以延長跟她套近乎的時間，這可是天賜的良機，機不可失時不再來，只是會讓她覺得我的技術太差業務不精。

快修還是慢修？這是一個問題。

月之艮猶豫著，眼神就像是義大利的足球明星巴喬。昨天在電視上他剛剛退役了，在巴喬離開足球場的最後一瞬，他留下了一個憂鬱的眼神，這個眼神像一片秋天飄落的樹葉掉進了)(的眼睛裡，俗話說眼睛裡容不下一粒沙子，而)(連一片落葉都容下了，這足以證明她對巴喬的熱愛。

當時，)(看到了月之艮的眼神，她就猛地感覺到心中一震，像是拳王泰森向她狠狠地擊了一拳。她對自己的心說：「我完了。我少女的路已經走到了盡頭。因為我已經被一個眼神給征服了。」

月之艮猶豫地修好了機床。他猶豫地對她說：「你開機試試吧。」

)(也像是從迷茫中醒來，她慌慌張張地說：「好。好。我這就開機試試。」

一按電鈕，機床轉起來了，修好了。)(繼續地工作著。月之艮還是像往常一樣站在那兒像是一個石像。一動不動。兩腿微微地叉開，中間留有一個拳頭的距離，直直地，像兩根木頭一樣支撐著高大的身體。

月之艮兩腿像木頭一般站立著。兩眼呆若木雞。不得不承認「情人眼裡出西施」這一事實。也許是昨天夜裡，意甲進行了最後一輪比賽，巴喬最後一次出現在足球場上。他憂鬱的眼神最後一次從電視螢幕中飛出，進入了)(的心裡。「相由心生」，這一方面說的是當事人，另一方面說的也是旁觀者。在)(的眼睛裡，現在月之艮的目光竟有如巴喬般的憂鬱。

於是，她對他說：「別總是傻站著，坐下休息一下吧。」

月之艮聽話地坐下了。一個固定不變的形象，就因為這一句話而產生了變化。一個塑像的倒掉。

下班後，月之艮站了起來，他說：「我請你吃飯，好嗎？」

)(說：「好呀。」

說著兩人就一起出了工廠的大門。傍晚的天空，有心的風在天空上將雲朵掃到太陽的身邊，利用一天最後的一次機會讓陽光將雲朵染成七彩的顏色。天空變得極為絢麗起來了。風是這樣想的：這是一天最後的時機，再不利用這個最後的時間染紅一些雲彩就沒有機會了。

)(指著天邊說：「你看，多好看啦。」

月之艮頭也不抬地說：「是的。好看。真好看。」

「你說，我說的什麼好看？」

「當然是說你自己啦。」

「你這個人怎麼一點也不浪漫？沒有情趣。」說著)(轉頭就要離開，月之艮趕忙攔著她，用眼睛望著她的眼睛說：「別走。給我一點面子。街上那麼多人，看到了多不好。」

很奇怪，只要一看到他的眼睛，)(的心中就生出了愛情。像是在一個廢墟中爬出了一根青青的藤蔓，正纏繞著)(纖纖的細腰，緩緩地向上攀援、上升，一直到進入她的心田。於是她感覺到自己的心中癢癢的、麻麻的、酥酥的。於是，她叩問自己的心靈：「這就是傳說中的愛情？」

天啦。愛情就這樣來了。這時，月之艮的手已經放在)(細細的腰上了，他問：「你想吃什麼？」

「隨便。」

「天底下可沒有『隨便』這道菜。」

「那……我們就去吃串串香吧。」

「哪裡的串串香好吃？」

「當然是玉林的串串香好吃了。」

剛走到串串香的門口，他們就碰到了一個禿頭的老頭。老頭說：「先生算個命吧。」月之艮說：「不算，不算。你該忙什麼就忙什麼去吧。」老頭說：「先生說的是。我這個老頭要忙的事就是給人算命。」月之艮說：「我沒有錢算命，你走吧。」老頭說：「沒有錢算命，卻有錢吃串串香。這可真是要吃不要命呀。」)(在這時搭上話來說：「你這個老頭怎麼這麼讓人討厭，不算就是不算。」老頭對著月之艮說：「要麼這樣，我看到你確實是要出事，乾脆我就送你一卦如何？」聽到說是送，月之艮找了一個相對安靜一些的位置，坐下來邊等火鍋燒開邊說：「那你就說說看吧。」老人說：「剛才我遠遠的看你走過來，就大概地看了一下你的四肢。就從你的四肢來說起吧？」

「你說吧，我聽著呢。」

「夫四肢者，謂兩手兩足是也。故四肢以象四時。四時不調，則萬物難生；四肢不端，則一生困苦。所以手足象樹木之枝幹，多枝多幹為不材之木。雜亂名字不善之紋。所以手足欲得軟而滑，骨節要不露，其白如玉，其直如竿，其滑如答，其款如綿，富貴之人也。其或硬而粗大，筋盤骨出，其粗如土，其硬如石，其曲如柴，其肉如腫者，貧下之徒也。手足俱要有毛，名為衣毛。手者，其用所以執持，其權所以取捨，大抵欲軟而長，為購予之用途；下足者，上載一身，下運百體，所以象地載萬物也，俗得方而廣。正而長，膩而軟者，富貴之相也。不可側而薄、橫而短。粗而硬者，辛必貧寒；足下有痕者，富及子孫；足下有龜紋理者，通達三公；足心黑痣，祿兩千石；足厚四方，必大祿富貴之人也；腳下旋紋者，名播千里；腳下平板者，貧愚；腳下凹容角者，富貴……」

這個老頭沒完沒了的說了這一大通，早就已經讓月之艮聽得不耐煩了。況且這個老頭插在他們中間，好像一點也沒有要走的意思。在這個時候顯得特別的不合時宜。於是他想幾句話就把這個不識趣的老頭給打發了：「你說了那麼一大堆，到底想說什麼?快點——有話就說，有屁就放，不要耽誤了我們的時間。」

這個老頭說：「好，我這就說。就一句話：不出三個月，你的一隻腳就會斷掉。」說完老頭轉身就走了。消失的速度之快，月之艮想要跳起來揍他一頓，都沒有趕上。

「真是掃興，」）(安慰著月之艮說：「別管他，火鍋已經開了，我們燙菜吃吧。」

幸福的愛情都是相似的，不幸的愛情各有各的不幸。

我這裡就不說月之艮與)(的幸福的愛情，在這個故事裡我只講他們與眾不同的地方。月之艮與)(的第一次是在她的宿舍裡。那一天，他用手伸進了她的內衣，她沒有阻攔他。摸了一會兒之後，她輕輕地發出了一陣呻吟，像是空氣不夠用，呼吸急促。根據從書本上得來的知識，他認為時機已經成熟了，將手移向她的下身。在褲子的外面摸著，她沒有拒絕他。同時她的呼吸更急促了。兵書上云：一鼓作氣。兵書又云：乘勝追擊。根據兵書中的指示，他將手伸進了她的內褲裡面。一開始她沒有什麼反應，她閉著眼睛，像是什麼也沒有看到。於是他的手指就像是一支直搗龍門的先鋒部隊，越過了她平坦的腹部，越過了一片神奇的草地，進入到了一片沼澤的地帶。

陷入進去？他不怕就此陷入泥沼之中？哈哈。那正是他一生的夢想。

就在他進入到這個沼澤時，想讓自己沉淪下去，就在這時，她伸手抓住了他的手——

她說：「不要。」

他說：「我愛你。」

她說：「愛就是這樣的麼？」

他說：「這不是全部，但是它是其中很重要的一部分。」

她說：「我怕這之後給自己帶來麻煩。」

他說：「我會很小心的，不會讓你懷上娃娃的。」

她說：「我不是怕懷上娃娃，我是擔心此門一開，從此之後一發不可收拾。二十多年來，我一直都沒有做過那事，也可以說它是沉睡著的，我是擔心一旦將它喚醒，它就會像是一個魔鬼不受控制，而我也因此變成一個壞女人了。」

他說：「你不用擔心，我一個人就可以滿足你的。你不會再有其他的什麼想法的。」

聽到這裡，)(沒有再說話了，她閉上了眼睛。她周圍的空氣更不夠用了，她的呼吸更急促起來了。這個過程在這一次小小的阻礙之後變的順利起來，不久之後，他們兩個人就已經「祖裎相見」了。

就在他的身體進入她的身體之前，她突然大叫了起來：「別進來，痛。痛死我了。」

他說：「別怕，我再輕一點。」

她又一次慘叫著：「痛。別動。」

他們就這樣定格著，像是被照相機拍成了一張相片。像是影碟機忽然卡住了——過了一會兒，這一切才又開始繼續——她略帶歉意地對他說：「我最怕疼了。小的時候就怕。連打針都怕的要死。這一次更可怕了，就等於是要把自己身體上的一片肉撕開。唉，真是太可怕了。」

他說：「那我們怎麼辦？我們總不能不做愛吧？」

她說：「你再等等吧。會想出辦法來的。」

他說：「可我等不了了。我想要。想死我了。都快三十年了。身體裡積壓著的東西就像是要爆炸一樣。」

她想了一想說：「你看這樣好不好，你去買一瓶紅酒，先把我灌醉了。然後就隨你怎麼著了，好不好？」

他說：「太好了。真是太好了。這個辦法真是太好了。我這就去買酒來。」

說著月之艮穿起衣服就出去了。只幾分鐘他就回來了。你一杯我一杯，兩個人一瓶酒下肚，)(的臉上泛起了紅暈，月之艮迫不及待的說：「我們來吧。」說著就脫下褲子，就要進去。她驚叫了一聲：「別。疼。」

他說：「我又去買一瓶酒？」

她紅著臉點了點頭。

他穿起褲子就又出去了。不一會兒他又拿著一瓶酒回來了。你一杯我一杯，兩個人又一瓶酒下肚，)(臉上的紅暈更紅了。月之艮迫不及待的說：「我們又來吧。」說著又脫下褲子，就要進去。她又驚叫了一聲：「別……疼……」

他說：「我再去買一瓶酒？」

她紅著臉點了點頭。

他再穿起褲子出去了。不一會兒他再拿著一瓶酒回來了。天快要黑了，他們兩個人你一杯我一杯，又是一瓶酒下肚了，)(臉上的紅暈紅得就像是太陽是從她的腦袋後面落下去的一般。月之艮迫不及待的說：「我們再來吧。」說著再脫下褲子，就要進去……這回她什麼話也沒說，臉紅紅的，睡著了……夢中她彷彿看到了巴喬，巴喬眼神憂鬱著帶著球突破了幾個人的防守，在快要到球門時，他猛地停下來了，憂鬱地望著那近在咫尺的球門……她心裡面急得不行，像是心臟就要從嘴巴裡面跳出來，她只有拚命地叫著：「射門、射門、快點射……射……射……呀……射……」

……

完事之後，月之艮發現自己的那根東西沾滿了處女的鮮血。

人真是一個奇怪的動物，在沒有愛情時，覺得愛情是非常神祕而美好的，會把它幻想成為一個取之不盡的寶庫，源源不斷地會有美好的事物從裡面流淌出來。可是一旦擁有了愛情以後，又會覺得它是乏味的，特別是肚子裡面的那一丁點的壞水，在一陣陣莫名的擠壓之下，隨著那一根壞傢伙提供的管道噴射出來之後，他就會覺得萬般的無聊。魔鬼已去，心底坦蕩。月之艮想著，我還有什麼該做的呢？一生中的謎底在一瞬間就揭開了，原來就是這麼的簡單。再也沒有什麼祕密可言了，他站起來，穿好褲子，就出門去了——他甚至沒有想到要為她穿好衣服、褲子——就丟下她一個人開門出去了。

月光如水。夜涼如水。月之艮憂鬱著在街道上走著，猛然從黑暗中竄出了五個人——不，是六個人，還有一個人站在那五個人的背後將兩隻手插在褲子的口袋裡，這暗示著這個人將不會動手。有那五個人對付月之艮一個人就足夠了。

月之艮說：「你們想幹什麼？」

話音剛落，一陣拳腳就像雨點一般落下來，砸在他的身上，他不得不雙手抱頭跪在地上。暴風雨般的拳頭像暴風雨般過去了。雙手插在口袋裡的人還是將雙手插在口袋裡，一點也沒有想拿出來的意思，問他：「現在知道我們想幹什麼了吧。」由於他的雙手插在口袋裡，這讓月之艮多少感覺到了一些安全感，他說：「是不是剛才我做錯了事？」那人說：「他母親的，做沒做錯事還要來問我？說——你做了什麼事。」於是，月之艮就一五一十地將剛才與)(怎樣辦事一一地說了出來。聽得那幾個人笑得呼天搶地，高興得不得了。最後月之艮總結說：「我錯了，我不應該在走的時候將她光溜溜地丟在床上，我該花一點時間幫她把衣服穿好。」

將雙手插在口袋裡的人聽了之後，飛起一腳踹在他的臉上，罵道：「他母親的，又一個處女被這樣窩囊的壞人給糟蹋了。氣死我了。」

月之艮跪在地上早已經嚇得臉色蒼白，他只是不斷地在重複：「我下次再也不敢了……下次再也不敢了……」

「哼，人都已經被你給破了，還來得及麼？」

「我有罪……我有罪……」

「我們老大是最愛護處女的了，聽到你說的這些，他的心都要碎了。你說，怎樣來撫慰我們老大的這顆破碎的心？」站在前面的五個人中有一個這樣說。

「我這是第一次，沒有經驗，你們說該怎麼辦吧。」說到這裡，月之艮已經隱隱地意識到自己碰到了敲詐的人了。

「你知道一顆破碎的心有多麼難撫平麼？拿一萬元錢出來吧，這還算是看你態度好，便宜了你了。」

「報告，我身上只有兩百五十元。哪裡有那麼多的錢。」

「身上有信用卡麼？」

「沒有。」

「給我搜。」雙手插在口袋裡的人的雙手還是沒有拿出來。

搜了一陣子之後，那五個人中的一個人說：「老大，真的是二百五。」

「他母親的，帶這麼一點點錢出來泡妹妹，而且還是一個處女。真有那麼便宜的好事？這個世界怎麼了？真是不可理解。」說完對準月之艮的褲襠狠狠地踢了一腳。之後，他們一下子就消失在茫茫的夜色之中了。就像是一滴水滴進了海洋裡；又像是在一個陽光燦爛的正午在陽光之下拉亮了一盞十五瓦的電燈。

夜涼如水。月光如水。

月光照著這個城市的夜晚，照在月之艮的身上。過了很久，他才緩過氣來，從地上爬了起來，向前走去……後來，又向左一拐進入了一條小巷，消失在我的目光之外了。（我知道他拐進的那條小巷的名字叫——窄巷子。）

第二天上班的時候，)(一看到月之艮，聯想起昨天晚上的事情，竟害羞得滿臉通紅。可是等到他走近了，看清楚他臉上的傷痕，她也顧不上害羞了，問：「你的臉怎麼了？是不是跟人打架了？」月之艮沒有理她，而是徑直地經過她，離開她。他在想：「裝什麼呀，昨天的那一夥人還不就是你的同夥，敲詐、勒索、搶劫。」

)(在後面一邊向前追著他，一邊在想：「是不是昨天晚上有什麼人為了我而在跟他進行決鬥？兩個男人為了我打架？一個是他，另一個是誰？」

這是她急迫的想知道的。她追上了他問：「你臉上的傷是誰打的？」

「你問我？我還想問你呢。」

「問我？我什麼也不知道。」

於是，他將昨晚的情形大致地敘述了一遍，問：「這是不是你們一起設的套？」

「你怎麼這麼傻呀，」)(氣急敗壞地說：「我一個處女之身……你想想看，如果我在一個流氓團夥裡混……還能夠保留下這個處女之身麼？那還輪得到你麼？你、你、你真是沒有良心呀。」說著她就嗚、嗚、嗚、嗚地哭了起來。

月之艮仔細地一想，覺得)(說的也有道理。一個女孩在一個集體中一直保持著處女之身，那麼這個集體就不會是流氓團夥。而是一個充滿了遠大理想與目標的集體。月之艮安慰著她說：「別哭了，是我錯怪了你。」他這樣一說，)(哭得更凶了。月之艮一時也感到手足無措，只好拍著她的肩膀說：「別哭，別哭了。湊巧，那只是湊巧——湊巧了。」

哭了好一陣子，她才停下哭泣。而後扭頭就走，說：「人家不理你了。」

月之艮在後邊追上去，說：「別生氣。我錯怪你了。都怪我。你打我吧。你罵我吧。你污辱我吧。你蹂躪我吧。你踐踏我吧……」說得)(噗哧一聲破涕為笑，說：「看你說的！我怎麼會捨得呢？」。

那一年四月，中國下崗的風潮四處席捲。各個班組在進行民主評議，實行末位淘汰制。月之艮所在的電工班也正在進行著這樣的評議。由於是工廠第一次進行民主評議，大家都不知道從何說起。沉默。沉默。評議的現場像是被冰凍住了。沒有人說一句話，也許是害怕自己的每一句話都會給自己帶來災難性的後果——讓別人群起而攻之。

「以不變應萬變。」這個古老的智慧深深地植入了群眾的心裡。其間有人來說：「紡紗車間的電機出現了雜訊，會不會是出了問題？請電工班派人去看看。」但是人們都端坐著，沒有一個人動一下。如果這時有不知道內情的人站在門口向裡看一眼，一定會以為自己誤入了羅漢堂。

後來眼看就要到下班的時間了，大家正準備都鬆一口氣，回家——吃飽飯、養好精神，等到下午上班再來進行這次曠日持久的民主評議。可是就在大家正準備將坐姿變為站姿、再由站姿轉化為走勢時，從外面氣喘吁吁跑進來一個人，對著月之艮叫道：「快、快，你快點去看看，)(出事了。」

月之艮坐著沒有動。好像是不關他的事。電工班班長對他說：「你還呆坐著幹什麼？還不快去看看她。」月之艮還是坐著沒動。就在這時，下班的鈴聲響了。班長又說：「下班了，你快點去吧。這個評議會就先散了吧。」聽到班長這樣說，月之艮站起身來匆匆地去了。待他的背影剛消失，就有人提議說：

「現在我們這裡面不是剛好走了一個人嗎？」有人這樣一說，於是大家紛紛表態說：「我同意。」「我同意。」「我同意。」「我也同意。」……班長伸著指頭數了一遍說：「好，大家一致通過月之艮同志被末位淘汰。」最後，班長總結道：「萬事開頭難呀，但是我們最終還是圓滿地邁出了第一步。這是一次團結的評議、勝利的評議、民主的評議。現在，我宣佈——散會。」於是，在歡呼聲中大家各自散去了。

在半路上月之艮碰到了)(，看到她向自己的這邊走來，他吃了一驚，問：「你不是受傷了嗎？」她說：「我好好的呀。可是我也是聽到有人跑來報信說你受傷了呀。」

他們同時叫道：「糟糕⋯糟糕了……中計⋯中計了……」

喊完之後，他們掉頭就向回跑。可是已經來不及了，回去時評議會場已經空空蕩蕩的了。民主評議會已經結束了。

第二天，月之艮與)(就接到了工廠的通知，根據末位淘汰制的原則，他們下崗了。月之艮為此找到工廠的領導說：「政策規定，夫妻兩個人不能同時下崗。」廠領導問：「你們是夫妻嗎？你們領了結婚證了嗎？政策只保護合法的夫妻。」月之艮說：「沒有。可是我們可以馬上就去領。」廠領導說：「已經來不及了。你們就別忙了。不過，如果你們自己願意結婚，你們還是有結婚的自由的，廠裡也不會干涉。」

月之艮與)(就這樣下崗了。

月之艮說：「都怪你。害得我工作都沒有了。」

)(說：「都怪你。害得我工作都沒有了。」

他們兩人開始相互責備，都認為自己是因為對方的原因才失去了工作，都認為是對方欠了自己的。由於他們兩個人都有了這種認識，所以他們誰也沒有再去找工作，總在希望著對方去找工作來彌補自己的損失。

直到有一天，他們的積蓄都花完了，才又一起坐下來談過去、現在、未來，的前途。

關於過去他們是這樣談的：

他說：「我覺得我們下崗，這裡面一定會有什麼名堂。」

她說：「我也是這樣覺得。根據兵書上云我們是中了調虎離山之計。」

他說：「一定是有什麼問題。難道是我們得罪了什麼人？」

她說：「這些天我也是在這麼想。」

他問：「女人是禍水。你想想看有沒有誰對你有什麼想法？」

她說：「沒有……噢，我想起來了，廠長有一天對我說起他的兒子，說是聰明絕頂、英俊能幹，就是太老實不懂得怎麼談戀愛……廠長還問我有沒有男朋友。」

他問：「你是怎麼回答的？」

她說：「我說，我有男朋友了。就是你。」

他說：「一定就是因為這，我們才下崗了。你想想看，這是廠長在暗示你，問你願不願意做他的兒媳婦。我說嘛，我下崗的原因一定是因為你。現在你承認是你欠了我吧。」

關於現在他們是這樣談的：

她說：「欠你的就欠你。你說，現在我怎麼樣還你吧！」

他說：「我的要求並不高，我是因為你而下崗的，工作沒有了。只要你以後承擔起養活我的義務就行了。」

她說：「虧你好意思說出口。」

他說：「我有什麼不好意思說出口的。欠下別人的就該還。這從小處來說是，講究個人誠信；從大處來說是，市場的規律。治國之本。」
她說：「強辭奪理。不要臉。」
他說：「我也沒有辦法。我的一生就是因為有了你才被你給毀了。你要我怎麼辦？」
她說：「你可以再去找工作，不能坐以待斃。」
他說：「找工作？談何容易。現在男性要找一個工作太難了。相比起來，女人就容易得多。」
她說：「你都沒有去試過，怎麼會知道男人找工作難？」
他說：「我聽我哥哥說的。他找了五年的工作，就在家裡待業了五年。現在他只是利用自己家的廁所在掙一點拉尿的門票。」
她說：「什麼門票？」
他說：「跟你說了你也不懂。我們還是來談一談未來吧！」
關於未來在他們是這樣談的：
她問：「你說應該什麼辦？」
他說：「我剛才不是說了，女人找工作、找錢要比男人容易得多。」
她問：「你要我幹什麼？」
他說：「陪人跳舞。一首曲子五元。一天如果陪人跳五十首曲子，你算算看能掙多少？」
她答：「兩百五十。」
他說：「對，就是兩百五十。」

她沒有說話。

他充滿了憧憬地說：「一天兩百五十，一個月就是七千五百，一年就是九萬，十年就是九十萬。你想想看，這樣子，十年之後我們就可以什麼都不用做了。哈……哈……哈，只管享福吧！」

她還是沒有說話。

不得不承認他們這次談話的效率極高。「時間就是金錢」，這是經濟學的原理、是經濟學家算的賬。「浪費別人的時間無異於謀財害命」，這是以人為本的思想，是文學家的表述方式。

「浪費別人的生命無異於謀財害命」，同理「浪費自己的時間也就相當於是自殺」。當天晚上，)(就去那個黑暗潮濕的舞廳陪人跳舞去了。至於舞是怎麼跳的？發生了一些什麼事情？我在前面已經詳盡敘述過了。就不再重複了。

卻說，)(在幹上了陪人跳舞的行業之後，先開始還是很不情願，要月之艮催上幾遍她才懶懶散散地出門。過了一段時間之後，她就主動的早早的就出去了，月之艮正在暗喜)(進入了職業的狀態，自己以後的吃穿就不用愁了。可是又過了一段時間之後，月之艮又覺得有什麼不對勁，因為)(經常通宵不回，甚至有時幾天也見不到她一面。

月之艮不得不懷疑自己是否失去了對)(的控制。為了將她牢牢的握在自己的掌心之中，這一天，月之艮趁著與)(重逢的時機說：「我們結婚吧。」而她則輕描淡寫地說：「急什麼？再等幾年吧。」這個回答更加證實了月之艮的看法，看來她是鐵定的變了心了。

她已經不是從前的那個她了。在他得出這個結論的同時，在他的內心裡奇異地迴旋起了一首歌：

星星還是那個星星
月亮還是那個月亮
山呀還是那個山呀
梁呀還是那道梁
大豆是大豆
高粱是高粱
鍋是鍋
碗是碗
爹是爹來娘是娘
……

為什麼所有的都沒有變？而唯獨是她變了？是什麼力量使一個人那麼容易地就變了？月之艮決心要探一個究竟。當天晚上他就跟蹤)(進入了那個黑暗的舞廳。

月之艮看到)(與一個肚子大大的男人擁抱在一起。站著不動。由於那個男人的肚子很大，所以他們的臉沒有挨在一起。這一對狗男女在相互對視？目光裡流露出了愛情？還是欲望？舞廳裡的燈光太暗，他看不清楚。

一直到過了晚上十二點鐘，他們才像是睡醒過來一樣，相擁著走了出去。月之艮一路上跟蹤著他們，一直到了一個高尚的住宅區，進了一個房子，上樓，開門，進屋，關門。月之艮在門外等著，待他算到他們已經洗完澡正要在床鋪上幹「那事」的時候，他猛烈地敲起門來，叫著：「開門，開門。讓我進去。她是我的女朋友。我們就要結婚了。開門……快開門……」聲音淒涼地傳出去，使那一個晚上習慣於早睡早起的人們第二天醒來，都覺得自己昨晚做了一個惡夢。為此都覺得自己渾身腰痠背疼。

)(聽到月之艮在門外叫喊，吃了一驚，她隔著門對他說：「你先回去吧。」

月之艮說：「我不。」

)(說：「快回去吧。你不知道這個人是幹什麼的嗎？」

月之艮說：「我管他是誰，天皇老爺我都不怕。」

)(說：「我告訴你吧，他是書商。惹毛了他，他讓他手下的『槍手』把你寫進『下半身』的書裡面，那樣你就一輩子也翻不了身了。」

果然，外面就一點聲音也沒有了。)(在屋裡對()說：「想不到，你的名頭還真夠嚇人的。」()哈哈地笑著說：「誰都怕髒。別管他。噢，小寶貝，我們來吧。幹起來嘍！」

一夜再無二話。

只有浪打浪一般晃動的床。像是外婆划槳的伊伊呀呀聲。

這讓人聯想起了一支童謠：「搖呀搖，搖到外婆橋……」

第二天早上起床，()開著自己的私家車出去，剛到社區的大門口時，就看到月之艮站在大門口堵著他的車。

()說：「是你？」

月之艮說：「是你？」

()說：「等了一夜？」

月之艮說：「整整一夜。」

()說：「真讓人感動。」

月之艮說：「值得等。」

()說：「你想怎麼樣？」

月之艮說：「你、你……你幹了我哥哥，現在又幹了我的女朋友。」

()說：「我就是幹了——他們願意、我也願意——你不願意？又能怎樣？」

月之艮說：「我要你賠錢。」

()說：「你想要多少？」

月之艮說：「九十萬元人民幣。」

()說：「想得太美了。」

月之艮說：「不美還用得著去想嗎？」

()說：「讓開，否則我就壓過去了。」

月之艮說：「你壓吧。我要看看你有沒有這個膽量。」

()說：「我再說一遍——讓開。我有的是錢，什麼都可以擺平。」

月之艮說：「我也再重複一遍——壓吧，我就喜歡錢。壓了你就要賠我錢。」

()氣憤之下一踩油門，汽車就衝了出去……只聽得「唉喲」一聲，月之艮倒在了車輪之下……他的右腿被壓斷了。

膝蓋：乞丐

這一天對於他們——()、月之艮、)(——來說是一個歷史的轉捩點。肚子被判了四年有期徒刑。月之艮從此後成了一個殘廢。)(算是惟一一個受益者，()被判刑之後，文化公司暫時交由)(管理。

月之艮多次拖著一條斷腿找到)(要求重新與她確定戀愛關係，但是都被)(斷然拒絕了。她隨手丟給他一百元錢，說：「你回去吧，不要再來了，否則我找人打斷你的另一隻腿。」聽到)(說完話，坐在地上的月之艮抬起頭，這時他看到了她身後站著的五個男人，在那五個男人背後還站著一個雙手插在口袋裡的男人。

月之艮驚叫道：「你們……你們……你們是一夥的。」

)(說：「不要亂說話。亂說話是要負法律責任的。」

月之艮說：「他們……他們……他們就是那天晚上搶劫我的人。」

)(說：「那也只能證明他們與你太有緣份了。他們是我才請來的，也只是在五分鐘之前才見的面。」

這時那個雙手插在口袋裡的人從後面走上前來——他的手還是插在口袋裡，絲毫沒有要出手的意思。這多少讓月之艮有了一點安全感。因此他也敢用眼睛對望著他的眼睛。那個人的目光很平靜，平靜得就像是目光裡沒有看到任何東西。

那人說：「小子，你知不知道我是誰？」說著就將眼睛湊過來對視著他的眼睛。

月之艮這回看清楚了，那個人的目光裡面就像是有一團濃濃的飄浮不定的霧，什麼也看不見。難道這就是傳說中的「目中無人」。月之艮猛然間覺得自己的心裡很冷。他打了一個冷顫，想要為心找一件棉衣來穿上——只有這樣他才能夠對抗眼前的這種寒冷——可是去哪裡找這樣的棉衣呢？根本就沒有。這個世界上根本就沒有這種棉衣。在得出這個結論之後，月之艮在心底對自己說：我澈底的輸了。在得出這個結論之後，月之艮的聲音小得已經讓別人聽不見了：「不知道。」

那人說：「老子就是毛反。」他指了指現在處在他身後的五個人：「這幾個人就是我手下的五虎大將……總結起來就四個字：心狠手毒。」

此時，月之艮低下了沉重的頭顱。兩行眼淚滴在地上，形成了兩隻眼睛，默默地與他對視著。也許是良心發現，也許是女性特有的憐憫之心，)(對那人說：「老大，你就給他一條生路吧。我會報答你的。」

那人說：「我就是有這個毛病，無法拒絕任何一個女人的要求——何況還是一個美女。唉，既然你都這樣說了，我就讓他在我的地盤裡當乞丐吧。」

說著那人終於從口袋裡抽出了手，撫摸著月之艮的腦袋說：「不要以為做乞丐不好。只要你放得下面子，你就會發現乞丐是這個世界上最輕鬆愉快的職業，不用勞動、沒有壓力、不費力氣、不會生病、想睡就立刻躺下而不用管在什麼地方、什麼時間，睡足了就起來，四處走走，順便再討一點東西，運氣好的話幾年之後就可以成為一個中產階級，運氣再差也不會輸給工人階級。那可真是神仙過的日子啊。」

聽到那人這樣一宣傳，月之艮立刻接話說：「謝謝老大……謝謝老大……我願意做乞丐，我放得下面子。」

)(在一邊誇獎說：「真是識時務者為俊傑。面子能值幾個錢？一文不值。丟了，正好輕裝上陣。」

從此後，月之艮成了乞丐。

沒有人會問一個乞丐叫什麼名字，乞丐們只有一個名字——乞丐。通常好心的人只是丟下了錢就走，碰到那些愛做好事並愛管閒事的好心則會固定問一些這樣的的問題：

你家在哪兒？

家裡還有人嗎？

為什麼出來要飯？

……

最後他們都會這樣說：「要到了錢之後就回家去吧，自己找一點力所能及的事情做做。不要再出來要飯了，勞動光榮，要飯可恥。要飯是資本主義社會的餘孽，是資產階級衣來伸手、飯來張口的剝削思想。」

乞丐通常會麻木的聽著，用眼睛緊緊地盯著說話的人，直到盯得他們覺得自己的臉被弄髒了，他們才會匆匆地像逃跑一般地離開。於是乞丐又安靜地坐著等待著下一個好心人的出現。

其實乞丐也並不是那樣容易當的。他並不像是作家，只要你對別人說：「我開始搞寫作了，我在寫小說，寫很長很長、很感人很感人、很煽情很煽情、很酷很酷的小說，我的目標是諾貝爾文學獎。」於是，你就是作家了——只要，只要你在獲得諾貝爾文學獎之前你有足夠的錢能夠養活自己，而不至於最終扛不住生存的壓力而墮落為一個乞丐。乞丐則不同了，並不是說我說我是乞丐，別人就會給我錢。如果你不夠可憐、如果你不能夠引發別人的一顆同情心、如果你包裝的不到位，那麼，對不起，心腸再好的人也不會丟錢給你。如果真的有人給你錢，那不是因為好心，而是你碰到了一顆正在氾濫著的心。由此可見做一個乞丐比做一個作家要難得多。

月之艮第一天做乞丐時，他像往常那樣出了門，在一個僻靜的地方找了一個乾淨得可以坐得下去的地方坐下，開始了他的乞丐職業生涯的第一天。

（出於我講述這個故事的職業道德，這一天我專門請了一天假跟蹤他，並對他進行了整整一天的觀察。說實在的，從我這個外行人的眼裡，我都覺得他不像是一個乞丐，而像是一個走累了坐在路邊休息的人。不知道業內人士會把他當成什麼人。）

大概是中午過後的半個小時，我看到一個衣裳襤褸滿臉灰塵的小姑娘站到了他的面前，向他伸出了手，一開始他還以會是自己迎來了職業生涯的第一次開張，正要伸出手去接，再一看，那一隻手上空空的，什麼也沒有。他將目光從局部的手向上移……他看到了一個可憐的小姑娘，在向他討錢。

小姑娘說：「叔叔，給一點錢吧。我已經兩天沒有吃飯了。」

他正想說「走開，我也是乞丐，我還想找你要錢呢！」時，他看到了她那雙楚楚可憐的眼神，他的心都要碎了，於是他從口袋裡拿出兩角錢給她。小姑娘接了錢之後連「謝」字也不說一個就走了。這也多少使他感到有些遺憾，自己不像是做了一件好事，而是做了一件應該做的事。

這一天，他早早地就收工回家了。不得不承認他是一個聰明的人，善於總結經驗。他知道連乞丐都沒有認出自己是乞丐，那麼別人也一定不會把他當成乞丐的。再這樣等下去也是白等。還不如早一點回家去做一做準備。

回到家裡，他將衣櫃裡面的舊衣服拿出來，將家裡上上下下，裡裡外外，甚至連灶台鍋底都擦了一通。

他的哥哥㈣月殳奇怪地問他：「你這是怎麼啦？」

他沒有回答。繼續拖著一條腿將這些事情做完。擦完之後，他將這些髒衣服穿上，在鏡子前面一照：一個真正的合格的乞丐出現了。

第二天一大早，乞丐就出門了。市面上有一名言說「趕早不趕晚」，於是乞丐一大早就出門去了。

哥哥㈣看到他穿的如此的狼狽，與往日愛乾淨整潔的形象完全變了個樣子，於是在後面叫道：「你怎麼？怎麼這樣子就出門了？」

他沒有理哥哥，他在心中默默地叨念著一首詩：

從今天起做一個乞丐
要錢、要物、要飯
從今天起做一個忘我的乞丐
吃剩的、喝涼的
從今天起做一個幸福的乞丐
不管別人怎樣看我
不管窮人富人還是官人

「行行好吧！給點錢」

面朝生活……

面朝人流……

面朝街道……

面朝賓士寶馬

面朝高樓大廈

……

面朝瓦罐裡的鈔票，春暖花開

一念起這首詩，乞丐的內心裡就平靜了許多。真是：人群身邊流，心靜如止水。

乞丐剛找好了一個地方坐下來，這時城市裡早晨上班隊伍的大潮就來到了。他們騎著自行車經過他的身邊絲毫也沒有要停下來的意思。這隊人馬是要匆匆趕到單位去打卡、點名。哪裡有時間在路上耽擱片刻？

有一個騎車的人在經過乞丐的身邊時，丟下了一句話：「這個乞丐真刻苦，這麼早就來擺攤了。」話音從匆匆而去的自行車後面飄過來，剛好完整地進入了乞丐的耳朵裡。聽了這句話，乞丐有些高興，終於……終於……自己像乞丐了。終於……自己是乞丐了。就像是自己的成果……終於……得到了別人認可一樣，乞丐流下了激動的淚水。

乞丐第一次開張是在十一點鐘之後，一個禿頂的老頭在經過了對他長時間的觀察，確定了他的年齡之後，對他說：「小夥子，我給你算個命吧。」

乞丐沒有理他。

那個老頭仍舊不妥協：「小夥子，我給你算個命吧！」就這樣一連說了十幾遍。乞丐才說：「我哪裡有錢讓你給我算命呢？」

老頭馬上接著說：「不要你給錢、不要你給錢，我給你兩元錢，好不好？」

乞丐沒有再說話了。精明的老頭知道乞丐是同意了。如今這個世界還有誰會跟錢過不去呢？於是老頭說：「膝蓋，上接大腿下連小腿，中間乃靈活活動之部件，正因為有了膝蓋，人才可以走出平地，上坡或下坎。這就意味著膝蓋是決定著人生升或降的關鍵之部位。經過多年的潛心研究與觀察，我發現膝蓋就像是一條路的一個彎道一樣，是人生的轉捩點——用相術用語來說，就是充滿了變數，所以只要研究好了膝蓋，就可以掌握人生中的每一個變數。比如說什麼時候你會碰到曲折，什麼時間你的命運是平坦的。

我經過多年的研究發現：膝蓋硬而方者，愚；軟而圓者，福；四畔豐而中間凹者，富；膚色如鵝掌者，貴；蓋長而厚者，仁；單薄而短者，貧；蓋黃如土地者，賤；當中生黑痣者，淫；有紋，上下順者，百謀皆通；有紋，左右橫者，百事破敗；蓋骨外突者，勞而累……」

老人還想往下再說，乞丐打斷他說：「說那麼一大堆理論性的東西有什麼用。」

老人說：「不說點理論上的東西，你怎麼會知道我的專業水準有多麼的高呢？」

乞丐說：「別浪費我的時間了，快點說出結論吧。」

老人說：「唉，碰到一個性急的了。好吧，你把褲腿捲起來讓我看看。」乞丐將褲腿捲了起來，老人對著乞丐的膝蓋望了半天，沒有說話。左邊有膝而右邊無蓋，傳統的對稱原理被打破了，這就意味著一生的平衡被破解了，於是只有一輩子卑躬曲膝地活著。就像他現在這個樣子——臥倒在地上——就是對他命運最好的圖解。看到老人難言的樣子，乞丐說：「你看到了什麼就說什麼吧，不要怕我聽了之後不高興。」老人說：「果然……果然你是一個乞丐的命，一馬平川、一帆風順、一望無垠……好命、好命呀……當然這只是相對於乞丐而言的……看來，你是要做一輩子的乞丐了。」

乞丐聽了之後，飛起一腳說：「媽的，這還用得著你算，我自己就能算……」在飛出一腳之後，他才發現自己踢出的那隻腳空蕩蕩的。褲管裡空蕩蕩的什麼也沒有。

而轉眼間老頭就不見了，乞丐放在地上的破碗裡飄落了一張皺巴巴的兩元錢的鈔票……那個老頭是被自己用無影腳踢飛的？還是那個老頭本來就是一個神仙，下凡來為他指點迷津？乞丐將那張皺皺巴巴的兩元錢的鈔票拿起來對著陽光仔細地端詳著，想從中探尋出什麼祕密來。這時有兩個過路人經過了這個現場，其中的一個人說：「你看看，現在連乞丐都擔心收到假鈔。」另一個答道：「唉，現在還有什麼是完全信得過的？」

因為自己而讓別人看到了人性的陰暗的一面。乞丐有些自責，他本想追上前去對他們解釋清楚，但是，他剛想「追」卻發現自己只能夠「爬」，「爬」如何能追得上「走」？於是他放棄了想要追上前去澄清的打算，只好目送著他們背負著遺憾的背影消失在街道中的茫茫人海之中。

（於是，在以後的日子裡，每當他看到有乞丐小孩，一直堅定地拉住一個行人的衣角，他都堅信小孩是要向行人解釋什麼誤會，而並非是為了乞討。人啊，為什麼會產生哪麼大的理解的鴻溝？乞丐明明是想要解釋一些對於他們的誤會，而正常的人們呀！總要把這理解成為是強行的乞討——討厭、厭惡、噁心、心痛、痛恨、恨其不爭、不爭氣、氣憤、憤怒、怒火中燒、燒毀、毀滅、滅亡、亡命之徒、徒勞、勞動、勞動光榮、勞動者光榮、勞動人民光榮——光榮屬於勞動者、光榮屬於勞動人民——最後，人民說：「滾開，不勞動者不得食。」）

第三天，乞丐一直到過了十一點鐘才從家裡面出來。找一個人流量大的地方，扯起一個攤子，坐下來等待。等待中，等待的無聊降臨了。乞丐無聊地望著在眼前川流不息地晃動的人群，那晃動有一點像是陽光穿透樹葉將光線投射到地上——而在此時恰好又起了一陣風，光影晃動起來——等待中，乞丐想起了昨天讓人誤解的事，心裡面就像是堵著一塊石頭，讓人感覺到了人對人的不可靠、不誠信。

眼前的人影還在晃動著、變化著，還沒有人停下來在乞丐的面前站住，在他面前的破碗裡面丟下兩元錢——如果是紙票那就是絕妙的飄落，如果是硬幣那就是兩聲清脆的叮咚聲。

眼前的人影在晃動、變化，乞丐發現只有一個站立著的形象沒有變。仔細一看，原來那是一個公用電話亭，他心裡面想：還是打個熱線將心裡的話說出來吧，否則會鬱悶致死的。於是他爬起來拄著拐杖來到了電話亭，電話亭裡貼滿了辦證、搬家、租房和交友的電話。只有一個電話是獨一無二的，所以乞丐一眼就看到了它：「心煩事、傷心事，高興事、喜慶事，有事要說請撥打熱線電話：6668686。」

乞丐撥了電話，嘟——嘟——嘟——通了，乞丐一陣驚喜。只響了三下，對方的電話就提起了，是一個好聽的女聲：「喂，你好！這裡是四個6兩個86新聞熱線。」

乞丐說：「噢……嗯……是這樣，我昨天不是在辨別那張兩元錢鈔票的真假，而是想看一看那張錢上面有沒有寫什麼字。比如說一句話或者是一個電話號碼。」

電話那頭說：「你好，你能不能說清楚一點。從頭說起？」

乞丐說：「好的。」於是他將昨天一個老頭怎樣倒貼錢給他算命，怎樣丟給了他兩元錢，後來又怎樣消失。而後他又怎樣看著鈔票想從中找出什麼祕密，而後又怎樣被人誤解以為他是在辨別鈔票的真偽。

講完之後，乞丐說：「那兩個人說：『連乞丐都擔心收到假鈔，看來社會確實是病了。』其實我那時並不是在辨別鈔票的真假，而只是想看清楚上面有沒有留下什麼祕密。」

電話那頭說：「先生，您看這樣行不行，您把您現在的位置告訴我們，我們馬上派記者過來，對您進行專訪。」

乞丐告訴了她他現在所在的位置。電話那頭說：「先生，請您不要給再其他的媒體打電話了。您將會獲得我們支付的提供新聞線索獎一百元。」

一個電話，即解了自己的心結，又得到了一百元錢的新聞線索獎。一舉而二得。乞丐隱隱地覺得這是他當乞丐的一個很好的開端。他想：難怪那個老頭說我是乞丐的命，在當乞丐之前萬事都不順，而現在當乞丐了，一開始就是這麼的順利。哈、哈、哈、哈……他大聲地笑了起來。

不一會兒記者就來了。記者問：「請問，你就是剛才撥打熱線電話的人麼？」

乞丐說：「就是我。記者同志……我跟你說……」

記者打斷他說：「不要叫我同志，直接叫我記者好了。」

乞丐說：「啊，好……記者同志……噢，不，不是同志，是記者，事情是這個樣子的，我被人誤會了……」

說著他又將事情的前因後果說了一遍。最後他說：「其實我那時並不是在辨別鈔票的真假，而只是想看清楚上面有沒有留下什麼祕密。記者同志……噢，不……不是同志，是記者，請您幫我呼籲一下，幫我把消息傳遞出去，讓世界充滿真實。而不是誤解。社會沒有病，有病的是那些沒有把一個事件完全看完就匆匆下結論的人……」

還沒有等乞丐說完，記者就急忙地離開了，匆匆地趕往下一個地點採訪去了。

在之後第四天的早晨，該市一份發行量最大的報紙上，市民們看到了這樣一篇訪談：《誠信缺位：乞丐當街查驗乞得鈔票的真偽》

「昨日，本報接到讀者打來的熱線電話，稱一乞丐每收到別人施捨的錢都要用驗鈔器檢查其真假，乞丐的這種行為引起了這位市民的強烈不滿。

記者接到熱線電話後，當即驅車前往乞丐的行乞地點，對這位乞丐進行了採訪。記者看到這是一個斷了一條腿的乞丐，他端坐在街沿邊，面前擺放了一個破碗，碗裡面零星的有幾張小鈔。記者在他的對面坐下來，採訪就在記者坐在地上之時開始了。

記者：為什麼要當乞丐？

乞丐：命該如此。有人給我算過命，說我就是做乞丐的命。

記者：你就認命了？為什麼？

乞丐：一開始我也不認命，可是後來，你看看（說著他還亮出了自己的腿）我的腿斷了也只能做乞丐了。

記者：能說一下你的腿是怎樣斷的嗎？

乞丐：說來話長。

記者：是一個曲折的故事？

乞丐：是的。我原先也是一個正常的人，也有正式的工作，也有一個溫暖的家。賢慧的妻子、活潑的兒子。唉，幸福的家庭都是相似的，就不說幸福罷了。不幸的家庭各有各的不幸。我還是跟你說說我的不幸吧——（說著他竟然有些哽咽，幾乎語不成調，記者將手中的礦泉水遞過去，他喝了一口水之後，才又漸漸地恢復了正常）——你不知道，我原先是在銀行工作。那一天有一個客戶來存錢，厚厚的一疊，我用手數了一遍，一共是六萬四千元。再數一遍，在數到第十九張時，我的手感告訴我，這是一張假鈔，我隨手就將這張鈔票抽了出來，再接著往下數。在數到第八十九張時，我的手感又對我說，這是一張假鈔，於是我又隨手將這張鈔票抽了出來放在一邊。這樣一直將這一疊錢數完，之後，我將這兩張鈔票拿起來對著前來存款的人說：這兩張是假鈔，根據國家的規定直接沒收。那個人說：不可能，那兩張不可能是假鈔。我說：我幹了那麼久的銀行工作，怎麼會連鈔票的真假都分不出來？那個人說：我不相信人，我只相信機器，你用驗鈔機試試嘛。我想試試就試試，難道還會真了不成？於是我將那兩張鈔票放進了驗鈔機裡，奇怪，那兩張鈔票竟然順利地通過去了。是真鈔。我的腦袋嗡的一聲，像是炸開了，怎麼可樣？怎麼可能？我從來就沒有判斷失誤過，無論是真的假的沒有那個能從我的手下逃出過。真的就是真的、假的就是假的。不可能真的變成了假的，假的變成了真的。我的頭腦裡面正亂著成了一團麻，這時外面的那個存錢的人在催促道：快點，快點，我看你是想把我的那兩張鈔票給私吞了。就這樣，我也沒有將其他的我的手感告訴我是真的鈔票放進驗鈔過一遍，就稀裡糊塗地給他開出了一張六•四萬元的存款單。

（說到這裡時，乞丐停了一下，喝了一口礦泉水。藉這個空隙記者插進話來……）

記者：這個故事好像並不是很傳奇。

乞丐：你說的對，這個故事並不傳奇，可是接下來發生的事情就可以說是奇怪了。第二天，總行派人來調查說，昨天我接手的那筆錢只有兩張是真鈔，而其他的全部都是假鈔。真是見了鬼了。你相不相信這個世界上有鬼？原來我不相信，但是自從這件事情發生之後，我就澈底的相信了。我那天是見鬼了。真的，如果不是見鬼，怎麼會那麼奇怪，真的當成了假的，假的當成了真的。而且假的是那麼的眾多，真的是那麼的渺小。再加上那麼多的假鈔全部都跑掉了，而僅有兩張的真鈔又全部都落網了。這用數學的概率來說，是根本就不可能出現的現象。

記者：除非是有人有意作假。

乞丐：你說的對。上面派來的人也是這樣認為。他們認為是我與那個人串通一氣，故意用假鈔來換銀行的真鈔。

記者：那也不可能，幹這麼明顯的監守自盜的事情，除非是傻瓜。

乞丐：記者同志，噢，不，同志……噢，不，不，是記者……記者，您真聰明。警察也是像你這樣判斷的。他們說他們一輩子都沒有碰到這麼笨的賊，雖然可以在存款時作案成功，但是一定會被發現，而被發現了以後責任一定又得由當事人自己來承擔，不僅什麼好處也沒有，而且還會弄得自己一身的騷氣。於是他們斷定我不是監守自盜，而是病了，被壞人抓住了空子，鑽了進來。

記者：這不可能就是結局，最後怎麼樣了？

乞丐：銀行將那筆存單凍結。當天的錄影資料也被妥善地保存起來。就等著那個人前來取錢，自投羅網。

記者：那個人不是傻瓜，他不會來的。

乞丐：是的，那個人自從存了那筆錢之後，就一直沒有再出現過。我也想不通，他為什麼要這樣？白白的丟掉兩百元錢，損人不利己。況且，我又不認識他，往日無冤、近日無仇……

記者：還是說說你自己吧。

乞丐：那之後我就被銀行開除了。說我不適合再做銀行的工作。

記者：你是怎樣當起乞丐的？

乞丐：失業之後我到處找工作。不是別人不要我；就是別人要我，我又幹不了。於是我想到了死。我從七層樓樓頂上跳下來，想自殺，可是這回運氣又太好了，快要落地時，腿被高壓電線擋了一下，瞬間右腿就被燒壞了。也就是這樣一擋，我落地時的速度減慢了，沒有被摔死。我被救活了，可是右腿也因此沒有了。

記者：就這樣你成了乞丐？

乞丐：是的，腿斷了之後，我想起了曾經有人給我算過的命——說我是乞丐的命。於是我就心安理得的做起了乞丐。

記者：認命了？

乞丐：認命了。

記者：最後問你一個問題。你每次收到別人施捨的錢都要用驗鈔機檢驗其真假，是跟你的那次失業的經歷有關嗎？

乞丐：是的，那次教訓太慘痛了，我永遠也無法忘掉。吃一塹長一智。知錯就改。亡羊補牢。毛主席曾經說過：是人就都會犯錯誤，不會犯錯誤的是豬，犯了錯誤不改的是死豬……犯了錯誤改正了之後就是好同志……

記者：到目前為止，收到過假錢麼？

乞丐：很幸運，還沒有收到過。

記者：好，採訪就到這裡，謝謝你接受我的採訪。

乞丐：也謝謝記者同志……噢，不，不……是記者您對我的採訪。」

乞丐並沒有看到這篇文章。在接受記者採訪後的第一、第二、第三天他都去買了報紙，想看看上面登出的自己的故事。可是找遍了報紙的每一個角落他都沒有找到。

於是，第四天他就沒有再買報紙來看了。其一，是因為要來的錢來之不易；其二，是因為看報紙影響了自己做生意，在這三天裡所討到的錢呈直線的下降趨勢。

這三天過路人看到的是一個熱愛讀報的乞丐，他專心致志地看著報紙，每一個角落，每一個字，甚至廣告縫中都不放過。乞丐的這種表現感動了一些熱愛學習的人，有些容易傷感的人落下了淚水，有些喜歡證明自己的愛心的人走上前去在乞丐面前的破碗裡丟下了一些碎鈔。錢在空氣中墜落，劃出了一個令熱愛鈔票的人心動的弧線，很多旁觀者都認為乞丐會抬起頭來盯著鈔票劃出的弧線連聲說「謝謝、謝謝、謝謝……」，但是他們發現乞丐還在低著頭看報，頭也不抬一下，彷彿什麼事情也沒有發生——破碗裡面的錢的數量並沒有發生變化——換一句有學問的話就是「碗裡面的錢並沒有發生量變」。人們的期待在瞬間就落空了。希望之後的失望。心就像是被人給偷去了。人們離開了乞丐乞討的現場，發誓再也不會施捨給乞丐錢了，「連頭也不抬一下，好像是我上輩子欠了他一樣，應該給？憑什麼？」一顆好心就這樣被傷害了。人心就是這樣變得冷漠起來了。

人們心理的這種變化乞丐並不知道。因為沒有人會願意與乞丐交流，告訴他你應該心存感激、你應該知恩圖報、你應該要有敬業精神，人們只是若有所思或悵然若失地走開了，在走動中，空氣流動，引起了一陣風。風中熱心腸開始變涼，轉化成冷心肝。

前面我說過乞丐並不知道人們內心的這種變化，但是不知道誰說過：任何事物都不是孤立存在的。乞丐在每天晚上回去清點碗裡的鈔票時，發現碗裡面的錢迅速地少了下來，是什麼原因使乞討的錢少了下來了呢？乞丐在第三天的夜晚仔細地回憶著已經過去的三個日日夜夜，是什麼原因呢？經過仔細的思考對比之後，乞丐將重點放在了讀報紙上。因為要說自己有什麼變化的話，就是這三天來他在讀報紙，而之前他並沒有如此的舉動。就這樣輕而易舉地，讀報紙與錢討的少了就連繫到了一起。「不會犯錯誤的是豬，犯了錯誤不改的是死豬。」知錯就改，這就是人與豬的區別。於是，第四天乞丐就沒有再買報紙來讀了，而是一心一意地進行乞討，很快地破碗裡面的錢又開始回升起來了。

乞丐沒有看到關於他的那篇新聞報導，我不知道是好事還是壞事。我權衡了一下，最後得出的結論是：應該算是好事吧。因為這至少可以避免一次糾紛——告報社虛假報導。日子從前怎樣，現在還是怎樣。穩定。持續。不添亂。

（最後在結束對乞丐的描述時我想補充一個細節：一天，有一個好心的人看到乞丐的碗破的太不像話了，不用說盛稀飯、也不用說盛乾飯、就連丟進碗裡面的錢都有可能會漏出來，於是這位好心人便在一個風和日麗的日子給乞丐送來了一個嶄新的碗，說：「實在是看不下去了，你這個破碗也應該丟掉了。」說著就將乞丐的破碗給丟掉了，將新碗遞給他。乞丐生氣地說：「你為什麼要丟掉我的飯碗？」好心人說：「我不是給了你一個新的？」乞丐說：「這不是我的飯碗，我不要新的，這個不適合我。」說著就猛地將新碗砸碎，而後再拖著一條斷腿到街道綠化帶的灌木叢裡將自己的那個破碗找了回來。好心人氣憤地說：「果真是乞丐的命，連新碗都不會用。」說完就忿忿地走了。而乞丐也沒有好氣，他在心中想：這個不識人間煙火的傻蛋，差一點就丟掉了我的飯碗。）

前面我寫到記者採訪完乞丐之後，又匆匆地趕往下一個採訪地點。在一個高尚社區前，一個保安擋住了他：「幹什麼的？」說著保安指了指大門前的牌子，上面寫著「住宅社區，非請勿入」。

記者從口袋裡掏出了記者證在保安的面前一晃說：「我是記者，是來採訪女作家田其二的。」保安將身體一側，讓出了一條路。記者也是將身體一側，借勢就擠了進去。

迷宮一樣的路。

盆景一樣的花木。

枯藤老樹小橋流水。

藍天白雲掩映著高樓。

讓人心曠神怡流連忘返。

記者在四幢五單元一號的門前停了下來，按響門鈴。門上的小擴音機裡傳來一個女人的聲音：「哪位？」

「是我。我們約好的，我是××報社的記者。」

女作家打開門來抱歉說：「唉，你看我這記性，差點都給忘掉了。」

「你事情多，腦袋裡裝的東西也多，故事呀、場景呀、結構呀什麼的，可以理解，可以理解。」

女作家露出了笑容：「理解萬歲！」

「理解萬歲。」

記者接著說：「那麼我們就開始了？田作家。」

「不要叫我田作家。太嚴肅了，你就叫我其二好了。」

「請問其二……」

還沒有說完，她就打斷了他：「你先別問我問題。我先問你一個問題，能告訴我你叫什麼名字麼？這樣子好像要公平一些。」

「什麼？公平？」

「你看，你知道我叫什麼名字，而我卻不知道你叫什麼名字。這不是不公平麼？」

「我叫，月去耳。」

腳：月去耳

「月去耳？月去耳——腳？你就是腳？哈哈，你終於出現了。」田其二驚叫道。

「我就是腳。你的文字感覺真好。」

田其二得意地說：「文字感覺不好我能當作家麼。」

「聽你剛才的口氣，你好像聽說過我？」

「是這樣的，曾經有一個算命大師給我算過命，說我『命中會和一個男人有一腳』。原來這個『腳』說的就是你。」

「從字面上來說，這句話不應該是這樣解。在這句話裡面那個『腳』字是動詞，而不是名詞。」

「我是個作家，字面上的意思難道說我還不明白？算命的話，每一個字裡面都藏有玄機，不能夠按照常規來解，否則那能叫著算命？我相信那個『腳』字指的就是你。」

「這麼說我們是很有緣份了？」

「當然。要不然我怎麼會讓你採訪我？」說著，田其二直直地將目光逼視著月去耳，像是要將他的五臟六腑都看透：「你一定知道，我曾經說過……要採訪我就必須和我上床……幹的時間有多長，我就給他多長的時間採訪。來吧、我們來吧……」

說著田其二已經將外套脫掉了，露出了紅色的胸罩。月去耳直直地盯著露出來的胸罩說：「紅色的，我喜歡這種顏色，像兩團火一樣。」

「是的，像火。在我的胸部上跳動著兩團不安份的火焰。它整日整夜地燃燒著我，以至燒紅了我的胸罩，燒紅了我的內褲。」

「你的胸罩真的是被燒紅的？內褲也是紅色的？也是被燒紅的？」

「你真可愛。唉，不行了，我被燒的難受，我們快點開始吧。」說完田其二又脫下了褲子，露出了火紅的內褲。

三點。三個紅點，火一般燃燒著田其二的身體。

三點。三個紅點，烙鐵一般燙著月去耳的眼睛。

田其二坐在平時寫作的桌子上，叉開雙腿，說：「我們現在就開始吧。」月去耳看見由於內褲的襠較窄，有許多黑而且粗的陰毛從內褲的兩邊鑽了出來。張牙舞瓜的，樣子極為的猙獰，就像是魔鬼伸出的一千隻手。田其二用手撫摸著露在外面的陰毛說：「你不想用手來撫摸一下它們麼？勇敢的犧牲者，為了掩護下面的那條小溪，自從那條小溪開始成熟之日起，就勇敢地站出來保衛著它、蔽護著它，雖然它們知道這是在做無用功，因為這條小溪終究會被發現、會被破壞，但是它們還是始終無怨無悔地日夜堅守在那裡，從來沒有離開過半步。」她感歎道：「所謂是道高一尺、魔高一丈，敵人實在是太狡猾了，無論藏得多麼的嚴實，他們還是會找到它。你說，這是一種什麼精神？」

「這是一種『明知山有虎，偏向虎山行』的精神？」

「不。這是一種釘子精神。」田其二激動說：「噢，不，這是一種舊勢力，占著茅坑不拉屎。潮濕、陰暗、妒忌、晦澀、頑固不化、吃力不討好、又費馬達又費電……」

說完之後，田其二說：「快點，我們開始吧。」

月去耳問：「開始什麼？」

田其二說：「我們不是說好了嗎，先做愛後採訪。做愛的時間有多長，我就讓你採訪多長的時間。」

月去耳委曲地說：「你沒有對我這樣說過呀。」

田其二說：「你是做新聞的，難道你沒有看到過關於我的新聞報導嗎？我曾經起過誓，要想採訪我必須要先跟我做愛，做愛的時間多少，我就給他多少的時間採訪。」

月去耳說：「我是看到過這樣的新聞，我還以為是，你為了使新聞更加的火爆，隨便說說而已。我沒有想到你是當真的。」

田其二說：「你這是在污辱我的人格。出爾反爾，我不是那種人。人們都說「男人喜歡與不同的女人做愛，女人則喜歡同熟悉的男人做愛」，我就是要打破這個傳統的觀念，就是要與不同的男人做愛，體會不一樣的高潮。不要遮遮掩掩的，痛快點，你到底是幹還是不幹？」

月去耳說：「如果是早幾天我會幹。我操，不幹白不幹，幹了也白幹。這種好事到哪裡去找？」

田其二問：「你告訴我，為什麼今天又不能幹了呢？不會是你也有什麼月經期吧？」

說著她哈哈哈地大笑起來。在田其二的笑聲中，月去耳辯解道：「不是。是我們報社前兩天才進行了三項教育。其中最重要的一條就是杜絕有償新聞。我剛才思考了一下，如果我現在跟你幹了，那麼就等於是接受了你的性賄賂。在這樣的前提下，如果這條新聞見報了，那麼從本質上來說，這條新聞就是有償新聞。」

田其二沉靜了一會兒說：「好吧。你有你的原則，我有我的原則。在我們的原則相互衝突的前提下，在我們又都堅持自己的原則的現實中，你走吧。」

月去耳說：「請問其二，請問其二……」

田其二果斷地說：「不要問其二。你快點給我滾。否則我要打一一〇報警了。」

月去耳耷拉著腦袋就出去了，一直到回到報社他的頭都還沒有抬起來。看到他這副模樣，主任關心地問道：「怎麼？碰了釘子？」月去耳將事情的經過對主任說了一遍。主任一拍桌子，說：「接受採訪是新聞，不接受採訪也是新聞。」看到月去耳一臉茫然地盯著他的樣子，主任拍著他的肩膀對他說：「就這樣寫……嗯……就做這個標題：記者不『幹』女作家拒絕採訪。」

月去耳由衷地佩服道：「看來薑真的是老的辣。」

主任說：「小夥子，跟著我好好學學，保準沒錯。」

第二天這條消息見報後，果然引起了強烈的反響。一大早報社的熱線電話就響個不停，讀者們紛紛表達了對田其二的厭惡及對月去耳的敬佩，並不約而同的表示要以月去耳為榜樣，向月去耳學習。

當天，主任又喊來了月去耳，說：「小夥子，哈哈，你成名的機會來了。」

月去耳說：「靠主任栽培。」

主任說：「你有沒有想過下一步你應該怎樣走？」

月去耳說：「請主任明示。」

主任說：「你知道了其二，但是你知道其一麼？」

月去耳說：「請主任教誨。」

主任哈哈地大笑著說：「看來你是只知其二不知其一呀！」看到月去耳謎團一般的臉龐，主任開心地說：「我給你一個提示吧！其一是其二的姐姐。」

月去耳恍然大悟地說：「你是要我去採訪田其二的姐姐？」

主任說：「真是孺子可教也。」

月去耳一連串地問了三個問題：「田其二的姐姐是誰？叫什麼名字？在哪裡工作？」

主任也一口氣回答了三個提問：「田其二人姐姐就是田其二的姐姐。名字叫著田其一。她在本市的一個電臺做主持人。」回答了提問之後主任氣也不歇地接著說：「你去採訪她，問其一對其二的行為有什麼看法。無論她怎麼說——是支持還是反對；是漠不關心還是憤其輕薄，你都照實寫下來，無論她是什麼態度讀者都一定會喜歡看。」

月去耳說：「謝謝主任點撥。我這就去採訪田其二的姐姐田其一。」

……說著抬腳就往外面跑……

好不容易寫到了「腳」字，並且還是一雙行走、飛奔著的腳。且讓我藉著這個機會，按一下暫停鍵，讓這一雙腳定格一會兒。就讓我以這雙腳來說說腳吧：

> 人之行也，如水之流，如雲之浮，飄飄然，不凝不滯，無往不利。善行者，猶舟之遇水，重載其物。不善行者，猶舟之輕飄，反有漂泊覆沒之患也。貴人之行，如水趨下而體厚重。小人之行，如大炎上身而腳重也。夫行者，進退之節，所以見貴賤之分，周旋不失其節，進退不失其度者，則行之美矣。大抵腳不欲重，額不欲低，身不欲折，手不欲搖，登足欲急，進身欲直，起步欲寬，俯然而往不凝滯者，貴人也。龍行虎步者，至貴。鵝行鴨步者，至富。牛行者，巨富。象行者，保壽。蛇行者，性毒。雀躍者，辛苦。馬奔者，勞碌。行步沉重者，榮貴。行步趨拽者，聰明。行步挺直者，富貴。腳

跟不落地者，敗業。行路低頭者，心惡。

走路低著頭的人，心裡在想著壞的事情？

重新按播放鍵，讓這雙腳繼續飛奔起來……月去耳像馬一般行走，長長的臉上露出一副細而且狹長的眼睛。對於眼睛的形容我們多數看到的是：「目光像尖刀一樣鋒利」，同樣地也可以用尖刀來形容月去耳的眼睛，只不過對它的表述應該是這樣：「他的眼睛就像是被尖刀劃出來的一樣」，細細長長的。凡是見到過他的眼睛的人多半都會替他著想：一線天，目光的一線天。他是如何同時看到天又同時看到地的？他看天時只能夠看天，看地時只能夠看地，看人時只能看人。如果他要看天、看地、看人，那麼我只能在本文中引入一個與小說無關的詞彙（兩個字）：掃描。

月去耳的目光像掃描器一樣梳理著大地——吱、吱、吱、吱……

這個城市月去耳剛來不久。剛來到這個城市時，他就像是一個裹滿了麵粉的面塊掉進了一堆湯圓裡。孤獨而無助。只有等待一瓢水來將粘在表面上的麵粉稀釋，他才可能與其他的東西接觸。直到這一天他碰到了畢直。這一天他百般無聊地站在一根電線杆的旁邊，先是看了一陣天，後又看了一陣地（吱、吱、吱、吱……），就在他看到地的同時，他的腦海裡出現了一個小小的白點，那是什麼？是久遠的記憶，還是近在咫尺的東西？他低著頭想了一會，很久很久以前……很久很久以前……好像並沒有這種白色的像膏藥似的形象。難道說就是近在咫尺的東西？他緩緩地將頭再一次抬起，就在目光放平時，他看見了電線杆上貼著的一片小紙片：

招聘：

因業務需要，招聘服務公關人員數名。要求男性，相貌英俊，體格強健，工作時間不定（隨時待命），能夠體諒女性之心情，愛惜異性之身體。工資待遇為保底工資加提成，如能任勞任怨、來者不拒，保證月薪可達萬元。有意者請撥打電話13989644145。

他看到這個招聘廣告，心中正在想著，這是什麼工作，工資那麼高，相當於一個老總的收入了。何不去試試？他正想伸出手去將廣告撕下來，這時從旁邊伸出來一隻手，一把就將廣告給撕走了。

他說：「這是我先看到的。」

那個人說：「這是我先拿到的。」

他說：「給我。否則我就不客氣了。」

那個人說：「你想怎麼樣？我倒要領教一下下。」

說著他們的臉就相互轉到了一起。他看見了一張英俊的臉龐。那個人則看到了一張長長的臉上兩條細細長長的眼睛。那個人看到了他之後哈哈哈地大笑起來。

他被笑得心中有一些發毛，問道：「你笑什麼？」

那個人說：「就你這樣子也想應聘？做這個？」

他說：「怎麼不能？」

那個人又問：「你知不知道這是做什麼？」

他說：「不知道。」

那個人說：「是做鴨子呀。」

他問：「鴨子？」

那個人說：「對，鴨。就是給女人玩弄。就憑你這副尊容根本就不具備競爭力。兵法上云：以己之長搏人之短；你這是：以己之短搏人之長。犯了兵法上的大忌。」

他說：「可是，我需要工作。」

那個人說：「再想想其他的辦法。」

他說：「可是，我沒有地方住。」

那個人問：「你不是這裡的人？你老家在哪兒？」

他說：「××。」

那個人說：「嗨！真巧，我們是老鄉。你先到我那兒去住，等找到了工作再說。」

他說：「我如果找不到工作呢？」

那個人說：「我看你的長相也不是一個碌碌無為之輩。就憑你這副小眼睛，就可以斷定你是一個長於鑽營的人。在這個時代只要肯鑽營就一定能成功。」

到了那個人住的地方之後，他問那個人：「還沒有請教你的名字呢？」那個人說：「我叫畢直。你呢？我也還沒有問你的大名呢。」他說：「不是什麼大名，聽起來像是小名。我叫毛三。」後來，他們自然地談起了生存的話題，畢直問：「你會做什麼呢？」毛三說：「我什麼也不會，才出學校步入社會。請多多指教。」畢直說：「什麼都不會做的人只適合當作家。我建議你還是當作家吧。」毛三說：「從小我給自己定下的理想就是當作家，我自己也是在往這條路上走，卻發現這條路很長很長，不僅需要有足夠的積蓄，還要等待目前佔據著文壇的那些老人們死了。而我現在連吃飯的錢都沒有了，如何能堅守的下去？不要作家沒有當成，就已經變成餓死鬼了。」畢直說：「你真是一個死心眼。你可以先當記者。記者的錢來得快。今天發一篇稿子，月底就可以領得到工資。而後再慢慢地讓自己往作家的路子上走，總有一天你會成功的。」毛三欣喜地說：「謝謝你。這真是聽君一席話勝讀十年書。」

毛三搖搖頭。

第二天，毛三就去報社找工作。主任問：「你知道當記者要具備怎樣的素質嗎？」

主任說：「當記者要有三快：腳快、嘴快、手快。腳快，就是要跑得快，第一時間到達一現場；嘴快，就是要問得快，關鍵的問題一句就能點中被採訪者的死穴；手快，就是要寫得快，搶時間寫成稿子，第一時間讓稿子見報。」

聽到主任的這一席話，毛三決定要從最基礎做起——腳快。於是，他將「腳」字拆解開來，給自己起了一個筆名：月去耳。利用諧音可以這樣讀：曰去爾。翻譯成半文言文就是：我採訪去也。

月去耳見報的第一篇新聞稿的名字就是：《鴨——活在城市電杆上的牛皮癬》。為了寫這篇稿子月去耳給畢直做了大量的思想工作。他對畢直說：「幫兄弟一把。」畢直說：「我幫了你，誰來幫我？你的這篇採訪只要一見報就一定會『引起相關部門關注』，他們就會來踩我們。」月去耳說：「我不會寫你的真名，用化名你說怎樣。況且只要有關部門有行動，一定會通知記者，我到時候就通知你。你想想看，如果別的人都被抓起來了，剩下你一隻鴨子，那麼你的生意不就是火了嗎？」畢直說：「真是知識越多越反動。我還沒有看到有你這麼壞的人。」月去耳說：「我這還不是為了你。」畢直想了一下說：「好吧。誰不想多賺錢？哪個人會跟錢有仇？我就給你說說吧。」就這樣月去耳的第一篇處女作就見報了。當天報紙一出來，在社會上引起了強烈的震動。讀者們紛紛打電話到報社，發表意見，有人說：「這世界真是變了，連女人也開始玩弄男人了。」有人說：「這恰恰體現了這個時代男女平等的思想精髓。」有人說：「我活了這麼大一把年紀，只聽說過妓女院，從來就沒有聽說過妓男院。」有人說：「算你運氣，讓你看到了新鮮的事。早就該反過來了，你沒看到天空中到處都飄浮著女權主義的大旗麼？你沒有聞到空氣中到處都彌漫著的女性主義的硝煙麼？」不管爭論的結果怎樣，月去耳是這次事件的惟一受益者。他成了這個城市家喻戶曉的人物。月去耳成了報社的名記者。名利、名利——有了名，利就自然而然地來了。

（必須說明一下，不久之後，在一次大規模的掃黃運動中，畢直被當場從交易場所抓了個現行犯。據說被關進了監獄。）

不講過去了，還是再回過頭來說現在。月去耳正驅車前去採訪田其一：天空中飄起了一絲小雨，每向前開五百米，汽車的擋風玻璃都會被蒙上一層細細的雨珠，使出現在眼前的景物變得朦朦朧朧的，就像是在做夢一樣。為了讓自己回到現實之中，月去耳打開了雨刷。滋……滋……滋……滋……雨刷在眼前均勻地晃動著，就像是兒時的搖籃。猛然眼前的綠燈變成了紅燈，他一下子沒有反應過來，車子衝了過去。前面一個警察將他擋了下來。他掏出記者證說：「我是記者，正在趕去採訪。時間很急。」看了一眼他亮出的記者證，警察說：「你就是月去耳？我喜歡你的新聞。」說著就將記者證還給了他：「快點去吧，路上小心一點。你可千萬不能出事呀，我們還等著看你的新聞呢。」月去耳聽後心中有些不爽，這個警察也真不會說話，等著看我的新聞？等著看我的什麼新聞？真是晦氣。應該是「等著看我採寫的新聞」，想到這裡月去耳的心中也就釋然了。

前面再拐一個彎就到田其一的單位了。門口的武警擋住了他，他亮了一下記者證說：「我是來採訪的。」武警看了一下他的記者證問：「約好了嗎？」他說：「約好了。」聽他說約好了之後，武警將記者證還給他說：「請進去吧。」

月去耳一進大門就看到了一個高挑的女人向他走過來。步履很有節奏，像是踩著音樂的拍子。月去耳迎上前去問：「請問田其一在哪兒辦公？」

高挑的女人問：「你找她有什麼事？」

月去耳說：「我是報社的記者，我想要採訪她。」

高挑的女人說：「我就是田其一。」

月去耳誇張地驚歎道：「你就是田老師？失敬、失敬。」

田其一的心情顯然很愉快，她指了一下院子的右上角說：「那邊有一個小花台，我們到那裡去說話吧。」

一坐下來，月去耳就開門見山地問：「請問其一，對其二有什麼看法？」

田其一一下子還轉不過彎來。問：「什麼其一其二的，像是繞口令一樣。」

月去耳解釋說：「我問的是你的妹妹田其二。」

田其一惱怒地說：「你不是來採訪我嗎，怎麼提起她了？」

月去耳說：「是這樣的，昨天我們的報紙刊載了一篇關於你妹妹田其二的報導，在讀者中引起了強烈的反響。讀者們紛紛打電話來要求進行更深入的報導。」

田其一說：「她可是出名了。你應該去採訪她呀！來採訪我幹嘛？這豈不是南轅北轍？」
月去耳說：「你是她的親姐姐，讀者想要知道你對妹妹的這種行為的看法。」
田其一說：「你想讓我說些什麼？」
月去耳說：「想怎麼說就怎說。」
田其一說：「如果我不想說呢？」
月去耳說：「我想，我們的讀者是有知情權的。」
田其一說：「那麼，你說我有沒有不說的權利呢？」
月去耳：「……」
田其一寬宏大度地說：「你走吧，不要再說了，越說漏洞越多。我也是搞新聞的，你那幾把刷子還麻不了我。還是再回去修煉修煉吧。」說完她起身就走了。望著田其一遠去的高挑的背影，聽著她音樂一般的腳步聲漸漸地遠去……像是一曲劇幕緩緩地落幕……
月去耳第一次感覺到自己只是一個被冷落了的觀眾，不僅沒有進入劇情之中，而且還在故事之外被淋了一頭的霧水。渾身冰冷，頭皮發麻。
再來說一說月去耳的另一次採訪經歷：
二〇〇四年數名中國勞工在阿富汗被恐怖份子打死。當天，主任就喊來了月去耳，對他說：「這可是一個大新聞，只不過死者是死在阿富汗，離我們太遠了，不適合新聞的貼近性原則。你知道應該怎麼彌補嗎？」月去耳答道：「去採訪他們在中國的親屬。讓這條新聞在本地生根。」主任說：「真是朽木可雕、孺子可教也。好！就派你去了。」

從接到採訪在阿富汗的中國工地遇襲中死難者家屬的任務那一刻起，月去耳就感到了一陣陣的興奮。這絕對是個好素材，哭泣、淚水、控訴，字字可以入筆，樣樣可以抒情。到了濟南，他從中鐵十四局的檔案庫搞到了山東死難者的具體聯繫方式。主任在這時也打來了電話，問採訪進展的怎樣？月去耳說：「已經搞到了死難者的家庭地址。」主任在電話中叫喊道：「OK，版面我們已經給你留好了，一定要將新聞抓回來。」

在計程車上，司機對月去耳的採訪目標很感興趣。他告訴他，被害者家住在山東最窮的地方。那裡一年下不了幾次雨，莊稼長不了，村裡人只能到外地打工貼補家用，「死了一個男人，家裡可就更困難了！」

路很遠，近三百公里的高速路，到了縣城還要再拐上五十公里的彎路。路上鋪著金黃色的麥子。司機告訴月去耳說：「村裡人沒錢使用打穀機，只能把麥子放到公路上，讓過路汽車碾壓。白天鋪上，晚上收起來還要照看著。有些人就乾脆睡在路邊，等到麥子碾壓好了就直接收回家裡去。」司機很同情他們，把車開成S形，盡可能多地碾壓路面上的稻穀。

三個小時以後，到了死難者之一的鄭明文家。與想像中呼天搶地的情景不同，明文家大門緊閉，門口圍了一群鄰居。月去耳雖然感覺到情形不對，但還是推門進去。院子裡面沒有人。與以往的那種記者圍成一圈搶新聞的熱鬧場面相比，今天真像是暴風雨前的寧靜。「看來我是第一個到的，也許還能抓回個全國獨家」，月去耳正在心中暗喜。院子裡面馬上衝出個小夥子，看上去有點憤怒：「你幹嘛？」

他當時的感覺真的有點驚訝：你們家裡發生了這麼大的事，身為記者我來採訪，並可以向上級反映你們的困難，還對我怒目而視？「我們什麼都不知道，也什麼都不想說。家裡有八十八歲的老人，身體特別不好，我們根本就不敢讓他知道。你們記者進來就知道採訪照相，老人能受得了嗎？」

月去耳也是人，當然知道親人永遠離別後的痛苦。這想法他也能理解。於是便退了出來。畢竟，人在最痛苦時最需要的是安靜，幹嘛非要把人家的傷疤揭開來看看，然後再把他們痛苦狀拍照下來給別人看呢？

在院子中，他們家門外，月去耳一直在思索著這個問題。他們家裡三個硬朗的男人用自己僅有的一點強壯把痛苦掩藏起來，維護著自己僅剩的一點「自留地」。

月去耳在門口躊躇著，考慮怎麼再採訪，外面忽然熱鬧了起來，村主任陪著當地領導趕到了。滿載著來自各媒體的記者連同十幾台攝影攝像機的車隊，浩浩蕩蕩地開進了小村子，徑直停在了這家門口。坐在最前面一輛車上的村主任一下子跳了下來，幾個箭步就衝到了那個緊閉的家門口，緊接著就是震耳欲聾的砸門聲。

只有在電影上才能看到的一幕終於出現了：那三個男人僅僅是把門開了個縫隙，想探出頭來看看，結果這個小院子馬上就像洪水潰堤一樣地被衝開了。村主任帶著市領導、記者們帶著相機，甚至原先在門外看熱鬧的鄰居也都衝了進來。小院子頓時沸騰了。

院子裡的三個男人顯然被這陣勢給嚇傻了，呆呆地看著這一切，愣愣地不知該怎麼辦。面對這陣勢，他們簡直似螳臂擋車。加上村主任在一旁用力地使眼神、瞪眼睛，他們是再也不敢做什麼抵抗了。終於，這最後一塊保留隱私和尊嚴的堡壘被擊潰了，他們只能眼睜睜地看著小院被無數陌生的腳踐踏。

外部防線被攻破了，屋裡的媳婦們就不得不擔當起護衛第二道防線的任務。她們把窗簾死死地扣住，門也從裡面插上，任憑外面熙熙攘攘、拍門如雷也不願退讓。外面的男人們怯懦地告訴大家，屋裡有個八十八歲的老太太，千萬不要讓老人知道，她肯定受不了失去兒子的打擊。不料聞聽此言，記者們的眼睛都發亮了，「八十八歲的老人？好素材！她的大哭可有震撼力了！」「如果在鏡頭前哭暈過去，就更感人了……」

記者們議論紛紛。村主任也來勁了，擺出非要把這門敲開不可的架勢。

而那些上級領導們站在院子裡，各自找著好角度，拉住一個村民就「噓寒問暖」，任由攝影攝像機拍攝。「窗簾開了個角！」不知道哪位記者叫了起來。只見本來捂得嚴嚴實實的窗簾被拉開了一角。記者們像發現了新大陸一般，把照相機從縫隙伸進屋裡，也不管角度還是光線就一陣狂揿快門，陰暗的小屋馬上就被閃光燈射出的刺眼光線照亮。

但記者們還是覺得不過癮，乾脆圍在村主任跟前：「叫他們把門打開！要不然我們拍不到！」村主任像是領受到了一個光榮的炸碉堡的任務，「沒問題！」他衝向屋門，決心用自己的威風把門澈底轟開。不少記者還在圍著房子找來找去，希望能有個後門或者牆縫來把自己塞進去照幾張相。還有兩個在討論房頂上有沒有什麼通道能進去。整個院子鬧哄哄的，只有那三個男人在一邊怯懦地重複：「屋裡有老人，她知道會受不了啊！」但無人理睬。

這樣的混亂局面持續著。幾分鐘後，記者們最希望的事情發生了，村主任終於把那最後一道門敲開了。很快的，那位八十八歲的老人明白了眼前的一切，也很「配合」地釋放出了失去愛子的悲痛。

很快的，所有記者衝了進去，抓拍那張老淚縱橫的臉。月去耳在人群之內，就如在旋轉著的洗衣機內部、中心——被推擠著揉來揉去，他只好胡亂也舉起照相機，慌張地按著快門。也不管鏡頭裡框的是什麼。

很快的，屋子裡成了「農貿市場」，人聲鼎沸。

很快的，閃光燈閃動之下，記者們清楚地看到了屋裡那一雙雙含著熱淚憤怒地看著這一切的眼睛。

很快的，所有的記者得到了自己滿意的照片或錄影，離開了。

很快的，領導們在呼天搶地的哭聲中完成了自己的「親切慰問」。

很快的，小院子空了，只剩下滿地被踏得橫七豎八的小麥。院子裡，男人們蹲在地上；房間裡，女人們圍在老人身邊。他們個個淚流滿面。

跟著人群一起退出去的月去耳心中像那個院子一般空空蕩蕩的。這時手機又響了，不用看就知道是主任打來的，問：「照片拍了沒有？」月去耳說：「拍了。」主任說：「趕快找一個地方上網，把照片傳回來。」最後還不忘補充一句：「版面已經給你留好了。」

月去耳馬上坐上計程車住濟南趕。到了濟南時，天已經黑盡了。他也顧不上吃飯，找了一個網吧，將下午拍的那些照片一張不留的全部發回了報社。還沒有到十分鐘，主任又打來了電話，罵道：「你他媽拍的是什麼？整個就像是一場世界大戰。亂七八糟的。主角在哪裡？遇難者的家屬在哪裡？」

月去耳說：「主任，您不知道，當時的場面有多麼混亂……」

主任沒等他說完就叫道：「我可不管這些。如果其他報紙的記者拍到了更好的照片，那麼這條新聞就算你是重大漏報。」說完啪的一聲掛斷了電話。

以上是月去耳的兩次失敗的採訪的經歷，是他心中的痛。吃一塹、長一智。不吃一塹、不長一智。人就是這樣不斷地成長的。

下面則是他的一次經典的採訪，也是中國新聞界的傳奇——《郝海東與三陪小姐的故事》：

一、郝海東剛抵達昆明，迎候在機場的月去耳向他發問：「請問你對本地的三陪小姐有什麼看法？」郝海東知道中央明文禁止三陪小姐的，所以反問：「這裡居然還有三陪小姐嗎？」於是，第二天報紙頭條新聞的標題就是：千里迢迢，郝海東今日飛抵本地。心急火燎，脫口便問三陪小姐！

二、第二天月去耳又採訪了郝海東：「請問你對本地的三陪小姐有什麼看法？」這次郝海東學乖了，回答說：「對不起，我對本地的三陪小姐不感興趣。」

轉天的報紙還是這樣說：見多識廣，郝海東夜間娛樂要求高。不屑一顧，本地三陪小姐遭冷遇！

三、第三天月去耳依然還是就此發問：「請問你對本地的三陪小姐有什麼看法？」郝海東回答得非常乾脆：「我對三陪根本不感興趣！」

本以為這下可以天下太平了，沒想到報紙的標題更不像話：慾海無邊，郝海東三陪已難滿足。得寸進尺，四陪五陪才能過癮！

四、到第四天的時候，各媒體問郝海東與三陪的題材比比皆是，成為熱點。這一天月去耳在回家的路上正巧遇到了郝海東，郝海東乾脆緊閉牙關，一言不發。

郝海東無話，報紙仍然有話：面對三陪問題，郝海東無言以對！

五、第五天，月去耳以不變應萬變還是以同樣問題提問，郝海東終於急了：「你們要是再問三陪的問題，我就去告你們！」

於是，報紙上的標題順理成章地寫道：郝海東一怒為三陪！

六、郝海東終於忍無可忍，把刊登他與三陪新聞的報紙告上法庭，認為事情總該得到解決了，沒想到報紙的標題竟然無動於衷：法庭將公開審理郝海東三陪小姐案。

在採訪田其一與阿富汗遇難民工家屬失敗之後，月去耳陷入了人生的低谷之中。主要是這樣，他已經不知道怎樣跟人說話了。

比如說，他問：「你好。」別人會說：「我不好，一點也不好。你才好呢。」於是他想起了這是一個是好人就要吃虧的時代，誰都不願意做好人。

比如說，他問：「吃了沒有。」別人會說：「還沒呢，你請我麼？」他說：「噢……不……」別人會說：「不請……問我幹嘛？」他說：「噢……我只是隨便問問。」別人會說：「隨便問問？真是吃飽了沒事幹。」

比如說，他說：「看，今天晚上的月亮真圓、真好看。」身邊的女人則晦氣沖沖地說：「真是老套，你能不能來點新鮮的？沒有創意。」

比如說，他說：「嘿，你的錢包掉了。」別人會對他說：「騙子。」

比如說，他說：「看啦！太陽從西邊升起了！」這時他的身邊立馬會圍上一群人，伸長著脖子問：「哪裡？在哪裡？我怎麼沒有看到？」他說：「哈、哈、哈、哈、哈，我是騙你們的！」立刻，就會引來一陣拳腳。

……

那些日子，月去耳就像是患了失語症，整日裡都不說話。有些同事在猜測他是不是想放棄記者的這個職業，而想轉型當哲學家？只有主任最瞭解他，他知道月去耳正處在事業的一個瓶頸階段。只要突破了這個瓶頸，面臨的就是一個更廣闊的天地。

對於月去耳的現狀，主任是看在眼裡急在心頭。這一天主任實在是看不下去了（或者是認為時機成熟了），主任找到月去耳說：「聽說你有一個哥哥叫毛反。而我們市裡就有一個操黑社會的人他的名字也叫毛反。」聰明的人就是聰明的人，一點就亮、一撥就明。月去耳立刻就知道主任下面要說什麼了；同時他也知道自己應該做些什麼了。他說：「主任我明白你的意思了，我這就去把新聞給抓回來。」說著，月去耳拔起腳就匆匆地去了。主任望著他遠去的背影，就像是電影中演的那樣，含著笑意，不由自主地點了點頭。

月去耳在大街上轉了一大圈，滿街都是人，哪個才是黑社會的頭子——自己的哥哥——毛反呢？月去耳在這時才對英勇的公安人員充滿了敬意。他在心中想：如果我是公安局的人，我怎麼樣才能找到壞人呢？我總不能在大街上問每一個人：「請問，壞人在哪裡？」「那麼，再問一下，您是壞人嗎？」這樣自己一定會被別人揍得鼻青臉腫。

街道上的人很多。有一陣風在這個炎熱的季節慢悠悠地穿過小巷，進入了街道，人們的臉上舒適得就像是剛剛進入夢中，連腳步都放慢了許多。月去耳就夾雜在這些人群中，內心煩躁著，臉色潮紅，就像是一個誠實的人剛剛做了一件壞事。

月去耳就這樣像是做了壞事一樣在街道上走著。走著，猛然間街上有一個人擋住了他，月去耳抬頭一看，是一個禿頭的老者。

老者開門見山，單刀直入地說：「我看你面色潮紅，印堂被一股黑氣籠罩，三日之內你必有牢獄之災。」

月去耳問：「何以見得？」

老者說：「臉為心之鏡，心為面之想。你的心中有什麼，這是藏不住的。看得出來，你在心裡想做一件事，而且是做一件壞事。俗話說：好事有好報、壞事有壞報，天網恢恢、疏而不漏。」

說完老者就走了。這似乎是提醒了月去耳，或者是月去耳心中正隱隱地也有這種想法，被老者這樣一點拔，就變得亮堂了起來。

月去耳決定去做一件壞事，先自己親自體會一下做壞事的感覺。在一個菜市場，月去耳將手伸進了一個買菜的、正與菜販討價還價、爭得熱火朝天的老太太的口袋裡。也許是他有天賦，也許是老太太討價還價的太投入，總之這一次月去耳竟然成功了。兩秒鐘之後，老太太口袋裡面的錢就到了月去耳的手中。而老太太竟然一點也沒有察覺。

拿了錢之後，月去耳匆匆地就往菜市場外面走。在快走到菜市場出口處時，有兩個人擋住了他，說：「你，跟我們來一趟。」

一開始，月去耳以為自己碰到警察了。他放心地跟著去了，甚至連要求看一下這兩個人的證件的念頭也沒有動過。他想，等到了派出所，將自己的記者證一亮，說明自己這樣做是為了打進黑社會的內部，警察一定會理解的。

進了一個小巷，小巷中有一個倒塌了一半的牆，翻過去，越向前走天空越陰晦，所有出現在眼睛裡的東西都失去了鮮明的色澤，而變得像是模糊的記憶。

這不像是在現實之中，而像是在過去。月去耳越來越感覺到這不是在前往一個正常的地方，他有一些害怕，背心一陣陣的發冷，問道：「你們，你們是誰？要帶我到什麼地方去？」那兩個人也不說話，而是默默地夾著他，一前一後地向前走。就像是陷入了一個深深的峽谷之中（或是掉入一口井裡），月去耳知道憑藉自己的能力是無論如何也逃不出去的，除非是出現什麼奇蹟。腳下的路不僅漫長，而且還蜿蜒彎曲，並不時地有一些爛木頭或者是石頭出現在路的中間，給行走製造出更多的困難。有一下他的腳下一個趔趄，月去耳差一點跌到，猛然地這時從後面伸出了一隻手，將他的衣領牢牢地抓住，這才使他沒有跌一個跟頭。從這一隻手有力的呈度，月去耳知道自己剛才的判斷沒有錯，這是一個深深的陷阱，四周是堅硬而光滑的岩石，沒有任何可以把握的地方，更不用說攀爬了。路的盡頭是一個古老而破舊的古屋，歷史般地擺放在那裡。飛的簷、畫的棟；脫落的顏色、錯落的雜草；沒有規律、但又韻味十足，再加上夕陽穿透雲層塗抹在屋頂上的昏黃的光線，就不得不讓人覺得剛才的那條彎曲的小路與這個古老的屋子的般配，不得不讓人對這個屋子的主人的品味產生出一種敬佩之情。就像是一個世外高人，在現實之中、逃避了現實。這不僅需要勇氣，還需要有實力；不僅需要文化，還需要有顛覆文化的功能；不僅需要生活，還要有在生活了之後再拋棄生活的手段。另外，要做到這一切還需要有很多很多的錢，我大概估算了一下，至少需要有上千萬的財產。這是一個這樣的時代，並不是你說：「我要出世了。」於是你就出世了。從這個世界上逃出去，需要有一輛用金錢製造的時間之車，與一條用金錢鋪就的時間之路。

月去耳沒有想到自己剛才就走在了那一條路上。他感覺到有一些意外，有一些受寵若驚的感受。進了一道木製的柵欄，就走在了一個小院子之中了，大約是十六步罷，再上五級臺階，一道桃木門自動打開了。猛地，像是開啟了一扇現代化之門，月去耳驚呆了，像是穿越了時光的隧道一下子就丟開了現實而進入了未來。屋子裡所有的代表了現代化的東西一應俱全，大螢幕等離子電視、電腦控制系統、機器人、電子眼、健身房、桑拿浴室、室內游泳池……還有一些他從來沒有看到過的東西。可以斷定，這不是派出所。月去耳在心中感歎道：有錢且自認為有個性的人是不會停留在現在的，因為現在是屬於大多數人的，他們拒絕成為大多數。於是這些人要麼就回到過去，要麼就超越現實。

屋子的中間，背對著月去耳站著一個人。那背影有一些熟悉，是誰的？他一直想不起來。屋子裡的空氣像是凍結住了，那個人好像根本就沒有回過頭來看他一眼的意思。過了很久，那個人才說了一句：「聽說你是小偷。小偷是誰都可以做的麼？」

月去耳說：「我也不知道為什麼，忍不住就將手伸了出去。」

那個人說：「這麼說，你是有天賦的了？」

月去耳說：「我不知道。我忍不住就將手伸進了別人的口袋。」

那個人說：「你知道，那是誰的地盤嗎？」

月去耳說：「不知道，我真的不知道。」

那個人說：「告訴你，那是老子的地盤。」只停頓了一下，那人又接著說：「你是用哪一隻手偷的？」

月去耳說：「右手。」

那個人說：「來人，把他的右手給我砍下來。」

聽到這句話，月去耳的臉色已經嚇得蒼白了，他叫喊道：「不要，不要呀。」那個人身邊的五個人並不管這些，聲音剛落他們就將月去耳的雙手反扭，要將他拖出門去。在剛到門口時，月去耳猛然想起了自己的哥哥毛反。那個背對著他的人也許就是毛反。於是他叫道：「我要見你們的老大，我是你們老大的親弟弟。」

「等等，」那個背對著他的人轉過了身子，盯著正掙扎著的月去耳：「你是毛三？」

「哥哥，」月去耳像是抓住了一根救命的稻草，叫道：「我是毛三呀！我就是毛三。哥哥、哥哥……」

顯然，月去耳的右手保住了。下面是他們兄弟的一番對話：

「你怎也做起了小偷？」

「我是沒有辦法。你呢？這些年你是怎麼過的？」

「頭些年我在做人口生意，完成了資本的原始積累。後來我愛上了一個女孩◎◎，是她勸我改行。她對我說：『盜亦有道』。於是，我就改行了。」

「◎◎？她後來怎樣？」

「有一天，我對自己說：『愛她就離開她』。於是，我就對她說：『你走吧，走得越遠越好。』一開始她不肯走，她問：『我做錯了什麼？為什麼要趕我走？』我說：『你什麼也沒有做錯。因為我愛你。』之後，她就走了。」

「她去了哪裡？」

「她並沒有離開這個城市。我知道她是不想離開我。」

「她在做什麼？」

「聽我的手下說她開了一間髮廊。」

「你沒有去找過她？」

「沒有。我害怕再看到她之後，我會忍不住又將她帶回來。」

「盜亦有道。真是盜亦有道。」

「不要誇我。你今後打算怎麼生活？」

「我想跟你一起混。」

「不。」

「為什麼？我們可是兄弟。」

「正因為是兄弟，我才不能害了你。這可是一條不歸之路。」

「盜亦有道。當真是盜亦有道。」

「你先在這裡住些日子，我們兄弟好好敘敘舊。爾後我再給你一些錢，你回去後用這筆錢好好做些正事。不要再來了，走上我的老路。」

之後，月去耳在個充滿了過去與未來——唯獨沒有現在——的屋子裡度過了半個月。他用好奇的目光打量著這個對他來說是全新的世界。東看看、西摸摸，有時還要拿出小巧的相機拍上幾張照片、有時還要掏出筆記錄下一段文字。好奇得就像是一個小學生。

這一天，毛反的一個最得力的手下（也是跟了他許多年對他忠心耿耿的人）水映廣實在忍受不住了，他對毛反說：

「老大。我覺得毛三有問題。」

「有什麼問題？他是病了麼？」

「不。他不是病了。是這樣，我剛看了香港的一部電影《無間道》……」

「這部電影我也看了，我不喜歡。繞來繞去的，頭暈。況且票價也太貴了。普通的人看不起。光憑這，它就脫離了人民大眾。」

「我不是這個意思。」

「你是什麼意思？」

「老大……我是說……我覺得……」

「你怎麼也變得吞吞吐吐的了？」

「我覺得毛三有點像是個臥底。」

「你可以這樣想，但是我不能。因為他是我兄弟。」

「老大……」

「不要再說了。我只有這一個弟弟了。沒有什麼能比兄弟之間的感情更重要。」

「老大……」

「不要再說了。我們今天的談話就到此為止。」

半個月之後，毛反對他的弟弟說：「弟弟，不是我要趕你走。而是你在我這裡實在是太危險。你知道，幹我們這一行的，腦袋就是掛在腰桿上，隨時都有可能會落地。你是個聰明人，聽說你平時也喜歡看一些講述黑幫的電影。」

「哥哥……」

「你什麼也不要再說了。我這裡有一張建行的龍卡，上面有一百萬元，你拿去做一些正當的生意。」

「哥哥……」

「你什麼也不要再說了。記住，這張卡的密碼是469891。」

「哥哥……」

「別說了，你什麼也不要再說了。你走吧。」

兩天之後，該市發行量最大的一張報紙上登出了一篇圖文並茂的重磅獨家新聞，標題用粗黑體貫穿整個版面——《本報記者臥底黑幫　聯動警察捉住頭目毛反》

這篇報導被全國各大新聞媒體轉載，據說僅稿費月去耳就拿了人民幣不下兩萬。

同年，月去耳因此獲得了范長江新聞獎。

同年，月去耳因貢獻突出而被報社破格提拔為記者部主任。

同年，月去耳與∞結婚。

同年，月去耳與◎◎離婚。

同年，月去耳與著名女作家田其二結婚。

這一年，被月去耳總結為「最豐富多彩、最具挑戰性」具有「轉折性」意義的「里程碑」似的一年。

這一年，月去耳三十歲。

相書上云：三十而立。

全卷・全身　越獄

一個與本卷無關的段子。有人偷東西，被瞎子看見，啞巴大吼一聲，聾子聞訊趕來，駝背挺身而出，瘸子飛起一腳。麻子趕來勸阻：看在我的面子上算了。瘋子說：別打了，大家都理智些……

一條與本卷有關的新聞。據新華社電：安徽省宿松縣看守所發生集體越獄事件，一監室內的十四名犯人全部從事先挖好的地道內出逃。安徽省公安廳發出緊急追逃令，日前已有十一名逃犯落網，抓逃工作正進一步緊鑼密鼓地展開……

耳朵聽見了

聶只一每天都有聽收音機的習慣。如果哪一天沒有聽到田其一的聲音，那麼這漫長的一天她還真不知道應該怎麼過。這一天早晨她像往常那樣打開收音機，聽見從收音機裡傳來了田其一口播的這則有關越獄的新聞。「宿松縣看守所」這幾個字引起了聶只一的注意，她聽說謝頂就曾經在那裡被關押過。她曾經聽謝頂說起過監獄裡的硬體設施，就像是一個鐵桶一樣。越獄，如何越獄？這是無法想像的。從一個蓋得嚴嚴實實的鐵桶中像一隻老鼠一樣鑽出去；一隻老鼠從一個蓋得嚴嚴實實的鐵桶中逃出去……

「不可能。不可能。」根據謝頂對監獄的描述，聶只一坐在電腦前閉上眼睛，讓越獄的場景重新在腦海裡顯現：一個有四塊磚厚的牆圍成的牢房，有兩道大鐵門，裡面的大鐵門管的是睡覺的地方，出去之後是一個十平方米左右的放風場，外面的大門管的就是這小小的放風場。放風場的用途是讓人有一個可以曬太陽的地方。由此可見，太陽對於任何人都是不可以缺少的。空氣、水、陽光，這些是產生生命的先決條件。放風場的上方是天空，天空是完整的，但是因為這裡是監獄，關的是一些對社會來說是危險的人群。為了防止犯人逃跑，在放風場的上方有鋼筋鐵條焊成的網。所以完整的天空被這些像拇指一般粗的鋼筋切豆腐一般地分割著。有一片落葉從高牆外面的巨大的樹上飄下來，晃動著飄蕩下來，掛在鋼筋上，輕得像風、靜得像塵。看得久了便讓人沉沉欲睡。無聊、無風、無雨，沒有新的犯人被關進來，沒有一點外面傳進來的消息，只有時間從門縫及高高的天窗中擠進來，又一點一點地擠出去——慢慢悠悠、無精打采、死氣沉沉，像是在夢遊一般。

解鈴還需繫鈴人。後來，還是謝頂打斷了聶只一的夢遊，他說：「你的那些幻想都是多餘的，什麼高牆、什麼鐵門、什麼鋼筋網，它們與這次越獄都沒有絲毫的關係，你好好聽聽那篇消息——『十四名人犯全部從事先挖好的地道內出逃』，這就說明他們是挖地道逃走的。但是他們是怎樣挖的地道呢？從哪裡開始挖的？四面八方上下左右都是堅硬的鋼筋水泥，從哪兒下手呢？」謝頂低下頭，陷入了沉思。聶只一看見他的頭頂已經禿完了，四周圍著一圈頭髮，從正面看上去就像是一個沒有收好口子的句號。

過了足足有五分鐘，謝頂猛地抬起了頭說：「對了。我明白了，一定是從床鋪的下面。」

謝頂回憶說——「看守所裡不准有筆。噢，不，我剛進去的時候是可以有的。犯人們用它寫材料、寫交代、寫悔過書與組織交心。但是，在一次獄方的例行搜監檢查中，武警戰士在一個犯人的被子棉絮裡面搜出了一篇在監獄裡寫成的文章。題目好像是《我的自白》，其實他也就是將葉挺將軍當年在國民黨監獄中寫的詩重新完整的一字不漏地抄了一篇：

為人進出的門緊鎖著
為狗爬出的洞敞開著
一個聲音高叫著
爬出來吧
給你自由
我渴望自由

可我深深的知道
人的身軀怎能從狗洞裡爬出
……

他這是在錯誤的時間，錯誤的地點，抄寫了一首絕對正確的詩歌。獄方認為他是別有用心，指桑罵槐，於是將他關進了小號。就這樣為了一首詩，他又失去了僅有的一點自由而被關進了小號。據說最後他瘋了，吃自己的屎、喝自己的尿，變得人不人、鬼不鬼的。

世界就是這樣殘酷，是你死我活的鬥爭。怎麼能讓那些死不悔改的敵人吃著我們的、住著我們的、用著我們的，不僅不感恩戴德，還要拿著筆向我們發起瘋狂的進攻。看守所及時發現了問題，並及時改進了管理的方式。亡羊補牢，為不晚也。於是規定監獄內不准有筆，收走了所有的紙筆。但還是有人將紙筆藏了起來，藏在大鋪的下面，要用筆時必須由幾個人將大鋪抬起，從下面將筆摸出來。

『對了』，謝頂確定地說：『大鋪的下面是土，每次我在大鋪的下面找筆時都要弄得滿手是泥。這就說明了監獄裡只有大鋪的下面沒有被鋼筋水泥給封死，這就給犯人們留下了一個挖地道的出路。真是百密而必有一疏呀！設計者怎麼也不會想到犯人們還會採取挖地道的方式越獄』。」

眼睛看見了

設想中的真實與「第一」之產生：現實之中，在絕大多數人的生活及視線之外，十四個逃犯在奔逃。但是這一切都沒有逃過一個人的眼睛，這個人就是——◎◎。

◎◎這一天晚上很奇怪地睡不著，越到快天亮時頭腦就越清醒。就像是天將越來越明亮一樣。於是她爬起來，出了環城路，一個人向城市的外邊胡亂地走去——

水映廣在天剛朦朦亮時穿過了一片菜地。在穿過地緣時，他的身體已經很清楚地暴露在晨光之中了。這時的陽光對於他來說是很危險的，他所有的行為被明亮的空間映照的清清楚楚，遠遠地就像是在演一齣皮影戲。水映廣既不能直著身子正常的行走，因為他是一個逃犯，在他（及人們的）心中無法克服這一障礙，根深蒂固的一種意識使他自己覺得像是一隻老鼠，正穿行在一條人群熙來攘往的街道上；他也不能真正的像電影中的小偷那樣彎著腰躡手躡腳地走，因為他已經意識到自己應該盡可能地裝得自然一些，就像是什麼事情都沒有發生一樣。況且陽光下空曠的原野上並沒有什麼東西可以隱藏起什麼來。水映廣猶豫著，不知道自己應該擺出什麼樣的姿勢，在這一個時刻在空曠的大地上他就像是一個稻草人。風從左手邊走過來、向右手邊走過去。

風把稻草人的消息帶向了遠方。機警如獵狗的警察在風中迅速地捕捉到了這個資訊，他們從四面八方圍來，將這個暫時站立如稻草人般的逃犯抓住。

爭。）

（◎遠遠地看到，一群影子將那一個孤獨的影子圍住，暴打、狂毆，就像是皮影戲中演出的一場戰

水映廣就這樣結束了逃亡的生涯，成了第一個被抓回去的逃犯。

上午八點多鐘，當水映廣被送回了那個空蕩蕩的牢房時，他覺得牢房比以往大了很多。他可以隨意地來回踱步，而不必擔心影響別人。一個人住那麼大的一間房子，真舒服呀，他希望這樣的日子可以一直持續下去，他希望其他的人不會被抓回來。

這種日子，這種希望，也許就是水映廣這次越獄的惟一收穫。

腿停止了

逃出監獄後，月之艮與月殳始終都在一起。他們並沒有向遠處逃，而就在這個城市裡待了下來。「越危險的地方越安全」這句話的出處不知道是誰先說的。在我的印象裡好像是一個集體通過多年的鬥爭經驗而總結出的智慧，但是現在卻是月之艮對月殳說的。

「越危險的地方越安全，」月之艮又重複了一遍。他有一些得意，覺得自己這是對一個普遍的真理的活學活用。

越危險的地方越安全：這個城市很小，只用半個小時就走到了城市的邊緣，而後他們再用十五分鐘往回走。確定是在城市的中心後，月殳向天空望了一望，天空還黑黑的，有模糊的像是患了近視眼一樣的星星在遙遠的天空若隱若現。再低頭就看見了一座燈火輝煌的建築，清晰而明亮，這時又像是一個近視眼猛然間戴上了一幅眼鏡。「紅塵夜總會」幾個字在燈光中跳了出來，同時還有幾個站在門口身材豐滿漂亮的迎賓小姐。

女人。真美呀！月之艮和月殳向裡面走，就在這時身後響起了警車和聲音，不是一輛、是幾輛……一串——這說明了有什麼重大的事件正在發生——一輛輛警車滿載著武警向城外衝去。

但是舞廳裡似乎並沒有人在意這些猛然間出現的變故，也許是見得多了，也許是已經麻木了。此情此景，他們同時想起了一首詩：

商女不知亡國恨
隔江猶唱後庭花

只是他們兄弟倆人誰也沒有念出這首詩歌。「沒有人會懷疑我們」，月之艮說：「能上夜總會的都是有錢人，有錢的人與當官的都必然地有聯繫。官商，只有與當官的相互勾結才可以賺的到錢；官商，只有官商聯手才可以辦得成事情。」

說著話時，他們已經穿越過了鞠躬迎接的小姐，進入到了大廳裡。在下到舞池的臺階上，月之艮的假腿將玻璃製成的臺階敲得空空地迴響著。好在舞池裡面人們各自沉靜在自己的世界裡，沒有人發現這一片雜亂的聲音中的細微變化。

大廳裡面的燈光很暗。也不知舞池裡有多少人。幾乎每走一步都會碰到一個肉體，有堅硬的、有柔軟的。但是奇怪，雖然人多，卻是出奇地安靜。也只有在這樣的環境下，他們才可以聽清那細緻的聲音：「先生，要跳舞麼？」

月之艮知道自己的腿不行，他用肩膀頂了一下月殳，示意他上。不跳舞來這個地方幹啥？這樣更會引起別人的懷疑。

緊接著就有一個柔軟的身體貼了上來。一直到現在，他們才適應了舞廳裡的昏暗的光線，看清了這個舞池裡的人一對一對男男女女像一對對木樁一樣站立著，一動不動，像是被催眠了一般。

月殳模模糊糊地看到那個站在他面前的女人很豔麗。是一個風韻尤存的中年女人。月殳糊里糊塗地被那個女人抱著。除了母親，這還是平生第一次被女人抱著。他像木頭一樣僵硬——他這才明白為什麼在電影裡面女人常常要罵男人像木頭一樣——對面的那個女人卻在這時主動地伸手抱住了這一根沒有反抗能力的木頭。月殳感到對面的女人像大海一樣，包圍了自己。呼吸、潮水、酥軟的肉體。

時間在月殳的身上停止了。

他們在舞池中站立著。音樂聲慢慢地如一隻冬眠的蛇，沒有動靜、只有緩慢得若有若無的喘氣。他感覺到她的胸部軟軟的，像是質地很好的棉絮。她感覺到他下身的那根東西軟軟的，像是一根棉花糖。

她感到有一些高興：終於找到了，像男人而又不是男人的男人。

他也感到一絲安慰：像海一樣平靜，像床一樣穩當地承擔一切的像女人而又不是女人的女人。

時間在他們的身上停止了。

但是就在離他們不遠處、僅兩米開外的地方，月之艮卻覺得時間像是旋風一樣在身邊旋過。它們呼嘯著，衝進來，而後又呼嘯著衝出去。夾帶去了不可挽回的一切。

月之艮艱難地走到月殳的身邊，叫了一聲：「兄弟，走罷。」

月殳沒有聽見。他完全地墜入到了一個海裡。他有一些想哭，那麼多年，沒有人這樣抱過他了。他閉著雙眼不敢睜開，怕從夢中醒來，怕對面大海裡鹹澀的海水湧進他的雙眼；同時又怕自己的眼淚奪眶而出。

看到這些，月之艮在心底罵了一句：「狗日的、他母親的、我操……重色輕友。不，是『輕』兄弟。還是『親』兄弟呢。這個世界，連兄弟也靠不住。」

一個人上路：從那一對抱成一團，一動不動的影子，月之艮明確地意識到自己失去了什麼，這意味著他要自己一個人走完以後的路。

在他的逃亡路上將沒有同伴。

他轉身一瘸一拐地走出了那個舞廳、走出夜總會的大門，拋下身後閃爍著的霓虹燈，消失在了茫茫的夜色之中。

從地獄到天堂：月殳閉著雙眼，享受著死亡一般的幸福。面對的那個大海也終於掀起了波浪。劇烈地起伏。同時整個舞池也躁動了起來，呻吟聲、喘息聲響成了一片。

人們像是處於一個巨大的風箱之中。

耳邊盡是吸進與呼出的喘息聲，像是空間受到了擠壓，空氣不夠用，人們爭相地將僅存的氣體吸入身體之中。這樣持續了一會，猛地呼吸的聲音停止了，四周一片寂靜，是空氣被用完了？現在處於一個真空之中？月殳睜開眼睛，發現舞池裡只有他們兩個人了。木椿一般地站立。那個女人也像是剛從夢中醒來，滿臉潮紅，她望著他的眼睛說：「逝者如斯。天已經亮了。」

月殳向外面望了一眼說：「是的。亮了。」

那個女人說：「我叫田其一。你呢？」

月殳說：「我叫月殳。」

田其一說：「我住在東門，你呢？」

月殳說：「我沒有家，我是一個逃犯。有家也不能回。」

田其一說：「你真壞，」說著她撒嬌似的扭了一下腰：「那就去我的家吧，我的家裡只有我一個人。」過了一會她又補充說：「打小我就不喜歡男人，只喜歡跟同性在一起玩，但是由於我所處的地位，再加上世俗的觀念，人們看不慣兩個女人出雙入對。所以我一直找一個男同性戀者中扮演女角的人，這樣從表面上來看我們就是正常的男女關係了，也就不會被人們說閒話了。」

月殳與田其一走出夜總會的時候，天剛亮。街邊賣早點的攤子也已經擺出來了。他們找了一個賣油條的小攤坐了下來。月殳小聲地問：「你怎麼知道我喜歡做女人？」田其一說：「你抱著我的時候，我就感覺到你是扮女角的那種同性戀。膽怯、溫柔、心臟跳得像一隻小鹿，呼吸細而綿長，眉眼低順流波。」

豆漿和油條上來了。月殳一截一截地將油條掰開，浸入豆漿中，直到金黃的油條變成為乳白，他才將這些泡軟了的油條送進嘴裡。

田其一早就吃完了，母親一般地望著他。旁觀者會認為那目光裡充滿了渴望，而知情者則會斷定那裡面都是欲望。

待月殳剛吃完，田其一就催促道：「走，我們回家去吧！」

田其一是一個女名人。她的家佈置得很好。粉紅色的牆體，促進血液加速地流動。月殳覺得有一些熱，不自覺地脫去了衣服。將衣服隨意地丟在地上，他想與監獄相比，這裡真好比是天堂了。從地獄到天堂，這當然是做夢都不敢想的，如今既然已經成了事實，那麼就讓它是事實，還是不去改變它的好。

第一次，田其一用一根堅硬的膠棒在月殳的屁眼裡進進出出地抽送著，月殳猛地叫了幾聲之後，屁眼收緊了幾下，說：「我到了。」田其一將那根塑膠膠棒抽出來時，看見上面沾上了一些黃色的粘物。她也顧不上擦一下就將它丟在地上，說：「好了。現在輪到我了。」月殳將田其一的大腿掰開，露出了一個黑洞，他用舌頭在裡面捲掃了一下，而後看著說：「你還是一個處女？」田其一說：「不知道。我從來沒有跟男人做過。只是與女人……」月殳說：「你不用說了。我明白。」說著他用自己的那根軟軟的東西在她的陰蒂上磨著，她叫道：「啊，你的……好大……比女人的那東西好多了，具體、實在、飽滿、有勁……啊！啊！啊！……具體……真具體……實在……真實在……」還沒有叫完她就到高潮了。

結束後，田其一對月殳說：「我到高潮了。從來沒有這樣強烈過。像是做夢一樣。」

而此時，月殳卻想起了(!)——那個()大大的男人，拉了一泡長長洶洶的尿。

第三天，田其一為月殳從街上買回了一張報紙，其中有一條「越獄犯逃監一天『凍』回牢房」的新聞引起了他的注意。下面是全文：

> 昨（十八）日，東區一一〇巡警處理一起小糾紛的過程中，通過對肇事者的盤問後，發現此人卻是剛從某監獄越獄脫逃的在押犯人。
>
> 昨日清晨七點四十分左右，東區一一〇巡警于波、謝里接到報警稱市二棉廠子弟學校門口發生一起糾紛。於、謝二人迅即趕往事發地點，發現只穿一件薄毛衣腿腳有些不方便的青年男子被眾人扣押著，他在寒風中凍得發抖。經查問，該男子姓月，昨晚至今晨一直露宿街頭。早上受不了寒冷，便橇開路邊的一輛微型貨車，想躲進去睡覺。正當月某準備將該車的擋風玻璃砸碎進入時，被車主發現當做偷車賊一舉擒獲，並報了警。
>
> 細心的一一〇巡警于波發現，月某在回答警察的詢問時顯得極其恐懼。便假裝隨意地問了一句：「你好久出來的呢？」誰知月某竟順口答道：「凌晨跑出來的。」剛說完月某自知說漏，遂閉口不

言。憑經驗，兩位警察覺得月某有極大的嫌疑。為穩住月某，兩位巡警與月某拉起了家常，當警察問道：「你是為什麼進去的？」月某響亮地答道：「敲詐。」「什麼時候進去的？判了幾年？」「去年五月份，判了兩年。」口不擇言心虛萬分的月某竟「順口」答了出來。聽到這裡，謝裡說：「那你怎麼會在『外面』呢？從時間來計算你還應該在『裡面』才對。」月某自知已經隱瞞不住，於是便交待了自己的罪行。原來，此人正是十七日從某監獄越獄脫逃的罪犯，誰知越獄還不足一天就又落入了警方的手中。

水映廣的寬敞、幸福的日子還沒有過足一刻鐘，月之艮就回來與他作伴了。看到他進來，水映廣只說了三個字：「那麼快？」月之艮也只回答了三個字：「沒你快。」而後他們誰也不說話了。監獄內一片寂寞。還是在樓上巡邏的武警打破了這片寂靜，那個武警背著槍走到他們這間監房的上面嘲笑著說：「回來了哇。兩個笨蛋，只有二、三年的刑期，卻要跟那些重刑犯一起越獄。劃得著麼？現在被抓回來了，我看你們的刑期後面要再加上一個零了。笨蛋，兩個笨蛋，坐吧，把牢底坐穿吧。」

說著那個武警就走了。待武警一走，月之艮就說：「是這個道理，我們跟著他們一起跑什麼跑？再不足一年我就可以出去了。」水映廣說：「別人都跟著逃了，我也就跟著一起跑了。」

「這好像是——不逃白不逃。」

「唉，別說這些了。這不——逃了也白逃。還要搭上一生的血本。」

「完了……」

「澈底的完了……」

「……」

「……」

他們兩個人有一句沒一句地在說著。讓我越聽越亂，算了，不說他們，還是來說說別的吧。

同樣是一個人上路：月殳知道弟弟月之艮是在與他分手後不足四個小時就又被抓住了。「越安全的地方同樣也越危險」，他斷定月之艮一定會供出他的行蹤的。他想，只要在審訊中弟弟對警察說「越危險的地方越安全」這九個字，那麼警察就會知道他並沒有跑遠，一定會在這個城市中呆下來。

「警察一定會將這個城市翻個底朝天」，月殳對田其一說：「我必須走，這裡已經很危險了。」

田其一說：「哪裡都一樣。你往哪裡去都是一樣的。只要你還在這個國家裡。」

月殳說：「不行。我得走，一定要走。我有預感，他們會進行地毯似的搜查，一家一戶，不留死角。我很清楚他們破案的手段，這也是我在『裡面』學來的經驗。」

田其一說：「我是這裡的名人，警察不會搜查我家的。」

屁股坐不住了

一個星期之後，月殳還是離開了田其一，因為他覺得待在她的家裡與坐牢無異。每天他只能站在屋頂花園裡望著日出日落，心底憂傷得就像是陶淵明一直活到了現在。

月殳想：這裡與那裡面並沒有多少區別，惟一不同的是他可以去想去的地方。為了把這個「不同」表現出來——他就只有使用它——這樣才能體現出它的存在。否則它就是一種虛假的存在。

如果他這時不走出這個（即使金絲編成的）籠子，那麼就連他自己也不能解釋為什麼選擇了越獄。

於是，他上路了。為了把這裡面與那裡面的「不同」「表現」出來。

那天的天空特別好，空氣也特別的乾爽。好像是專門為了讓他上路而精心作的準備。有風，輕微地在吹拂，像是歲月的手在撫摸著臉龐。風中月殳有點要流淚的感覺。但是他始終沒有讓淚水流下來。

在出門前，田其一拿出了十萬元錢給他，說：「拿去做點小生意，再慢慢地把生意做大。記住，要把握這個時代的脈搏，就一定要成為有錢人。」

田其一深切地體會到在這個轉型的時代沒有錢就沒有自由，而月殳卻認為沒有人權就沒有自由。不過他們現在已經沒有爭論的時間了。這個問題就這樣因為時間的關係而被擱置在了時間的後面——公共汽車尾部所捲起的煙塵之中。

這樣，在月殳與田其一之間就出現了哲學家所研究的那種「形而上的迷霧」。

田其一向著月殳揮舞著紅紗巾，月殳也將頭探出車窗外，但是由於「迷霧」的出現，他們彼此都看不見對方。

根據「小隱隱於野，大隱隱於市」的古老經驗，月殳化名月几又來到了一個他所能夠到達的最大的城市——這個省的省會城市。在這裡，我們相遇了。

網路——虛擬與現實的管道：那天，在我住處的附近出現了一個名為(‥)的網吧。

在掛出牌子的第二天的一個黃昏，我隨著最後一縷餘輝踱了進去。緊接著太陽就落山了。環顧四周，只有我一個來上網的人。網吧裡的燈也都還沒有開，裡面昏暗得就像是睡覺與冥想的地方。也許是為了節約用電。前幾天我在報紙上讀到了一篇關於我國缺電的文章，標題是「華東告急、華南告急、華北告急、華中告急——中國告急」，猛然間讓人覺得像是又回到了戰爭年代。老闆正坐在靠近門邊的一台電腦上上網，看到我進來他的臉上一陣驚喜，他主動站起來迎接我，給我倒了一杯茶，並告訴我我是他的第一個顧客。

他說得很動情，還主動伸出手來與我握手。我讓他握了。他的手很綿軟、細膩，像是一雙女人的手。在這個「人對人是狼」的社會裡我一直沒有學會拒絕。本來在出門時我還這樣告誡自己「不要輕易相信別人」——不要與陌生人說話、不要與陌生人接觸、不要與陌生人對視。但是，每次碰到具體的情況我又總是無法拒絕，在他的眼睛裡我看到了一團濃濃的迷霧，只要走進去，那怕只是進入一點點便會迷失自己。

就這樣我們成了好朋友。他對我說他叫月几又。我對他說我叫汪建輝。

我說：「你的名字很怪。」

他說：「你的名字很大氣。」

我說：「是麼？你是第一個這麼說的人。」

他說：「是的。我感覺是的。」

後來，我開始上網。用滑鼠點擊，打開一扇一扇的視窗。資訊很多，如果都點開看一下足以用上一生的時間。如果各方面都允許，我也許會這樣活下去，但我還得用時間來賺錢維持基本的生活。

看到我在專心地上網，他用腳一蹬地板，椅子與他就悄然地滑開了。身邊一下子就空曠起來。

月几又用滑鼠打開一扇一扇的窗子，像是在偷窺一個又一個隱私、祕密……我的第一次、我與妓女的第一次、我與一個與我同性的人的第一次、第一次被強姦、與哥哥的第一次、與後母的第一次、與女兒的第一次、與我的寵物的第一次……這似乎是一個第一次的時代，人們在挖掘著第一次來滿足自己的身體需要，並把它們記錄下來同時也滿足別人的眼球的需要，「第一次」被越用越少了，於是後面出現的第一次只能是越來越古怪，越來越離奇，越來越讓人想都不敢想。

「不怕做不到，只怕想不到」，看到這些「第一次」，月几又不得不相信人的想像力的匱乏與人的創造力的豐富。

於此同時，我也在打開一個個視窗、關閉一個個視窗，匆匆而過。一個匆匆的過客。有什麼可以留下一個匆匆的過路人？猛然間出現了一張床——也許只有它能夠讓一個匆匆的過路人停下來休息——我的目光停留了下來——

一個打開的網頁和一行與床有關的標題：

「大床或共床時代」

一、我一直很苦惱，我要在上面做夢的地方為什麼這麼小？

二、既然想出了一張半個城市這麼大的床，再想一個半個地球那麼大的大床就不再是難事了。

三、剩下的，就是繼續想下去……一直想……就能到達目標。世上無難事，只怕有心人。不怕做不到，只怕想不到。記住：只要想。記住：不要思想。

關於大床的語錄：

（一）上床會很容易，下床可不容易。

（二）我不記得睡著之前的最後一件事情，那就是和誰睡在一起——這是在小床時代難以出現的。

（三）「你去睡中間的那個位置」，值班的人會對最後一個上床的人這樣說。

（四）持不同主義的人同床共眠，有利於優生，也有利於團結。

（五）戰爭，假如它仍然要死不悔改地發生，就讓它發生在床上。發生在床上總比發生在其他地方要好一些。

（六）請不要在床上劃分國界。可以在床上霸佔你心愛的人。

（七）共床主義一定會實現——也一定能夠實現。

（八）會有的一切都會有的——只要你有足夠的信心（耐心）；會有的人人都會有的——只要你有足

夠的耐心（信心）。

（九）不要擔心可怕的事兒，因為用我們辯證的眼光來看任何事情都有可怕的一面。我們發明了火藥、文字、印刷——我們製造了汽車、火箭、偶像、領袖——都很好，也都可怕，是吧！再多一張大床怕什麼？

（十）同睡一張床上，思考和平的事兒會比分床睡時多一些。

（十一）堅決埋葬小床制，嚴禁把大床分割，拖到自己的房間或某一棵樹下。把它分為幾大板塊也不行。

（十二）在大床上睡了三天三夜還不下床的人大概都是精力過剩的情侶，睡了五天五夜還不下床的人，大概他（她）是死了。

（十三）根據上一條，看來要像停車場打卡一樣，給每一位上床者打上日期是必要的。

（十四）不會再發生小床時代那樣誰挖空心思把誰騙上床的事了。人們將一心一意地「工作」「生產」。

（十五）誰也沒有理由說自己孤獨了吧？

（十六）或者說，白天比夜晚更孤獨。白天無事可做，而夜晚則忙得不可開交。

（十七）要做愛、不要做戰。在大床上的行為動詞只有三個字：滾、爬、摸。最劇烈的運動只不過是俯臥撐，所以在大床上生活是絕對安全的。

（十八）大床是所有床的終結者。大床是所有劇烈運動——超越俯臥撐運動——的終結者。

（十九）以床籍方式防止缺席，用探照燈和子彈阻止逃跑。

（二十）聽到新聞了嗎？小床沒有了！我們將不知道如何去睡——對於害羞的人和仍舊堅持傳統的人來說——但放心吧，這只是一個假設。世界沒有改變，也不會改變。

看到這裡，我笑了出來。如今的時代能看到有人微笑是多麼的不容易。

月几又敏銳地注意到了我的笑意。我也想讓他分享這篇文章，說：「你來看。」他把坐著的椅子一蹬一下子又滑了過來。

他看了之後也笑了出來。我發現他的笑意被繃得很緊，像是臉上有著一層薄薄的，不易被察覺的面膜。

但我也沒有太在意，我問：「有印表機嗎？」

他說：「有。」

我說：「這篇文章很有意思，我想把它列印出來。」

修改網上文章：拿著列印出來的文章月几又小心地問：「你為什麼要打出它？」我說：「它讓我想起了一個老人。謝頂。」

「謝頂？」

「對。」

「這個老頭我也見過。神得很。」

「你是說他有神經病？」

「對。」

「謝頂坐過牢。他是一個執著的身體的研究、探索者。」我喝了一口水之後接著說：「也許是太執著了，在一次實踐中他被人抓了一個現行犯。被判了刑。釋放之後他跟我仔細地描述過監獄裡的情景。我看這篇文章裡面所說的大床與牢裡面的大床有一點兒相似。我猜想這篇文章的作者也可能坐過牢，否則怎麼會有這麼深刻的感受。你看，很多句子只要稍稍改一下就是牢裡的事了。比如說第（三）條動幾個字就可以改成：『你去睡最靠廁所的那個位置。牢頭會這麼命令新進來的犯人』。」

大床。可以肯定監獄裡的大床是目前世界上最大的床。一張十米左右的大床，擠一擠甚至可以睡上二十來個人。在半個城市那麼大的床還沒有建造出來之前，監獄裡的大床可以去申請金氏紀錄，以獲得有關部門的正式認可，並頒發「世界最大床」的證書，載入史冊。

牢裡的床越大，睡的人越多，就證明社會上被抓進來關起的壞人也越多，社會的治安也就越好，人民也就越安居樂業。同時，從另一個側面也證明了國家機器就越強大。

人民越是安居樂業，床也越是要做得大。床做得越大，就意謂著國家機器的投入、消耗就越多。

半個城市那麼大的床，足夠一個城市的人睡了。

可見半個城市大的床就足夠大了。不會再有床超過半個城市那麼大。

「可以再加上這一句，」月几又指著第（十一）條說：「長官床下是剛躲進去的女下屬；貪官床下墊的是鈔票；大款床下是豪華的歐典牌強化木地板；打工者的床下鋪的是普通的磁磚；下崗工人的床下是原汁原味的水泥；勞改犯人的床下是骯髒的黃土地。」

對。謝頂就說過牢裡面的大鋪下面是泥巴。報紙上也報導說，前一陣子就有人在大鋪下面挖了一條地道越獄逃出去了。這就說明了監獄的大鋪下面是黃泥巴。

這讓我想起了一部叫《地道戰》的電影。在鍋的下面、在水缸下面、在衣櫃下面、在炕的下面，在任何一個你想得到和你想不到的地方都隱藏著一條條的地道。隨時隨地的可以「下去」或「上來」。

不確定性、隨意性、偶然性、必然性、隱秘性、公開性，這一切的「性」都圍繞著為現實的需要服務。只要有需要，在任何時間、任何地方都可以出現一條地道。現在，為了越獄的需要，在如鐵桶一般牢固的監獄裡的大鋪下面也出現了一條新形勢下的地道。它為「進去」的人提供了「出來」的通道。

進去——出來。

出來——進去。

這似乎是他們宿命一般的結局。輪迴。

月几又想起了他們——那些與他一起從地道裡鑽出來的人——他將目光盯向遠處，想在那些無法看見的地方看見他們。

這當然是一種妄想，因為前提是「無法看見」。

還是我將他從「無法看見」而又努力地「想要看見」的矛盾中拉了回來。我說：「挖地道很難。在敵人的領土上挖地道更難。在監獄裡看守的眼皮底下挖地道尤其是難上加難。」

我關掉了兩個網頁，接著說：「難就難在怎麼能讓看守一點也沒有察覺。」

月几又說：「這些都不難，最難的是如何說服同監室的人一起越獄。因為那裡面人人都不相同，而且差異極大。有的人是殺人犯，他會主張越獄，因為都是一死，逃了也許還會有活下去的希望；有的只偷了一條牛，最多只判一年，還有可能會免於起訴。如果也一起跟著別人越獄了，那就意味著要在這個世界上澈底地消失，永遠都不能以真實的面目示人，這個代價太大了，太划不來了。這還是往好處去想的，如果被抓回來了（這種可能性極大），那麼至少要加五年以上的刑，這就更划不來了。」

刑。」

我插話說：「他可以不逃跑嘛。」

月几又說：「不逃?那麼在判刑時，就會再給他加上一個『知情不報』的罪名，至少也要多判三年

我說：「他難道沒有保持沉默的權利？」

月几又反問道：「他難道有保持沉默的權利？當告密成為傳統時？」看到我沒有回答，他便將這句話改成了自問自答：「告密是能給人帶來巨大的好處的。比如說一個重刑犯，如果他在地道將要挖通時向看守舉報，那麼這絕對是一次重大的立功表現，他就會被減刑。假如說原來要判死刑，將功抵罪，現在也許只要坐十年的牢，這等於是白撿了一條命回來。這對於他來說簡直就是天上掉下了餡餅。」

「不可能，」月几又將身體埋在椅子裡，閉著眼睛說：「這簡直是奇蹟。」

說到這裡，月几又的心靈像是猛然間被開啟了。為什麼這種事情發生了？而且還是發生在自己的身上？為什麼？為什麼自己糊里糊塗的就成了一個奇蹟的創造者與經歷者？這是否就是所謂的「集體無意識」？

月几又閉上眼睛想著他在監獄時的情景——連我什麼時候離開了網吧他也不知道。

鼻子聞到了

水映廣在剛進牢房時將頭望著天空，好像是鼻子正在流血一樣。那個怪異的樣子讓所有的人都大笑了起來，盯著他，看他下面還會有什麼花招。足足有十分鐘，他將頭放下來盯著地面像朗讀詩歌一樣地背誦道：「天空是破碎的。陽光是破碎的。生活是破碎的。心也是破碎的。啊！因為有破所以會碎。」之後，他便什麼也不說了。

同房的人全都大笑了起來。只有月之艮在嘿嘿笑了兩聲之後仍舊在光滑的牆上磨著他的那兩根筷子——像是獵人在磨著自己心愛的武器——一下一下，平靜而細緻，那筷子幾乎沒有挨著牆，但又像是挨著的，就這樣處於似有似無之間。因為他知道自己在這裡面的時間也許會很長，可能數月、也可能數年，如果不省著點，那麼這兩根筷子是經不住磨的。

（自從與哥哥月殳被以詐騙罪抓進來後他就在磨著這一雙筷子。到現在已經一個多月了，那雙筷子的尖尖都還沒有磨好，看來他是做好了長期在這裡待下去的準備。「他是為什麼被抓進來的呢？」進來的當時，就有同室的人問他，問的節奏很慢，每說一個字都要在他的身體上做一個動作，有擊一拳的、有打一掌的、有抽一耳光的、有飛起一腳的、還有他的皮膚上狠狠地擰一下子的……總之節奏很慢，並不是像那種狂風暴雨，而是像這種毛毛細雨。雨一直在下。下個不停。月之艮想快快地答完。希望這場小雨儘快地結束。他說：

「昨天我剛回到家」

「『又』看到一個人將我的哥哥的身體背轉過去。哥哥的褲子滑落在腳踝上，而那個男人用他的那根東西在我哥哥的屁股裡面進進出出，就像是在拉一個風箱。你們知道，我的哥哥他是人，並不是風箱。」

「於是，我心中的火『又』冒了上來，」

「我像往常的那樣，『又』一下子滾了過去！」

「一下子『又』抱住了那個人的腿。」

「我『又』重複著那一句話：你、你、你，你在幹什麼？」

「沒想到那個人卻說：你沒有看到麼？我『又』重複著那一句話：你、你、你，你是一個壞人。」

「沒想到那個人卻說：『別，你、你、你的，說你到底想要什麼？』我『又』重複著那一句話：『做壞事、做壞人，都是要付出代價的，否則誰都願意做壞人。』」

「沒想到那個人卻爽快地說：『說，你想要我付出什麼？』我『又』重複著那一句話：『你要付出的要麼就是自由，要麼就是金錢。我不能要你的自由，因為我不是國家、不是政府。法律我還是知道的。我只能要你的錢。』」

「沒想到那個人卻乾脆地說：『不就是錢麼？老子就是有錢，別得什麼也沒有。』我『又』重複著那一句話：『老樣子、一視同仁，給兩千元錢。』」

「沒想到那個人二話不說，拿出兩千元錢就往我的手上塞。我也沒有想到會這麼順利，我『又』伸出手去，將錢拿住。說時遲、那時快，一副錚亮的手銬銬住了我的雙手。這就是警察常說的那種人贓俱獲。」

故事說完了，同室裡的人對他的動作也停止了。也許是都累了。都坐下來休息。坐定之後，毛反說：

「你的問題就是出在那個『又』字上。」

「一而再、再而三，也太沒有創意了。你就不能想一點新鮮的東西？」同「窗」們都這樣責備他。一副恨鐵不成鋼的樣子。有些人甚至還想站起來再給他幾下，無奈是體力不支，已經是站不起來了。

最後，毛反總結道：「報應啊，這是報應。你給別人設了一個套。沒有想到你也被公安局的給設了一個套。」

螳螂捕蟬，黃雀在後。

月殳問道：「那麼，我們到底犯的是什麼？」

毛反想也不想地就說：「敲詐勒索。數額不大，性質也不惡劣。三年以上、六年以下。」）

再回過頭來說水映廣。同室的人都圍著他，臉上帶著笑意。一開始水映廣還以為這是一次迎接，他竟也從臉上擠出了一點笑容。這真是難為了他，對於這個從來沒有笑過的漢子來說，這個笑容只能讓看到的人想到一個木雕上深深地刻劃的痕跡。永遠不變。

水映廣的這個笑容還沒有收回，這時，一陣狂風暴雨般的拳頭就落在了他的身上。水映廣不得不彎下了腰伏下了身子，以減小被打擊的目標。暴風雨一般的拳頭，像暴風驟雨一樣地過去了。月之艮還在牆上磨著那兩隻筷子。一下、一下、一下……節奏明快而簡潔。水映廣在另一邊剛剛直起腰，就在這時，只見月之艮用單腿一跳就到了他的面前，用兩根筷子準確地戳在了他的雙乳上——那兩個圓圓的突出的兩點一下子就陷入了胸部上茫茫的肌肉之中了。只聽得水映廣「哎喲」地叫了一聲，便翻身倒在了地上。

看到這一幕，很多人都慶幸道：幸好那兩根筷子還沒有磨尖，否則……否則……

否則，水映廣必死無疑。

否則，月之艮『又』將由敲詐勒索罪變成了殺人犯。

人生，真的是太危險了。處處都是陷阱。

之後，月之艮『又』回到了牆邊，繼續磨筷子。一下、二下、三下……似有似無、似無似有……什麼時候才能把筷子磨尖？什麼時候誰的胸部遇到它，那必將是兩個深深的紅紅的洞洞。到時候，那兩個洞洞裡面會像泉水一樣湧出鮮血來……

磨筷子，把它變成為武器，對同室的犯人可以起到震懾的作用。一邊磨，月之艮會一邊在嘴裡嘟唧：「老子想殺人。一命抵一命。我不想活了。誰要是敢惹我，我就用這筷子將他的眼睛挖出來，讓他永遠生活在黑暗之中。」

月之艮是一個瘸子，一點也看不出來他可以打得贏誰，更不用說殺人了。看起來他更像是一個受氣的被別人欺負的人。如果他不成天都在磨筷子作一副要殺人狀，那麼他將永遠「睡在最靠廁所的那個位置」，而且每天還要給牢頭打洗腳水、洗衣、按摩等等。從這一方面來看，幸好他想通了，不想活了，想要殺人。在牢裡面誰都怕不怕死的人，即使是最強壯的人，也有打磕睡的時候，那時候他可要小心自己的眼睛了。

打完了水映廣之後，牢房裡的人開始「提審」他，這也是監獄裡的人與外界接觸的惟一途徑。毛反問：「你是為什麼進來的？」說著他便給水映廣使眼色，示意他裝著與自己不認識。不愧是毛反的手下，是毛反訓練出來的，水映廣一下子就看懂了他的眼色，他冷冷地說：「我是一個殺人犯。」

從他的語氣可以感受到殺人對於他來說只是家常便飯。同室裡的犯人深深地吸了一口氣，而後一起向後退了一步，以便能夠重新掌握一個距離可以看清他。

殺人？

殺了誰？

如何殺的？

一連串的疑問在他們的頭腦裡水泡一般地浮起。就像是在深深的水底的地表，突然間破了一個洞。水泡在冒出水面時一個個都破裂了，變成了虛無。

其實，水映廣也不知道如何回答。雖然大家都沒有人再開口問，但是他知道如果自己不進行解釋、釋疑，總有一天他的謊言會被揭穿的。必須要打破別人的疑惑。他脫下了自己的外衣，露出一件印有「八一」兩個字的白色背心，從這一點似乎證明了他曾經是一名軍人。軍人，合法的殺人者，這還用得著解釋嗎？再接下來，他又把外衣從背部、手臂、胸部圍起來，剛好把他寬厚的肩膀露在外面——這是一副結實強勁的肩膀，僅只從這上面就可以看出有一千斤的力氣——擁有一副這樣強勁有力的肩膀，殺一個人簡直就是探囊取物。

與剛才一進來時挨打的情形不同，水映廣現在似乎成了英雄。他覺得自己的背影漸漸地高大起來。好像陽光此時已經穿透了這厚厚的高牆，從地平線的最低處照將上來，把他的影子高高地裱糊在了天地之間……

一張巨大的黑幕與此同時開始展開了。

在天黑之前，毛反像是猛然間省悟了過來一樣說：「我想起來了，你就是江湖上傳說的那隻兇狠的、毒辣的、無情的、果斷的——黑手！」

在水映廣愣了一下的當時，毛反走上前去緊緊地握住他的手說：「失敬。失敬。」在昏暗當中毛反用力地對他眨著眼睛，就像是漸暗的天空中亮起了第一顆星星……

漸漸地天上所有的星星都亮了起來……就像是此時同室的犯人們都紛紛起走上前，圍著水映廣，說：

「對不起，對不起，我們剛才不知道你就是江湖上那隻黑手。抱歉了，抱歉了，別往心裡去。」水映廣則嘿嘿嘿嘿地笑道：「不打不相識。不打不相識。」

於是，整個牢房裡迴盪著——不打不相識、不打不相識……

只有()不相信水映廣會殺人，更不相信他就是那隻著名的「黑手」。夜深之後他偷偷地對月殳說：「就憑肩膀寬就可以殺人了？憑什麼？這麼說我憑我這麼大的肚子都可以打虎了。」只是()並沒有公開他自己的想法，也許只是不想給自己惹麻煩。

在()對月殳說這些話的時候，他的那根——(!)正放在月殳的屁眼——(◦)裡。在月殳剛進來時，一眼看到了()時，月殳心中一喜，終於又看見了這個拉得一泡好尿的人了，真是踏破鐵鞋無覓處，得來毫不費功夫。找了一個機會月殳悄悄地責怪他說：「你為什麼後面沒有來？還有幾個療程呢！」

()回答道：「在這裡就可以做了。我都快要憋死了。今天晚上，今天晚上我們就繼續後面的療程。」

月殳又問道：「你是怎麼進來的？」

()回答道：「還不是因為女人。唉！」說著，他還歎了一口氣。

月殳下結論說：「紅顏禍水。我們祖先真得是太聰明了。難怪說我們的古代是一個偉大的民族。」最後他又總結說：「還是跟男人好，你跟我做，就絕對不會出現這種問題。因為我們不會談婚論嫁；因為我們不會產生性別上的差異。」

()沒有說話，像是心中還存在有什麼顧慮。月殳似乎明白了他在想什麼，說：「那天，我弟弟跟你要錢不關我的事。我是真心的，而我弟弟則不知道為什麼對我的事情掌握的那麼清楚，只要我一做完那事，他總會出現。唉，就像是一個惡夢、陰影，總也擺脫不掉。」

在他們說話的時候，月之艮在一邊悄悄地盯著()，他清楚地看到()下面的那根(!)緩緩地頑強地站立了起來。

當晚，()與月殳就睡在了一起，他們都面朝著廁所向右邊睡著，()下面的(!)悄悄地伸出了褲子，進入到月殳的屁眼(◦)裡了。

「很緊」，()在心底深處叫了一聲。

「很痛」，月殳也在心裡叫了一聲。

慢慢地、緩緩地，還沒有抽送上三下，()下面的(!)就噴射出了一股稀稀的粘液來。一股生黃豆被磨碎的氣味靜靜地、悄悄地，在監室裡彌漫開來……

睡在大鋪中間位置的畢直猛然間從睡夢中醒過來，他叫喊道：「什麼味道？什麼味道？我怎麼從來都沒有聞到過這種味道？」

於是，所有的人都一下子醒來了。有些人說：「是的，是有一種什麼怪味道。像是一顆黃豆水滴一樣滴落到地上，並像水珠一樣被摔碎了……」另一些人說：「沒有什麼味道呀，我怎麼什麼味道也沒有聞到？難道說是我的鼻子出了問題？」最後，有人提議說：「別吵了，管它什麼味道，又不能當飯吃。睡了吧。」於是大家就又都睡了。黑暗中，有兩個人在偷偷地笑了一下之後也睡著了——進入了無夢的睡眠之中……

與()的肥胖相比畢直就是一個超級的帥哥。由於有了這樣的先天條件，他成了這個城市女性喜歡的對象。從畢直的身上可以得出這個時代女性比男性更好色的結論。因為一些女性（尤其是那些中年婦女）一看到他都要發出一陣陣的尖叫聲，好像高潮提前地、簡單地因為一個外在的形象的刺激就直接地、過早地到來了。跟女性生理上的慢熱完全不同，好像這個時代徹底地改變了，連人的基因也一下子變了過來。

儘管如此，喜歡歸喜歡，在越來越現實的社會大環境下，女人們只喜歡跟他發生一夜情，而並不願意跟他結婚。一是因為長得太帥放在外面不放心，而把他放在家裡呢，那又要花上大批的銀子。願意養他的人養不起他；而能夠養得起他的女人又想同更多的男人發生性經驗，而不願意在一棵樹上吊死。這個世界往往就是這樣不會盡如人意。如果這個社會是盡如人意的，那麼我想上帝都不會想再當上帝了，他一定會跑到地下來做一個普通的人。所以畢直在這個時代裡能夠做的事情已經就是很明白的了，那就是俗語說的——鴨（書面上的語言則叫——男妓）。

前面我說到畢直的鼻子像是刀子削出來的一樣，甚至就像是刀子一樣；對稱地他下面的那根東西就像是一根真正的棍子。刀對棍，如同矛對盾。上帝創造的人絕大多數是中看就不中用；中用就不中看。因為上帝是公平的，他不會讓所有的好處都讓一個人占完了。畢直也許是上帝打瞌睡時造出來的，也許是上帝想要造出一個身體方面的傑出榜樣：中看又中用。但是，最終上帝還是公平的，因為他讓畢直在身體上表現出了一種完美——中看又中用；但是在智慧上他老人家並沒有讓畢直變得十分的聰明，而只是讓他成為了一個一般人。所以他沒有成為一個科學家，也沒有成為一個大老闆，更沒有成為一個領導者，他只是成為了這個城市的一隻高級的、上等的、深受廣大女性喜歡的「鴨子」。

畢直「一舉成名」之後，常常會去街道中間的那個美容院去做美容。容貌是他的「革命」本錢，這一點是不容懷疑的。每次他進去美容，美容的小姐總會對他說：「先生又來啦！歡迎！請坐。」他則會像做廣告似地說出這一句話：「其實，男人更需要關懷。」

美容院的主人是一位漂亮的女性，她有一雙大大的眼睛，並有一個好聽得過了頭，甚至奇了怪的名字：○○。

畢直很少看到這位女老闆，就算是看到了，也就像是驚鴻一瞥，只一晃就不見了。只是在心底留下了一個良好的印象。畢直經常去那裡，表面上是去美容，其實在心底他覺得自己的目的好像是為了收集，收集一個完整的形象。比如說上一回他看清了她的眼睛，這一回他就一定要看清她的鼻子，下一回再看她的嘴巴……就這樣一點一點地收集起來，直到藏在心底的形象漸漸地完整、豐滿起來……

畢直經常去處於街道中間的那間美容院，還有一個理由，就是「英雄愛美人」。店主人是一個漂亮的女性，每次站在那個美容院的中間，畢直總能體會到一種英雄的感受。胸部就像是充了氣一樣鼓脹，拳頭也像是秤砣一樣結實。「確實是一個英雄」，畢直在心中這樣感歎著自己。

這一天，畢直像往常那樣來到美容院，一進門就看到房間裡面還有一個男人，戴著一副墨鏡，很時尚的樣子。那個男人站在◎◎的面前，一隻手向前伸著，叉在牆上，而◎◎則是緊緊地貼著牆站著，緊緊地貼著，就像是一幅貼在牆上的畫。看到這些畢直的氣就不打一處來，但是他並不是那種一觸即發的火爆脾氣。他認為那種性格的人是蠻漢，而不是英雄，蠻漢與英雄是有差異的，簡單的說就是四肢發達、頭腦簡單對氣宇軒昂、舉重若輕。畢直當時很有禮貌地走上前去，說：「兄弟，你臉上的那兩塊黑疤很長臉嘛，拿過來讓俺見識見識。」

那人不僅不幹，還說了一句：「憑什麼？鄉巴佬。」

這正好撞到了畢直的拳頭上。出師有名了。畢直吼了一聲：「憑什麼？就憑這個。」說著就一拳揮了上去。那人一下子就靠在了牆上，吃驚地望著他，像是在說——你真是說打就打、說幹就幹呀。畢直進步上前一把抓住那人的衣領，另一隻手將他臉上的太陽鏡抓了下來。接著用手往門外一指，說：「滾」。

事情就是這麼簡單，那人真的滾了出去。

◎◎則吃驚地將眼睛睜得更大了，她驚叫道：「你快點跑吧。他，他，他的父親是公安局長。誰都不敢惹他。連毛反都不敢惹。」

畢直則不在乎，他說：「這是一個法制的社會，我又沒有做什麼，看他能把我怎樣？」畢直覺得自己帥極了。他坐下來慢慢地一點一點地品味著勝利。將太陽鏡翻來覆去地看著。看了又看。只是，不一會兒門外就進來了幾個警察，說是剛剛接到報案，他搶了別人的太陽鏡。警察將畢直正在手中把玩著的太陽鏡拿過去，小心地裝進一個大大的牛皮信封裡，封好，這就是證物。畢直就這樣一失手便成了一個搶劫犯。

畢直一覺睡醒後，發現大家又在圍著水映廣在打。人們打一下便喊一聲：「老大。」水映廣則以一聲聲呻吟回應著。

真是翻天地覆的變化，他想：這也許就是五十年前，人們當家作主的感覺。

三十年河東，三十年河西。風水輪流轉，明年到別人家。

只有兩個人沒有參加這一次毆打。一個是毛反。他將手叉在口袋裡，站在旁邊靜靜地看著，如果這時有一個旁觀者看到眼前的這一幕一定會認定他是這個事件的組織者、策劃者。另一個是月之艮。他還是靠在牆壁的邊上，一下、二下、三下、四下……一下一下地磨著他的那兩根筷子，就像是古裝武打片中的一個高人，永遠不將自己捲入江湖的是非、爭鬥之中。

「沒有人看到月之艮是怎樣出筷子的，因為，看到的人都已經死了。」於是，這又構成了一個江湖上的傳奇。

肩膀扛不住了

畢直是最後一個參加毆打水映廣的戰鬥的。因為昨天晚上的那一股黃豆粉味持久地聚集著，不肯飄散，像是空氣的濕度極大，黑雲壓城，暴風雨來臨之前的徵兆，這讓他久久地不能入睡。所以今天早晨他醒來晚了。

畢直的加入使毆打水映廣的隊伍中新增加了一個生力軍。

現在畢直就用他那個曾經犯過搶劫罪的拳頭擊打著水映廣的胸部。他一邊打一邊問：「說，為什麼進來的？老大。不會也是因為搶劫吧。」說話時，他的眼角瞟著毛反，而毛反則將眼睛望著天空——昨天水映廣才進來時目光停留的地方。那裡有什麼呢？叫人琢磨不透。是不是水映廣昨天將什麼祕密通過目光而留在了那裡？

每一個剛進來的人都要對同室的人說說自己犯了什麼事，怎麼樣被抓住的，這樣大家就可以相互地學習一點經驗。同時，最重要的是可以瞭解一下外面的資訊，並消磨掉一些時間。

昨天，水映廣說自己是殺人犯，就露了餡。因為殺人犯在監獄裡都是要戴鐐銬的，而他是手腳光禿禿地走進來的。昨天大家沒有揭穿他，是為了今天不至於會沒有事做。說起來這也是一種節約，資源的有效合理運用。

畢直一拳又是一拳，打得水映廣的身上發出了空空空的類似空谷回音的聲音。但是，他還是忍著什麼也不說。

水映廣什麼也不說，他抬頭看著天空——剛才毛反目光停留的地方，像是毛反通過目光在那裡留下了什麼內容——說：「我對朋友發過誓，打死我也不說。我不能出賣朋友。」

在一邊磨著筷子的月之艮也許是看不過去了。他一下子跳過來，雙手猛地向前方一展，那雙筷子準確地戳在了水映廣的雙乳突出的乳尖上。只聽得水映廣哎唷地慘叫了一聲，便緊緊地靠在了牆上，目光裡第一次流露出了恐懼，說：「我發過誓不說，但並沒有發誓過不寫。我可以把它寫出來。」他環顧了一下四周問道：「有筆嗎？」

勞改犯的床鋪下是黃泥巴：毛反馬上說：「有，我在床底下藏了一支。」於是同室的犯人一齊用力地將大鋪抬了起來。毛反在床底下摸索了半天，有人不耐煩地問：「找到了嗎？」毛反答道：「只是一支圓珠筆芯，太小，大家再堅持一下。」

又過了一會兒，毛反說：「好了，找到了。」說著就將手拿了出來。這圓珠筆芯是從床縫裡丟下去的，水映廣看見毛反的手上沾滿了黃泥巴，便小心地用指尖從他的手上拿過筆，儘量不讓自己的手弄髒。

而後他在一張月殳遞過來的衛生紙上寫道：「為朋友兩肋插刀。」

有人不耐煩了，在他的腦袋上重重的敲了一下說：「你他媽在玩我們呀！」說著又給了他胸部上一下。

水映廣又寫下了幾個字：「我是為朋友抵罪進來的。」

他馬上又挨了一拳：「你在給我們講故事？你行啊！」

水映廣又寫：「朋友老婆生孩子。她不能沒有他。」

剛寫到這裡，一陣拳頭如暴風雨似地向他的身上打去。在這個世界，這種大話有誰會相信，有罪不往別的人身上推就已經是夠講義氣了，哪裡還會有人將別人身上的罪往自己身上扒？那簡直就不是人。

水映廣抱著頭，蹲在地上，盡可能地將身上挨打的面積縮小。好一會兒，等大家又打累了，才停下來，問他：「你現在還想說些什麼？」

水映廣顫抖地寫：「我想找一個縫鑽下去。」

「狗日的，你想逃？越獄！」

「怎麼逃？」

「這裡嚴實的像鐵桶一樣。」

「白日做夢。」

「妄想。」

「還是老老實實地在這裡面待著吧。把牢底坐穿。」

牢裡面的人你一句我一句的議論著，暫時把水映廣丟在了一邊。還是毛反打斷了大家的議論，他指著水映廣說：「讓他把話說完，我覺得挺有意思的。」而此時，月之艮也停下了磨手中的筷子，將眼睛死死地盯著他看……像是隨時要跳過來再戳他一下。

水映廣慌了，用顫抖的手慌亂地寫下：「越獄」。

這回再沒有拳頭落在他的身上，大家都覺得有些難以想像，不知道為什麼他忽然間就轉了一個思路。月之艮當時是這樣想的：他扛不住打了，所以一個心思地就是想要離開這個地方；畢直呢，則不是這樣想，他想：他狗日的想難住我們，當我們是膽小鬼；毛反此時背轉著身子，背著手，望著天，將手指上的黃泥巴更加清楚地「呈現」在蹲在地上的水映廣的眼前。由於看不到毛反的臉部表情，誰也不知道他現在在想些什麼。

水映廣望著毛反手指上的黃泥巴，最後在紙上寫下了：「挖地道」三個字。大家的目光隨著水映廣的目光一齊停在了毛反的手指上。那土，那鬆軟的土在毛反的手上迅速地風乾脫落。那種訊息轉瞬即逝，但還是被人們捕捉住了。

之後，毛反的手是乾淨的。黃土像沙一樣從他的手指上落下，回到水泥地上，並躺在那裡等待著腳步將它碾碎，變成塵埃。泥土變成塵埃時是自由的，它可以在風中、在鼓蕩的空氣中彌漫……最後隨意地落在什麼地方，等待著其他的塵土與其結合，然後再彙集成為泥土……等待著播種、發芽、生根、長葉、開花、結果……

手做到了

聽到越獄，()興奮的說：「對，越獄。」他又將頭轉向水映廣說：「這可是你說的。」()想女人，在這裡面他一天也熬不住了，更何況是三年（他的律師對他說他至少會被判三年刑）。在這裡面雖然可以將自己的那根(!)塞進月殳的(◦)裡，但是與女人的那兒相比卻是相差太遠了。因為男人的那裡乾巴巴的、臭烘烘的真讓人難受，這不得不浪費他大量的口水來進行潤滑。更為重要的是()喜歡聽女人的呻吟聲，那種「痛並快樂著」的叫喊聲音讓他感覺到自己是一個征服者。

需要說明的是，()並不是一個同性戀，與月殳幹的那事是他沒有選擇的選擇。()喜歡女人，到了沒有女人就沒有辦法生活的程度。

此時，毛反的目光很冷，冷得像霜。人們都不知道毛反犯了些什麼事，只是感覺到他犯的事不小，同時他又是這個號子裡最老資格的人，比他早來的人都已經走了，他就論資排輩地成了這裡的老大，沒有人有資格問他究竟幹了些什麼。

水映廣打了一個冷顫，覺得身體縮小了三分之一。他好像有一些害怕，用小得連自己都聽不到的聲音說：「我什麼也沒有說。」

但是，水映廣根本就無法縮得讓自己鑽出監獄了。不能怪他無能，只能怪監獄修得太牢固——一隻蒼蠅落在了一個沒有縫的蛋上。他們將大鋪抬起來，對水映廣道：「進去挖，不然就別出來。」

水映廣只能進入大鋪的下面用手一下一下地挖了起來。

過了一會兒，水映廣敲響了在他身體上面大鋪。人們將大鋪抬起了一條縫，水映廣從裡面伸出了一個腦袋說：「不行，沒有工具。不行。不行。」毛反接著問：「筷子行不行？」說著用目光的餘角掃了一眼正在牆上磨著筷子的月之艮。水映廣說：「拿給我試一試吧。」於是同室裡的人就都對月之艮說：「把筷子拿給他。」看到大家都這麼說，月之艮極不情願地將手中即將磨尖的筷子遞給了水映廣。

水映廣就是害怕那雙筷子在月之艮的手上，現在它們在自己的手上了，心情愉快得就像是春天開出了花兒。

水映廣鑽下大鋪後不一會就探出了頭說：「可以，很好。用這個挖很順利。」說著他又鑽下去挖了起來。不一會兒他又探出了頭問：「挖出來的土怎麼辦？」()說：「丟到廁所裡沖掉。」水映廣說：「那好。拿一隻碗給我裝土。」毛反就將畢直的碗拿給了水映廣。畢直說：「為什麼用我的碗？」毛反說：「用誰的都一樣。」畢直又說：「為什麼不用你自己的？」毛反說：「我順手拿的。要怪只能怪你運氣太好了。」畢直說：「好你媽個頭。」說著迎面一拳向毛反打來。也沒有見毛反怎樣動作，只見他將身子一側，避過來的拳頭，緊接著身體向前一靠，畢直就一頭撞在鐵門上，摔了一個狗吃屎。這是人們第一次看到毛反動手。像閃電一樣，一看就知道是練家子。畢直從地上爬起來靠在牆邊坐著，什麼也不說。這時，咣噹一聲，鐵門開了，一個管教站在門口尖聲地叫著：「剛才誰在踢鐵門，給我滾出來。」

毛反一句話也不說，低著頭就出去了。

待毛反出了鐵門，管教說了一聲：「嘿，你還能幹嘛。走，前面走，有你好看的。」說著就關上了鐵門，跟著去了。

足足過了有三個多小時，毛反被送回來。人們看見在他的右臂上有一道深深的手銬銬過的痕跡。那道痕跡已經是紫的發黑了，而且那痕跡深深地陷著，像是緊緊地貼著骨頭，就像是兩節藕的交接處一樣。

看見他進來，有人迎了上去問：「怎麼樣？」

毛反看著自己的右手說：「我的右手可能完了，剛開始是痛，現在一點感覺也沒有了。好像是丟失了一樣。」

接著毛反說出了他在剛才那三個小時裡的經歷：

一開始管教拿了一根木棍打我的大腿，一邊打一邊問我們在幹什麼。我說：「沒有，只是在鬧著玩。」管教說：「你們不好好反省，還要鬧著玩？真幸福呀。說，還有誰？你和誰一起鬧著玩？」我說：「沒有別人，是我自己一個人玩。」管教說：「哈哈，你很懂得自娛自樂嘛。來，你也沒有必要一個人玩，讓我來陪你好好玩玩。」說著更狠地打著我，後來我實在受不了了，只有跳著躲避。於是管教就拿出手銬，一頭銬在我的手臂上，另一頭銬在一根鐵欄杆上。也許是剛才我躲避了幾下，管教將手銬銬得緊緊的，手上的力氣不夠，他還用手槍的槍把將手銬放到鐵欄杆上狠狠地砸了幾下。痛得我直冒汗。後來，管教又接著打，由於有手銬銬著，我只有在原地跳著、掙扎著。手銬在鐵欄杆上扯動著，發出了一串串的叮叮噹噹的金屬碰撞的聲音。最後管教打累了，他休息了大約有一刻鐘之後，過來給我開銬子，可是奇怪的是銬子怎麼樣也打不開。也許是剛才銬得太緊了，也許是拿錯了鑰匙。他去找掌管著所有鑰匙的管教，可是那位管教又去菜市買菜去了。這個時候，奇蹟發生了，我的手已經不痛了，好像它已經不是我的了。再後來，買菜的管教回來了，試遍了所有的鑰匙，還是打不開。沒有辦法，最後只有用剪鋼筋的大鉗子將這個手銬剪斷……

聽到這裡，月殳充滿著敬仰說：「用剪鐵筋的鉗子剪啊！夾都不好夾住，真是，還有可能會夾到肉。要是我，早就痛死了。」

毛反說：「沒有感覺了。早就沒有感覺了。」

畢直似乎也感到有些內疚，他走上來對毛反說：「我還是幫你按摩一下吧。活一活血液，看看會不會有一點作用。」

毛反說：「算了吧，我不怪你。現在我們只要做一件事情，其他的事情都不重要、都是小事。」說著用眼睛死死地盯著大床下面。

當天晚上，吃晚飯時，毛反的右手已經不能拿筷子了，他只能將飯碗放在地上，用左手拿著筷子吃飯。這一餐飯他用的時間比平時多了三倍。

第二天早晨起床，毛反發現自己的右手開始萎縮、變細了，原來結實的肌肉也變得軟軟的、鬆鬆的，像是老婦人垂落在胸前的乾癟的乳房。

從此，毛反的右手就殘廢了。

一次只有水映廣認為的沒有指揮的「自發」的越獄：進來後的第三天——也就是開始挖地道的第二天——水映廣找到了一個機會對()說：「不是我說的，真的不是我說的。我只是被打得受不了了而鬼使神差的在紙上寫下的，也不知為什麼會寫下那幾個字。當時我只是覺得寫下那幾個字他們就可以停止打我。我真的什麼也沒有說過。」

()說：「對，不是你說的。我可以給你作證。」

()在撞了人進來之前就打算出國，他已經準備了足夠的錢，沒想到卻出了那次意外，將月之艮的腿撞斷了。他一生都在做著出國的夢，現在有人提出了越獄，正好合了他的心意，他想：「離開了中國，到了國外就什麼也不用害怕了。」

水映廣這才放心地走開了。這時他已經相信自己不是這次越獄的主謀了。

水映廣在心底認為這是一次沒有組織的「自發」的集體越獄。水到渠成。自然而然。

有一次毛反還這樣安慰過水映廣，他用左手親切地拍著他的肩膀說：「……即使失敗了也沒有多大的關係。法律中有一條不成文的規定：『法不責眾』嘛！」

毛反還在一個單獨的場合對月之艮說：「別怕，不逃白不逃，這是水映廣的主意，出了事由他一個人承擔。」月之艮說：「你說的也是。不走白不走。」月之艮一直對毛反心存著感激，在剛進來時，()說：「哈哈，沒想到你也有今天。今天你算是落在我的手裡了。」說著就想把他往死裡整，是毛反站出來阻止了他。當時毛反對()說：「適可而止。」()恨恨地說：「是他害得我坐牢的。」毛反反嘲道：「你們是彼此彼此。誰也不欠誰的。」這樣，在毛反的幫助下月之艮總算是逃過了一劫。

開挖地道的第三天的晚上，()在將自己下半身的那根東西「！」放在月殳的屁眼(◦)裡時，小聲地對著他的耳朵說：「等逃出去之後我帶著你一起出國，在國外同性戀是合法的。還可以結婚。我答應你，到了外國之後我就和你結婚。」

開挖地道的第五天早晨，剛起床不久，隔壁的女監房猛地傳來了一陣吵鬧聲。一個女人高聲地叫著：「我是一個作家。你們，你們這些犯人、人渣，敢打我。我出去之後一定會把你們這些賤人統統寫進書裡，讓你們遺臭萬年。」

「哈哈，還是一個作家呀。打呀、就是要打。你寫呀，老娘們就是不怕臭。越臭就越有名氣，越有名氣就越有錢。這個你都不懂嗎？你不就是臭名遠揚嗎？你不就是越臭越出名、越出名越臭、越臭越有錢的榜樣嘛……」

接著就是一片劈哩啪啦的拳腳聲。

「你們這些臭婆娘，臭婆娘。老娘是越臭越有名、越臭越有錢，你們呢，就算是爛完了也不會有什麼好處。你們爛了也就白爛了。臭婆娘……臭婆娘……好……你們……真狠……有種……算你們有種……」

這罵聲一直持續著夾雜在拳腳聲音的中間，頑強地像一艘破浪的船向隔壁這邊的男犯人的耳中駛來……等聲音停止之後，()對著那邊喊：「隔壁新進來的人是否是田其二？」對面答道：「正是。怎麼她跟你有一腿？」()答道：「何止是有一腿，我們幾乎就是夫妻了。」()此時嚥了一口口水說：「這個賤女人，出賣身體的傢伙，麻煩隔壁的諸位姐姐，代我鏟她兩個耳光。」

「啪。啪。」那邊傳來了兩聲清脆的肉與肉猛地在瞬間接觸的聲音。緊接著，就傳來了田其二的聲音：「狗日的杜子，老娘可從來沒有虧待過你，老娘的那本書幫你掙了多少錢，你摸著良心數數看。」()在這邊接下話來：「老子摸著良心數不出來，只有摸著你的大大的虛假的乳房才可以數得清楚呢！」說著他哈哈地大笑起來。

正笑著對面又傳來了另一個女人的聲音：「喂，邊上的大哥，你想不想幹這個騷貨呀！」()說：「當然想，老子在這裡面都快憋壞了。現在連屙出的尿都是精子呢。」

那邊又叫道：「大哥，說打就打、說幹就幹，我們在這邊幫你把這個騷貨的衣服扒了，其他的就靠你自己了。」()說：「好，先謝過了。」

不一會兒那邊就傳來了聲音：「大哥，只剩下胸罩和內褲了。」()說：「先把她的胸罩脫了，讓我抓一把她的大乳房。」

話音剛落，那邊就有人說：「已經脫掉了。」()閉上了眼睛：「啊！好大。好軟。好舒服呀，啊、啊、啊……快、快、快把她的內褲脫了……」

那邊說：「已經脫掉了，大哥快上呀……」()在這邊真的掏出了自己的那根(!)狂叫著：「好呀，我來了……好，真好，巴適，已經濕了，真是騷貨，一下子就進去了，真爽呀……呀……呀……噢、噢、噢……不行了，我要射了……射了……射了……」

那邊，爆發出了一片歡樂的叫喊聲：「噢……噢……噢……」像是在看一場精彩的足球賽，自己支持的球隊射進了一個球一樣。

這邊，()的精液射了一地。最遠的地方還超過了他的身高，射在了牆上。在牆的上面，那一撮精液向下流著、流著……最後定住不動了，形成了一個濕濕的「！」號。

這邊的男犯人們看著()的表演都大笑了起來，只有毛反和月殳沒有笑。毛反擰著眉頭，像是在擔心發生什麼意外；月殳則是一臉吃了醋一樣地扭曲著不自在。

好在這次奇異的像是在時空的隧道之中進行的性行為並沒有產生什麼意外。沒有管教過來阻止，也沒有人來追查。一切就像是：大家統一做了一個夢，醒來之後卻發現什麼也沒有發生過一樣（只有牆上的那個濕濕的「！」號變成了一副乾涸、荒蕪的模樣，像是在漫漫的歷史長河之中消失了的一條河流）。

該挖的地道還在繼續挖。月之艮的筷子也沒有再磨下去了，因為他的筷子被作為工具去挖地道了。這回月之艮是自願地提供出了他的筷子，因為他想自己反正已經是傷殘人士，不能跑、不能跳、不能工作、也不能翻山越嶺、更不能過河涉水。無論命運怎樣，在什麼地方，都是像坐牢一樣——自己的這個身體本身就是一個完整的牢籠。這個牢籠如影隨行，隨時跟隨著他。對於他來說逃與不逃都是一樣的。還是那句老話：「不逃白不逃、逃了也白逃。」隨便做一個選擇吧。丟一個錢幣，正面：逃、反面：不逃。錢幣落下來正好是正面。事情就是這麼簡單。

很多時候人們總喜歡把事情想得太複雜，其實事物的本質是簡單的。畢直此時就是這樣：自從田其二出現在隔壁之後，他就奇怪的開始失眠了。整夜整夜的睡不著覺。整夜整夜的聞著一陣陣的碎黃豆味在鼻子進進出出。有時他甚至覺得自己的身體就是由這一陣陣碎黃豆味堆積成的一樣，成了一種氣體。

這一天早晨，天還沒有亮，畢直一直睡不著覺。他早早地就起來了，走出了裡面睡覺的屋子到了外面的放風場。在牆根處他蹲了下來，以最遠的距離注視著天上正在消失的星星。他抬頭望著，星星蒼白得就像是一個臨死的人的面孔。他彷彿看到了死人，有些害怕，剛要將目光移開，這時隔壁傳來了一個女人的哭泣聲。這聲音很熟悉，是她。

畢直問：「那邊的可是田其二？」

沒有回答。

畢直又說：「我喜歡你寫的書。我在與我的女客戶交流時，多半都要談到你和你的女權主義思想。」

「你們都談了些什麼？」

「女人們都說，是你使女性翻過了身，從此掌握了主動。我呢，也喜歡這樣，讓她們在上面，可以省一些力氣。」

「沒有想到我還能夠讓群眾喜歡。」

「你還記得我嗎？有一次在咖啡館裡，你走進來，問我邊上的位置有人坐嗎，我說沒有。於是你就坐了下來，我們談了很多很多，最後你還給我說了你姐姐田其一的故事。」

「噢，我想起來了。你就是鼻子。我還說你的鼻子又大又直，你的下面的那根東東也一定是又大又直。」隔了一會兒，田其二又悄悄地問：「真是那樣嗎？我還真想領教一下。」畢直說：「應該是吧！唉，我也說不準。反正我覺得我這兒是一個——女人來了就不想離開的地方。」

「可惜，我還沒有來過。」

「來了，你就走不了了。」

「大樹下吊死，做鬼也風流。」

說到這裡，他們一起大笑了起來。

時間在愛情中跑得風快。一下子天就亮了，別得犯人也都起床了，他們同時告別道：「明天趕早。」

吃完早飯，毛反對畢直說：「鼻子，今天輪到你了。」畢直一時沒有反應過來，問：「什麼？什麼輪到我了？」毛反指著大鋪的下面說：「挖地道。」畢直說：「哎呀，今天不行，我好像是病了。」

「病了？」()盯了他一眼說：「什麼病？不會是相思病吧！」

「是相思病又怎樣？」畢直反駁道：「我可不會像有些人，只要是洞就鑽。」

聽到他們說這些，毛反的眼睛裡充滿了憂慮，他走過來打斷他們：「都別爭了，還是我來吧。」

()則不同意，他說：「你來挖？憑什麼？你以為你是雷鋒呀。」

毛反說：「我不是雷鋒。你說清楚，誰是雷鋒？你才是雷鋒，你們全家都是雷鋒。」

()說：「我說那些爭著幫別人做事的人。」

吵鬧的聲音越來越大……再吵下去一定會驚動在塔樓上站崗的武警。

還是水映廣幫助毛反解了圍，他說：「還是我去挖吧。不過，有個條件，今天你的飯要分一半給我吃。」說完他還特地轉過頭去對()說：「這樣應該不是雷鋒了吧！」()沒有再說話，一場爭執就這樣平息下去了。

與此同時，畢直爽快地說：「一半就一半。」說著打了一個哈欠就睡覺去了。唉。早睡早起。明天早晨一定要精神充足地早早地起來。

等到第二天早晨，畢直早早的就起來了，星星還掛在天空，在幽藍的太空中閃爍著。走到牆根處，畢直向隔壁喊著：「嘿，你在嗎？」那邊答道：「我在。你什麼時候來的？等了很久嗎？」畢直說：「我也是才到。」那邊說：「看來我們是心有靈犀。」

接下來他們開始交談。畢直問她是因為什麼進來的？田其二說：「是為了寫一篇關於女囚的紀實小說，專門來體驗生活的。本來監獄方擔心我的身體會受到傷害，想直接跟那些女囚們挑明了我是一個作家，是來體驗生活的。跟她們不一樣。可是我擔心那樣的話就不能體會到真正的女囚生活，所以沒有讓管教將事情說明。她們把我當成了真正的犯人，我就越能掌握真實的第一手資料，寫的小說也就會越真實可信。」

畢直感動地說：「那你要受多少委曲。」

田其二說：「為了文學，犧牲一下自己的肉體又算什麼。」接下來，她給畢直說了一個她昨天晚上的經歷：「我剛躺下，睡在我邊上的一個女人就偷偷地對我說……。對了，要補充一下，她是這間女囚室的牢頭，在女囚室裡有一個奇怪的規矩，新進來的人都要睡在牢頭的邊上，說是為了保護新來的人不會受到欺負。你們男犯也是這樣的嗎？」

畢直答道：「不是，我們這裡新來的人都是睡在廁所的邊上。」

田其二接著說：「我再接著給你說下面的事。女牢頭對我說：『睡過來，你幫我下面摳一下。』我明白了，她是要我幫她自慰。於是我就用手伸進她的那裡面，哈哈，她的毛粗得像是鋼絲，扎手得很，癢得很。我噗哧一聲笑了出來，女牢頭問我：『你笑什麼？』我說：『我在想你的這裡真緊，是一個──進去了就離不開的地方。』女牢頭說：『算你會說話。好好幫我摳，等我一時性起了也幫你摳摳讓你也欲仙欲死一盤。』」

畢直在這邊問道：「後來，她幫你摳了嗎？」

田其二說：「摳了。也許是好幾天沒有做過愛了，我覺得比跟男人幹都要刺激些。高潮到來時就像是抽搐一般。」

畢直又問道：「你幫她摳到了高潮了麼？」

田其二得意地說：「達到了。最後她像是拖拉機一樣地抖著，弄得整個大鋪嘣嘣地響，也弄得我滿手濕乎乎的粘粘地都是她身體中流出的淫液。之後她摟著我的脖子說，只有新來的人，也就是第一次幫她摳的人才能讓她達到如此高的高潮。」

畢直總結道：「她的這種行為有一點兒像男人喜歡處女一樣，喜歡新鮮的。」

田其二說：「你說的有道理。我要把你的這句話寫進小說裡。」

愛情在時間中跑得風快。天很快就要亮了，頭頂上的星星已經是一個也找不到了。畢直突然間產生了要將牢底坐穿的想法。不想越獄了，他猶豫地對著牆壁說：「我不想出去了，我想永遠跟你一起待在這裡。」

田其二說：「傻瓜，這裡有什麼好待的？這兒可不是人待的地方。我的體驗生活已經結束了，今天就要出去，要回去趕稿子了。你想辦法早一點兒出來，出來之後一定來找我。」停了一下她又笑著道：「我要在你這棵大樹下吊死。還不知道你承不承受的住呢？」

畢直說：「好，我一定想辦法儘早出來，你等著我。我以我的鼻子擔保，我這棵大樹一定可以讓你在上面吊著晃晃悠悠、樂而忘返。」

田其二在那邊叫道：「好。好一個晃晃悠悠。好一個樂而忘返。」

這句話剛說完，囚室裡的犯人們就都起床了，他們也就無法再進行對話了。

吃了早飯後，畢直還沒有來得及洗碗就拿起筷子對毛反說：「今天我來挖地道罷。」弄得大家心中一愣一愣的，不知道為什麼他今天有如此大的轉變。

到中午快吃午飯時，只聽得咣噹的一聲，隔壁的女囚室的鐵門打開了，是那個惟一的女管教的聲音：「田其二，出來。把你的東西帶上。」

「怎麼？這麼快就放了？」有人問。

「你們就在這裡面將牢底坐穿吧！」田其二說著，在走到門口時，還回過頭來補充了一句：「再見了。到我的書上再見吧，去看看你們醜陋的模樣……」說著哈哈地大聲地笑著走了。

中午吃飯時，畢直從地下爬出來，剛打了飯蹲在牆角下吃著，就聽見()在說：「被我強姦的那個女人放出去了。」說著流露出一副惋惜的模樣。月之艮說：「看不出來你還是挺惜香憐玉的嘛。」()假裝出一副很懷念的樣子說：「唉，一日夫妻百夜恩嘛。」聽得大家一起大笑了起來。只有畢直沒有笑，他埋頭吃著飯，不一會兒碗就空了。他將碗一丟，拿著筷子就又鑽到地下去了。

看著他著急的樣子，()說：「看，太陽從西邊升起了。」

水映廣連忙將頭抬起，望著天空說：「哪裡？哪裡？我怎麼沒有看到？」

大家又一起大笑起來，而這回只有毛反沒有笑。他低著頭看著自己一天比一天小的右手，神情莊重而詭異。

中午飯後約兩個小時，牢房的門打開了，大家都以為是又有新的人要關進來了，卻沒有想到管教用手指著毛反說：「你，出來一下。」

毛反出去了。管教將鐵門鎖上後說：「你，在前面走。」毛反在前面走著，管教緊緊地跟在後面，像是一個怕跟丟了大人的小孩。到了外面，毛反問：「去哪裡？」管教指著他的右手說：「帶你到醫院去檢查一下。」說著就拿出手銬要給毛反銬上。毛反本能地向後一閃，管教則一把將他抱住：「你想逃？」毛反晃動著自己軟綿綿的右手說：「管教，你看我現在這個樣子能逃得掉嗎？」管教說：「那是。那是。我這也是職業本能。」毛反說：「我也是被銬子銬怕了，現在一看到銬子心裡就直哆嗦。條件反射般地想逃開。」管教說：「好，就不銬你了。你在前面走，可不要想著逃跑，我的子彈可是長了眼睛的。」毛反反駁道：「管教，那是這樣說的：『我的子彈可是不長眼睛的』。」管教說：「你還狡辯什麼，在我這裡子彈就是長了眼睛的，我讓它打到哪裡，它就打到哪裡。打眼睛就絕對不會打到鼻子；打嘴巴也一定不會打到鼻子。」毛反問：「報告管教，你為什麼就不打鼻子呢？」管教怒道：「我打不打鼻子還用得著你管？鼻子是我的兒子成不成？」這樣一吵，一路下來他們就再也沒有其他的話可說了。

……

說著他們就到了市第二人民醫院，在經過了拍片檢查之後，醫生說：「不行了。他的右手不行了。經脈和肌肉組織都已經壞死了。」管教問：「這麼說，他的右手保不住了？」醫生說：「也不是說保不住，右手還是在的，沒有必要截肢。放到那裡做擺設可以，只不過它已經沒有用了。」

管教問：「這算是殘廢嗎？」

醫生說：「那要看你想怎樣說了。說是殘廢也行，說不是殘廢也行。」

聽到這裡，管教激動地握著醫生的手說：「謝謝、謝謝，謝謝醫生。你就說他不是殘廢。」

醫生望著管教那激烈的眼神，彷彿是不忍心破壞他的情緒：「你說不是，就不是。」

在回去的路上，管教對毛反說：「聽到沒有，醫生說的……」

毛反說：「聽到了。醫生說：『你說不是，就不是。』」

管教說：「知道就好，我奉勸你要老老實實的，原來怎麼樣，現在還是怎麼樣，不要以為抓住了我們什麼把柄，想要討價還價的。」

毛反沒有說話。他在心中想：我才不會與你們討價還價，自己的問題自己解決，我不會依靠你們的。等著瞧吧！哈哈！

回到牢房，剛好趕上吃飯的時間。畢直也滿頭大汗地從地下爬上來，像是一個出土文物，兵馬俑。看到他這副模樣，毛反趕忙說：「快、快點洗一洗，再把衣服換了。你這個樣子，讓他們一看到，挖地道的計畫就露餡了。」

聽到毛反這樣說，畢直滿身大汗的身上又驚出了一層冷汗，這陣冷汗一出，身上就像是結了一層霜一樣難受，他趕忙脫掉身上粘滿泥土的衣服，到水池邊舀了一盆水，從頭到腳一淋，這才感覺到清爽自在了起來。

當天晚上毛反做了一個夢。他夢到一座大山，他站在山頂上，雙手插著腰大聲地朗誦著一首詩歌：

山，快馬加鞭上山崗，離峰三尺三。

山，雙手插腰站山崗，離天三尺三。

……

剛朗讀到這裡時，他抬起頭向遠方望了一眼，卻發現太陽像是一顆子彈向他這裡衝撞而來……於是他趕忙念出了最後一句：

山，站在山崗望太陽，離日三尺三。

山，太陽像一顆子彈，離我三尺三。

……

最後他夢見自己被太陽熔化了，最後變成了一隻燃燒的火鳳凰。

第二天晚上畢直做了一個夢。他夢到兩座大山，他躺在這兩座大山的中間，睡著了。由於有兩座山的夾持，他睡得很安穩、香甜。在他的身邊飄蕩著一陣陣乳香的氣味，就如處在一個醉生夢死的氛圍之中……在睡夢中他又做了一個夢：他看到太陽由耀目變成了明亮，最後又變成了一張通紅通紅的笑臉，向他俯過來，對他說：「來，你來，跟我走。」

畢直說：「我哪兒也不去。我就待在這，挺舒服自在的。」

那張笑臉說：「我帶你去天堂。」

畢直說：「天堂？我不去。哪裡沒有女人。沒有用身體寫作的女作家田其二。」

那張笑臉說：「走罷。到了那裡之後，你就不會想女人了，更不會想田其二。」

恍惚中，他覺得自己飛了起來，第一次他回頭向大地下面望時，看見那兩座山竟是女人的兩個乳房；第二次他再回頭看時，發現那兩個乳房竟然是長在田其二的身上；第三次他再回頭看時，看見了一個長長的牆修建在連綿起伏的山脈上，而這兩個乳房正好一個在牆這邊一個在牆那邊；第四次他再回頭看時，他除了看到在巨大的黑暗中一個藍色的小藥丸之外什麼也看不到了。

在什麼也看不到之後，他想：為什麼？是誰？如此。分割了我們的乳房？

半個月後水映廣才鑽進地下沒有一會就又鑽了出來，他說：「我聽到了地面上轉來的腳步聲，可能離地面只有幾釐米了。」毛反馬上說：「不能再挖了，等越獄的那天再把它挖開。」

「什麼時候越獄呢？」月殳問到。

畢直急切地說：「擇日不如撞日，就今天吧。」

()說：「還是選一個吉祥的日子好。這可不是一件小事，就像是一次重生，如果有一個好的生日對以後的道路來說是會有好處的。」

月之艮剛想說話，這時監獄的鐵門突然開了，管教站在門口高聲地叫道：「水映廣，出來。」

水映廣出去了。鐵門「咣」的一聲又關上了。在這時月之艮看到毛反的臉白了一下，在牢房裡陰暗的光線下顯得有些發青。

()問：「他會不會出賣我們？」

沒有人回答他。人們都不說話，好像這件事與自己並不相干。自己只是一個局外人。

沉默著，足足過了有十來分鐘，月之艮才接話說道：「難說。在現在的這種情況下，除了自己，沒有誰是可以信得過的。」

月殳說：「你說的對，看他那樣兒……」還沒有等他說完，毛反就打斷了他說：「不要再說了，就當是什麼事情都沒有發生過一樣。如果沒有意外今天晚上我們就越獄。如果發生了意外，我們就一問三不知，不知道這個地道是從哪裡來的，更不知道是什麼時候挖的。」

接著毛反對大家說了一些警察審問的手段：「他們會把我們一個一個都叫出去，在審問第一個人時，他們會什麼也不問，就讓你坐在那裡，等時間到了就說你回去吧。弄得你心中莫名其妙，本來準備了很多說辭就這樣白白的浪費了。這就像是英雄無用武之地。接著他們會喊第二個人出去。在第二個人出去時，在牢房裡面的人會問第一個人：『他們都問了什麼？你是怎麼說的？』第一個人會說：『他們什麼也沒有問，我也什麼也沒有說。』哪裡會有這種事？這麼簡單的就過關了？於是牢房裡的一些疑心重的人就會在心底懷疑他已經招供了。再說第二個被叫出去的人，警察就會這樣對他說：『說吧！』他問：『說什麼？』警察說：『告訴你吧，前面的那個人已經什麼都招了。我們本來沒有必要再來提審你，可是考慮到以後法院斷案量刑才不辭辛苦再一個一個問下去，凡是主動招供的人在這件事情上都會以投案自首來處理。』這時，如果是一個沒有經驗的人就會什麼都招了，因為他會這樣想，反正前面一個人都已經招了，我說出來只不過是為了爭取投案自首寬大處理。如果這個人具有反偵察的能力還是什麼也不說，那麼沒有關係，警察會再將他送回來，再提第三個人出去審問。在第三個人出去時，人們會問第二個被提審的人：『他們都問了什麼？你是怎麼說的？』第二個人會說：『警察說前面的那個人招了。』這時第一個人會很委曲地說：『我沒有招，你才招供了呢。』於是這邊就開始了窩裡鬥，那些平時喜歡算計別人的人在這時已經會確信這件事情的真相已經捂不住了。再說那邊呢，警察同樣會這樣審問：『說吧，前面的人已經什麼都招了。我們本來沒有必要再來提審你，可是考慮到以後法院斷案量刑才不辭辛苦再一個一個問下去，凡是主動招供的人在這件事情上都會按照投案自首處理。』第三個人如果還是不招，那麼，依此類推一個一個提審下去……不用動刑，不用費力，只是需要一點時間和耐心，總有人會招供的，而那個招供了的人還會認為這件事並不是他自己招供出來的，而是別人先供出來的，他還會認為自己做為犯人的人格是完整的不容置疑的。」

毛反一說完，同囚室的人驚歎著：「噢，警察原來都是這樣破案的呀！」

毛反說：「這只是其中的一個手段。」

「怪不得凡是幾個人做的案子就要容易破的多，而一個人幹的壞事就不是那麼容易破案了。」

「記住，」毛反強調說：「無論問到誰，都說不知道。」

大約過了一個半小時，鐵門又開了，水映廣被送了回來，而後鐵門又「咣噹」的一聲關閉了。與剛進監獄時望著天空相反，水映廣現在低著頭盯著地面。()問他出去是什麼事情。水映廣從衣服的口袋裡掏出了一張紙——是判決書。原來是自從他的老大毛反被抓了之後，他就失去了組織，像一個孤兒一樣到處流浪。有一天他看見了一隻在路邊吃草的牛——以前他拐賣過人，現在賣一隻牛這簡直是小巫見大巫——於是他就自然而然地順手將它牽去賣了。想換一點吃飯的錢。可是到了市場上，剛開始與買主討價還價，就被抓住了，關了進來。事情很簡單、明瞭，判決書上也是這樣簡單地寫著：「偷牛，證據確鑿，事實可靠。判處有期徒刑半年，緩期半年執行。」

站在毛反的面前，水映廣低著頭小聲地說：「我不想跑了。」

毛反問：「你想出賣我們？」

水映廣說：「不，我就坐在這裡，等著刑滿釋放。」

毛反說：「傻瓜，你現在就可以出去。你看，你的判決書上寫著『緩期執行』，意思就是你可以回家了。你現在已經是自由的了。我們從地道裡爬出去是越獄，而你呢則是為了好玩。」說著毛反還拿出了一本法律書給他看，並指點著解釋說：「『緩期執行』就是回到家裡面反省，如果要出遠門必須跟當地的派出所請假。其他都跟正常人一樣。」

水映廣不說話了。在他的心裡產生了一種優越感，他想：你們是越獄，而我呢，從現在起就是陪你們玩了。

看到水映廣臉上輕鬆的表情，毛反總算鬆了一口氣，只等著黑夜早一些降臨。別人都擔心著夜長夢多，而此時此刻，等待著越獄的人們則在擔憂著日長事多。好在無論如何黑夜總是要降臨的。在固定的時間、固定的空間，黑暗像是一扇正在關閉的大門緩緩地合攏了起來。

一扇大門關閉了，另一條地道卻打開了出口。當晚兩點左右，這個監獄的十幾號人就沿著地道成功地越獄了。在夜色的掩護下這十幾號人如狗一樣在四散奔逃著……

當晚四點左右，一個武警背著槍巡邏到這裡，他將頭探進牢房，發現這個牢房裡空了。沒有一個人睡在床上。不可能，這絕對不可能，莫非是自己在做夢？為了證明自己這是在做夢，他扣動了扳機。他對著天空開了三槍。槍聲驚醒了所有的人——所有的犯人和所有的不是犯人的人（包括開槍人自己）——人們紛紛地坐起來，問：發生了什麼事？只有少數幾個管事的人在第一時間知道發生了什麼，他們發出了「全力追捕逃犯」的命令。於是一輛輛的軍車拉著整車整車的公安武警朝四面八方追逃而去了……

瞬間……這個城市安靜了下來。

因為壞人都跑光了，而抓壞人的人也都追了出去。

還有那些管壞人，同時也管著抓壞人的官人，正忙著在一個密不透風的小房間裡開「一定要迅速將逃犯緝拿歸案」的緊急會議。

剩下的都是平頭老百姓。這個城市有史以來就安寧了這麼瞬間……

剛剛好兩個小時，第一個被抓到的逃犯——水映廣——已經被送了回來。這個城市又恢復了往常的模樣。水映廣在被抓獲時只說了一句話：「我不是逃犯，我是在陪他們玩……」就被武警一個耳光打得他說不出話來了。而後警察將水映廣的左手從背後繞過來，再將他的右手從脖子上穿下來，拷在一起，猛地看過去就像是一個人的肩膀上扛著自己的一雙手——這也就是水映廣的形像最後在我眼睛裡的定格。後來我再也沒有看到過或聽說過他。

一些與之相關的話題

回到回憶的現場——網吧：每次月几又想起那次越獄就覺得不可思議。每一個人的刑期與命運及所幹的事都不同，但卻都選擇了相同的命運：「如果不想被抓回來，那麼原來的他就必須永遠在這個國家消失——也就是必須隱名埋姓一輩子，不能與自己過去的任何親戚及朋友聯繫。同時，當時在越獄之時，每一個人又可能是命運的巨大受益者，因為只要誰告了密，那麼他將成為監獄方面的英雄——立功、受獎。獲得減刑，甚至有可能會免於刑事處罰。利與弊的對比顯而易見，難道大家都傻了？不懂得損人利己了？難道這就是以德治國帶來的風尚？」

難道是逃出去後，有一個類似「延安」的地方在等著他們？是誰給他們畫了這麼一個大大的餅？在這個人對人是狼的時代。

我對月几又說：「乾脆在網上發一個貼子來討論一下這個問題。」

於是我將這個故事貼在了網上。

來自網路上的討論：沒幾天網上就掛滿了網友們的不同看法。下面摘入一些內容（標題為作者所加）。

人精、傻蛋、狗與英雄

一、毛反是絕對的老大。
二、水映廣是個大傻蛋。
三、畢直是個情種。
四、()是個人精。
五、月之艮是個破罐子。
六、月殳是一個跟屁蟲。
七、所有越獄的都是狗。
八、能夠越獄而不越獄的人才是超級大英雄。
九、綜上所述，這故事裡只有老大、人精、傻蛋、情種、破罐子、跟屁蟲與狗。就是沒有超級大英雄。

以上是歸納的重點，下面是細節（順序為作者排列）：

（一）不舉報的人都是傻蛋。舉報吧，同志們，舉報吧。把自己的身體放在別人的身體上。不亦悅乎。
（二）人體沙發。坐在人體沙發上，有人坐在人體沙發上，有人想坐在人體沙發上。人體沙發遠沒有想要坐人體沙發的人多。所有的人都想坐沙發，而沒有人願意當沙發。
（三）物以稀為貴。供不應求。在這兒都是傳說。

（四）可以坐而又不坐在人體沙發上的人是古董。古董已經死了——但還在以存在的方式存在著。

（五）那個舉報者可以坐的不僅是一個單人沙發，而是一個由十幾個人聯合組成的，可以讓他橫著躺、豎著躺、斜著躺、隨便怎麼躺的巨大的人體沙發。

（六）「我發誓過不說，但沒有發過誓不寫」，這是一個認真的傻蛋。要學習他的認真，但別學習他的傻蛋。物事往往是一分為二的，將傻蛋與認真一分為二。

（七）法不責眾。讓我們打擊一小片但是堅決不要打擊一大片。

（八）「一個牢房裡所有的人，是一小片還是一大片？」這對於這個牢房來說是一大片，但是對於這個城市乃至這個國家來說只能是很小很小很小……的一小片。這就要求要有胸懷牢房放眼全國的眼光。

（九）他們想通了。他們就逃。

（十）監獄是一個概念。你想它有多大它就有多大。你想它有多小它就有多小。逃跑吧！那樣監獄就永遠在你的身後。

（十一）如果別人都跑了，而我卻不逃，那麼我就是一個懦夫。如果我是一個懦夫，那麼我就沒有理由犯法。如果我連法都犯了，我還猶豫什麼？

（十二）「爬出來吧！給你自由！」我為什麼不以爬換取自由？哪裡有這樣的交易？有多少？有多少我買多少。

（十三）人精、傻蛋、情種、破罐子、跟屁蟲與狗都會做這筆生意。只有英雄不會做這樣的買賣。因為他是一個超級大英雄。因為只有「找死」才能成為英雄。

（十四）「為人進出的門緊鎖著，為狗爬出的洞敞開著。」這世界為人與狗設定了出路與遊戲的規則。做人，沒有出路。做狗，才有出路。

（十五）做人？做狗？這是一個只有一個選擇答案的選擇題。

釀小說88 PG1627

越獄吧，身體！

作　　者	汪建輝
責任編輯	鄭伊庭
圖文排版	周妤靜
封面設計	王嵩賀

出版策劃	釀出版
製作發行	秀威資訊科技股份有限公司
	114 台北市內湖區瑞光路76巷65號1樓
	電話：+886-2-2796-3638　傳真：+886-2-2796-1377
	服務信箱：service@showwe.com.tw
	http://www.showwe.com.tw
郵政劃撥	19563868　戶名：秀威資訊科技股份有限公司
展售門市	國家書店【松江門市】
	104 台北市中山區松江路209號1樓
	電話：+886-2-2518-0207　傳真：+886-2-2518-0778
網路訂購	秀威網路書店：http://www.bodbooks.com.tw
	國家網路書店：http://www.govbooks.com.tw
法律顧問	毛國樑　律師
總 經 銷	聯合發行股份有限公司
	231新北市新店區寶橋路235巷6弄6號4F
	電話：+886-2-2917-8022　傳真：+886-2-2915-6275

出版日期	2017年2月　BOD一版
定　　價	420元

國家圖書館出版品預行編目

越獄吧,身體! / 汪建輝著. -- 一版. -- 臺北市：醸出版,
2017.02
面； 公分. -- (醸小說；88)
BOD版
ISBN 978-986-445-167-8(平裝)

857.7 105021009

讀者回函卡

感謝您購買本書，為提升服務品質，請填妥以下資料，將讀者回函卡直接寄回或傳真本公司，收到您的寶貴意見後，我們會收藏記錄及檢討，謝謝！如您需要了解本公司最新出版書目、購書優惠或企劃活動，歡迎您上網查詢或下載相關資料：http:// www.showwe.com.tw

您購買的書名：________________________________

出生日期：________年________月________日

學歷：□高中(含)以下　□大專　□研究所(含)以上

職業：□製造業　□金融業　□資訊業　□軍警　□傳播業　□自由業

□服務業　□公務員　□教職　□學生　□家管　□其它_____

購書地點：□網路書店　□實體書店　□書展　□郵購　□贈閱　□其他

您從何得知本書的消息？

□網路書店　□實體書店　□網路搜尋　□電子報　□書訊　□雜誌

□傳播媒體　□親友推薦　□網站推薦　□部落格　□其他__________

您對本書的評價：(請填代號　1.非常滿意　2.滿意　3.尚可　4.再改進)

封面設計____　版面編排____　內容____　文／譯筆____　價格____

讀完書後您覺得：

□很有收穫　□有收穫　□收穫不多　□沒收穫

對我們的建議：________________________________

____

____

____

請貼
郵票

11466
台北市內湖區瑞光路 76 巷 65 號 1 樓
秀威資訊科技股份有限公司 收
BOD 數位出版事業部

（請沿線對折寄回，謝謝！）

姓　　名：＿＿＿＿＿＿＿＿　年齡：＿＿＿＿　性別：□女　□男

郵遞區號：□□□□□

地　　址：＿＿＿＿＿＿＿＿＿＿＿＿＿＿＿＿

聯絡電話：(日)＿＿＿＿＿＿＿＿　(夜)＿＿＿＿＿＿＿＿

E-mail：＿＿＿＿＿＿＿＿＿＿＿＿＿＿＿＿